Manon Éléonor Rossignol

D1387449

Isory Poutch

et le sortilège de Cacouna

LE POUTCHOMAN

Coordinateur à la production : Manon Éléonor Rossignol
Conception graphique et production : Lenka Vernex
Illustration de la couverture : Tex Lecor

Éditions LE POUTCHOMAN inc.
35 B, 32ᵉ Avenue
Bois-des-Filion (Québec) J7Z 2B3
Téléphone : (450) 621-7872
Télécopieur : (450) 621-4816

Distribué par
Socadis inc.
Saint-Laurent (Québec)
Téléphone : (514) 331-3300, 1 800 361-2847

Imprimé sur les presses de
Litho Mille-Îles
Terrebonne (Québec)

Données de catalogage avant publication (Canada)

Rossignol, Manon Éléonor, 1965-
    Isory Poutch et le sortilège de Cacouna

Pour enfants de 9 ans et plus

ISBN 2-9807852-1-0

I. Lecor, Tex.   II. Titre.

Ps8585.0842I862 2004   jc843'.6 C 2004-941834-3
Ps9585.0842I862 2004

Dépôt légal : Bibliothèque nationale du Québec, 4ᵉ trimestre 2004
Dépôt légal : Bibliothèque nationale du Canada, 4ᵉ trimestre 2004

Imprimé et relié au Canada
1   2   3   4   5   LMI   07   06   05   04

À Valérie Mouton.

*Maintenant que tu respires à pleins poumons,
ne laisse personne prétendre que ton rêve,
même s'il est fou, est irréalisable.*

*L'important, c'est d'en avoir un
et de tout mettre en œuvre pour le réaliser.*

Déjà paru aux éditions Le Poutchoman :
Isory Poutch à la découverte de ses slamichs

À paraître :
Isory Poutch et la contre-attaque de l'escadron sirien

Remerciements

Il n'y a pas de mots pour traduire ma reconnaissance
à l'égard des donateurs (désireux de garder l'anonymat)
sans qui l'écriture de ce roman m'aurait été laborieuse.
Merci de croire en moi. Votre générosité et votre engagement
social envers la relève m'ont non seulement inspirée tout au
long de la période de rédaction, mais m'ont menée à une
réflexion : quel monde merveilleux aurions-nous si chacun de
nous posait un geste de solidarité à l'égard de son prochain !

1

Le chant du coq

Aux aurores, perché sur la balustrade de la demeure ancestrale des Poutch, le coq de la ferme étire le cou, bombe la poitrine et, tout en battant des ailes, chante. En entendant le chant aigu de l'oiseau, Cyclope tressaille. Couché aux pieds d'Isory, le boston-terrier, l'œil entrouvert, la gueule béante, laisse échapper quelques petits sons et se redresse. Puis il s'étire les pattes, s'approche de l'oreiller et, à sa grande surprise, trouve les pieds de sa maîtresse qui, enfouie sous une montagne de draps, ronfle comme une toupie. Sans gêne, il lui lèche les doigts de pied. Isory crispe les orteils et ronchonne.

— Huuuuum ! Huuuuum !

Voyant qu'elle ne se réveillait pas, Cyclope effleure la plante de ces pieds avec le bout de sa langue. Aussitôt, les grognements se transforment en éclats de rire.

– D'accord, vieille peluche, glousse Isory qui se redresse brusquement et sort du lit d'un bond.

En s'approchant de la lucarne de sa chambre, elle regarde à l'extérieur. Ce matin-là, le rang des Mains sales se réveille sous une couche de nuages cotonneux. Les champs sont noyés de brume et les vaches du voisin, M. Grain-de-Blé, disparaissent dans le brouillard ; de sa maison on ne voit que la lueur nacrée qui jaillit des fenêtres de la cuisine. Ce décor rappelle à Isory un certain matin où, il n'y a pas si longtemps, dans le château d'Édouard Vulshtock, elle et bien d'autres jeunes apprenaient la raison pour laquelle ils avaient hérité de pouvoirs.

***

Deux jours avant ce matin fatidique, Nestelle Ramdam, la mystérieuse propriétaire du magasin général de Cacouna, lui avait révélé un incroyable secret qui bouleverserait sa vie à jamais : Isory avait hérité de pouvoirs conférés par un fruit magique, le popofongue. Après cette révélation, Nestelle l'avait conduite au château d'Édouard Vulshtock, où, avec d'autres jeunes, elle avait passé un court séjour rempli d'aventures, certaines loufoques, d'autres graves.

La veille de son départ du château, une créature impitoyable rôdait dans le ciel nocturne, traquant sa proie. Un événement tragique s'était produit cette nuit-là, mais ce n'est que le lendemain matin qu'elle avait appris la mauvaise nouvelle, en même temps que les autres initiés.

L'aube se devinant à peine, Isory avait ouvert les yeux et aperçu le ciel matinal gris-vert. Bien emmitouflée sous la couette, comme dans un cocon, elle était tout de même sortie de son lit et s'était approchée de la fenêtre de sa chambre donnant sur le lac ; dehors, elle distinguait à peine les troncs des séquoias centenaires au-delà desquels se déployaient des nappes de brume. À travers la vapeur épaisse qui se dégageait tranquillement au-dessus du lac, elle avait remarqué Édouard, accompagné d'Ismo, le gardien de la forêt dont les traits crispés ne laissaient présager rien de bon. Tout juste avant de se transformer en gastorinus, un oiseau préhistorique, Ismo avait remis un objet à Édouard. À ce moment-là, Isory avait eu l'intuition qu'un drame était survenu. Elle s'était alors empressée de s'habiller pour aller rejoindre au plus vite ses nouveaux amis. Aristophane, l'unique témoin de l'événement, était si terrorisé qu'il était resté là, tétanisé au beau milieu de la grande salle à manger. C'est donc Édouard qui avait relaté le drame effroyable :

– Expulsé de Sirius, Mo, un jeune Sirien à l'esprit tordu, erre de planète en planète à la recherche du fruit magique, le popofongue. Faute de pouvoir s'en procurer, il capture des jeunes initiés pour leur soutirer toute leur énergie vitale ; parfois, la mort est imminente. La nuit dernière, il a attaqué Tommy, qui n'a eu aucune chance.

Comme si elle y était, Isory se souvient encore de l'atmosphère qui régnait à ce moment précis : le crissement des pentures d'une fenêtre, laissée entrouverte, troublait le lugubre silence qui avait envahi la pièce. Comme elle, Matt, Esméralda, Nil et Aristophane, ses nouveaux compagnons, avaient grand-peur pour leur ami, Tommy, qui, assurément, endurait d'effroyables supplices. Que pouvait donc lui faire subir ce Sirien révolté ? Édouard avait voulu se faire rassurant :

– N'ayez crainte ! Tommy est toujours en vie. Mo ne lui fera aucun mal. Les quelques popofongues qu'il semble avoir trouvés dans la forêt lui suffiront pour un certain temps. Tant qu'il ne se sentira pas menacé, votre ami sera hors de danger. Du moins pour le moment.

Édouard avait marqué une pause et observé les visages des jeunes devant lui, cherchant une lueur d'espoir dans leurs yeux. Puis, comme si ce drame ne suffisait pas, il avait révélé aux initiés la première épreuve à laquelle ils allaient faire face.

– Maintenant, il est temps pour vous de retourner parmi les vôtres. Votre première épreuve consiste à découvrir le mécanisme de vos slamichs, c'est-à-dire de vos pouvoirs. Cette étape est cruciale ; lorsque vous l'aurez accomplie, il ne vous restera plus qu'à vous entraîner à les utiliser avec assurance et habileté. Vous devrez rester unis et veiller les uns sur les autres. Un guide vous conduira à l'endroit où vous habiterez tout au long de cette épreuve. *Carpe diem*, chers initiés !

***

Soudain, une cacophonie de sons aigrelets et vibrants, certains étranges même, arrachent Isory à ses pensées. Son attention attirée par des grognements, elle se retourne ; un carnage est à la veille de se produire.

– Cyclope ! fait Isory de son ton le plus péremptoire. Tu veux sa mort ! Lâche cette boîte d'allumettes immédiatement !

Du coup, Cyclope laisse tomber la boîte. Il se couche, le museau plaqué contre le plancher, et, croyant pouvoir amadouer sa maîtresse, se lèche les babines tout en cillant légèrement des yeux.

À l'intérieur de la boîte d'allumettes, laquelle lui tient lieu de refuge, Félucine, apeurée, émet des sons suraigus. Paniquée, Isory s'empresse d'ouvrir la boîte ; à son grand soulagement, elle trouve la coccinelle saine et sauve, entre les bouts de carton parsemés de trous, lesquels font foi des assauts canins. La petite bestiole est un peu sonnée, bien sûr, mais bien en vie.

– Comment as-tu pu t'attaquer à une inoffensive petite coccinelle, Cyclope ? D'accord, elle a une allure loufoque, avec sa grosse tête et ses yeux globuleux, mais sur ce point, tu n'as pas grand-chose à dire. Je veux dire... prenons ton cas. Il te manque un œil, et pourtant, ça ne m'a pas empêchée de te choisir à la SPCA. Regarde bien! Je vais te montrer comme Félucine est habile de ses pattes.

L'œil attentif, Cyclope suit du regard sa maîtresse qui sort de sa commode un petit sac brun rempli à ras bord de feuilles de menthe. Elle en prend une et la dépose sur les phalanges de ses doigts. Le petit boston-terrier renifle immédiatement l'agréable odeur de menthe qui se répand dans la chambre. Dans sa gueule, la salive coule à flots. Devant lui, sa maîtresse s'amuse avec la coccinelle qui, assise au creux de sa main, s'en met plein la panse. Les gentilles grimaces d'Isory et les petits sons affectueux qu'elle adresse à la coccinelle le rendent jaloux comme un tigre. « Quelle peste ! » se dit-il. Contrarié par la présence de Félucine, Cyclope n'a qu'une idée en tête : la bouffer. Faisant mine de rien, il ferme l'œil.

La coccinelle détache un bon morceau de feuille de menthe, s'assoit confortablement et entreprend son festin. Tout en l'observant, Isory révèle à Cyclope, croyant qu'il l'écoute, d'où vient Félucine.

— À mon séjour au château, j'ai fait la connaissance d'un très gentil Sirien, appelé Braco. (Lorsqu'elle prononce ce nom, les yeux d'Isory pétillent.) Nous sommes devenus des amis très proches. Peu de temps avant notre départ, il m'a offert Félucine, en me précisant qu'elle a des pouvoirs : cette coccinelle a la faculté de percevoir des sons inaudibles. Lorsqu'elle en entend, elle se met aussitôt à chanter. S'il s'agit d'un animal, alors son chant devient irrégulier. Crois-tu qu'elle pourra nous prévenir d'un danger éventuel ?

Sur ses derniers mots, Isory tourne son regard vers Cyclope, qui, apparemment, dort.

– Espèce de bourrique, dit-elle sur un ton goguenard.

À cet instant, Isory entend un vrombissement qui s'accroît en se rapprochant de la ferme, puis cesse. Curieuse, elle regarde par la fenêtre et aperçoit l'arrière de la Rolls-Royce du maire, un héritage d'une de ses vieilles tantes qui de toute évidence nageait dans l'opulence.

– Que vient faire ici cette vieille langue de vipère ? lance-t-elle froidement. Viens, Cyclope, allons saluer notre très cher M. Winberger.

Le petit boston-terrier passe devant sa maîtresse et dévale l'escalier. Isory, qui le suit, entend la voix de Matt et d'Aristophane ; ils habitent chez les Poutch, tandis que Nil et Esméralda demeurent chez les Grain-de-Blé, les propriétaires de la ferme voisine. Évidemment, l'arrivée en trombe de Cyclope dérange le maire. Mais aussitôt, celui-ci voit en lui une occasion de réclamer de l'argent pour sa ville. Le grand-père d'Isory, Dim, à quelques pas de Winberger, l'observe : en voyant ses yeux ronds comme ceux d'un hibou, il devine ses intentions.

— Hé bien ! je vois que la famille s'est agrandie, Dim !
lance le maire sur un ton exagérément mielleux. Et dis-
moi, Isory, ce gentil toutou a bien un nom ?

— Cyclope ! réplique Isory sèchement, en fronçant
les sourcils.

D'un air dégoûté, le maire s'approche du boston-
terrier et le flatte pour faire croire aux Poutch qu'il lui
souhaite la bienvenue.

— Cyclope… Ce nom est un choix judicieux, jeune
fille. Je suppose que tu n'es pas au courant du règle-
ment municipal qui oblige tout propriétaire de chien à
l'enregistrer à la ville. Aussitôt fait, on lui remet sa
licence. De cette façon, il ne risque pas de se retrouver
à la SPCA, où, malheureusement, il serait euthanasié.

Bouillant de rage, Isory, les dents serrées, lui répond
en empruntant un ton sarcastique :

— Mis à part le fait que vous venez nous extirper de
l'argent, une fois de plus, que nous vaut l'honneur de
votre formidable visite ?

— Merci pour le permis, monsieur le maire, l'interrompt Dim qui, réprimant un sourire, remet aussitôt au
magistrat une liasse de billets de banque. Pour la
licence de Cyclope, j'y veillerai.

— Je l'espère pour ce chien ! réplique le maire du tac
au tac tout en comptant les billets. Et n'oubliez pas de
vous occuper du quêteux, Dim. Je compte sur vous
pour nous en débarrasser.

Furieux d'avoir été humilié par la petite Poutch, le maire enfonce son chapeau melon sur sa tête. Le regard impénétrable, fixant Isory, il salue Dim, puis sort de la maison. Cyclope le suit de près ; il se glisse dans l'entrebâillement de la porte et s'assoit à quelques pas de l'homme qu'il scrute avec son œil unique. Le maire enfile ses protège-souliers tout en marmonnant.

– Ils sont fous, ces fermiers ! Vouloir installer des réverbères : quelle idée !

En écoutant les paroles désobligeantes du maire, Cyclope est démangé par l'envie de se jeter sur lui pour lui arracher un bout de pantalon. Cependant, le grand-père d'Isory devrait payer la note ! « Aussi bien lui dire le fond de ma pensée, à cette langue de vipère, comme dit si bien ma maîtresse », se convainc-t-il.

– Votre attitude méprisante fait frissonner mon cœur de peluche, monsieur Winberger !

Stupéfait, le maire se retourne et voit le boston-terrier, qu'il a en horreur.

– Eh bien voilà ! j'ai des hallucinations auditives maintenant. Cet endroit me rend malade. Je dois le quitter au plus vite.

Le maire à peine sorti, Isory, dont le cœur bat à coups redoublés, bombarde de questions son grand-père.

– C'est quoi, cette histoire de permis ? Et que vas-tu faire au quêteux ? Depuis quand a-t-on besoin d'une licence pour un chien qui habite dans le fond d'un rang ? Cette vieille langue de vipère, il l'a fait exprès, je n'ai...

– On se calme, jeune fille ! intervient Dim. Tu as le droit de respirer.

Pantois, Aristophane regarde Isory qui, l'index menaçant, le visage cramoisi et la respiration haletante, se laisse emporter par ses émotions. Durant leur séjour au château d'Édouard, elle lui avait paru tellement raisonnable, rassurante même. En la voyant ainsi, il est interloqué.

Aristophane est un jeune garçon à la silhouette mince et vigoureuse. Son cou, remarquablement long, et sa démarche trahissent son ascendance anglaise. Ses yeux aveline et ses cheveux dorés par le soleil lui donnent une fière allure. Depuis son séjour au château, Aristophane n'a rien perdu de ses habitudes : il a la repartie facile. Toutefois, ses répliques sont dorénavant savoureuses et amusantes ; le malheureux drame, quand Tommy a été capturé par l'horrible créature, a changé sa façon d'être, autrefois si déplaisante. Depuis, il s'est promis de se montrer loyal envers ses compagnons initiés.

En empruntant un accent britannique et des airs aristocratiques, Aristophane, l'œil goguenard, exprime son point de vue :

– Plutôt du type despotique, ce Winberger !

Simultanément, Dim et Isory le regardent. En voyant le visage moqueur d'Aristophane, Isory, le sourire en coin, s'assoit pesamment sur une chaise et pousse quelques soupirs d'insatisfaction.

– D'accord! je me calme! Je suppose que tu as appris ce mot savant de ton cher oncle Gaspard?

Il existait une complicité entre Isory et le jeune garçon, et Dim venait d'en être témoin. Même s'il ne connaissait pas le fameux Gaspard, l'expression « despotique » ne lui était pas pour autant étrangère.

– Le mot *despotique* signifie « qui est propre au despote ». Et un despote, c'est quelqu'un qui gouverne avec une autorité arbitraire et absolue, ou, si tu préfères, c'est un tyran.

Estomaquée, Isory, qui a retrouvé sa couleur originale, ne comprend pas comment son grand-père, issu d'une famille de fermiers de père en fils, peut être aussi cultivé. Aristophane, lui, le regarde avec respect : les mains crevassées et les doigts massifs du paysan l'impressionnent. « Ses doigts ressemblent à de gros saucissons », pense-t-il. La chevelure bouclée du vieil homme offre des reflets de perle et sa barbe, couleur ventre-de-biche, soigneusement taillée, envahit ses joues rosées. « Si le père Noël existe, il doit assurément lui ressembler. » Aristophane est charmé par les yeux de Dim qui s'illuminent lorsqu'il regarde sa petite-fille. Avant que celle-ci ouvre la bouche, Dim poursuit :

– Au cours de la dernière réunion municipale, le maire a annoncé qu'il rejetait la demande des fermiers, soit l'installation de réverbères dans le rang des Mains sales. Cela a provoqué des réactions virulentes ; un tollé général s'est élevé contre Winberger. Ce n'était pas très beau à voir ! Cameron, le journaliste du *Pika Pioche*, qui prenait des notes pour un article, avait un air assombri. En fait, presque tout le monde affichait un air contrarié, sauf bien sûr les quelques sangsues qui tournent sans cesse autour du maire. Grain-de-Blé et moi sommes partis avant la fin de la réunion. Cameron nous a suivis et nous a invités à prendre un café chez Nestelle. Nous avons bien rigolé quand il nous a dit comment il comptait intituler son article : « Derrière ses grands airs, le maire cacherait-il un caractère despotique ? » Heureusement, il a compris notre réticence à l'égard de ce titre et l'a donc modifié. Autrement, nous n'aurions jamais obtenu notre permis.

Dim peut lire l'incompréhension sur le visage de sa petite-fille. Il préférait mettre fin à cette conversation, mais, connaissant Isory, il sait qu'elle l'obligerait à vider son sac d'une manière ou d'une autre. Alors, il se résigne et poursuit son histoire :

– Puisque la ville refuse de nous installer des réverbères, Paul-Eugène Grain-de-Blé et moi allons en fabriquer quelques-uns et les installer nous-mêmes dans le rang. Cependant, le maire nous a obligés à nous procurer un permis de construction. Voilà, maintenant, tu sais tout. Tu es satisfaite ?

Le visage haineux, Isory tente de garder son calme et prend deux grandes respirations avant de parler.

– Je vois ! Et pour le quêteux ?

– Il paraît qu'un sans-abri se promène à Cacouna depuis quelque temps. Avec la fête de l'Halloween qui approche à grands pas, de nombreux touristes vont arriver bientôt. Or, Winberger croit fermement que la présence de ce pauvre homme pourrait ternir la réputation de sa ville. C'est pourquoi il m'a demandé de le convaincre d'aller quêter dans la ville voisine.

– Dis-moi, grand-père, si ce pauvre homme a choisi de venir quêter à Cacouna, crois-tu qu'il est originaire d'ici ?

– Je l'ignore, ma chérie. Mais… nous ne tarderons pas à le savoir. Je te parie que Cameron écrira un article à son sujet dans l'espoir que quelqu'un lui vienne en aide. Ce journaliste a toujours été très sensible aux gens démunis. J'admire son humanité et son intégrité, et je ne dois pas être le seul. Depuis son arrivée dans l'équipe du journal *Le Pika Pioche*, le nombre de lecteurs a grimpé en flèche.

Dim sent des fourmis dans ses jambes, tellement il a hâte d'annoncer à Grain-de-Blé qu'ils ont enfin obtenu le permis. « C'est le temps de rendre une petite visite à mon grand ami », se dit-il tout en se dirigeant vers la porte. Au même moment, Matt, un journal sous le bras, entre dans la maison. Cyclope, excité comme une puce, se faufile entre ses jambes avec toute la vitesse et tout l'entrain que lui permet son unique œil. Parfois, sa vision restreinte donnait lieu à des collisions spectaculaires. Par chance, cette fois-ci, il ne s'en tire pas trop mal puisqu'il termine sa course aux pieds de Meg, qui vient de se lever. Absorbés par cet épisode d'arguments, Isory, Dim et Aristophane ne s'étaient même pas rendu compte que Matt avait quitté les lieux. Pas plus qu'ils n'avaient vu Meg arriver dans la cuisine. Le regard taquin, Matt adresse un éblouissant sourire d'accueil matinal à la mère d'Isory, un sourire s'étendant d'une oreille à l'autre.

– Bien le bonjour, madame Poutch ! Quel endroit superbe vous avez là ! Cette ferme est tout simplement adorable.

Aristophane et Isory se regardent, l'air sceptique : l'enthousiasme débordant de Matt, qui d'habitude est plutôt du genre tranquille, leur fait croire qu'il y a anguille sous roche.

Matt porte des lunettes carrées avec une monture noir corbeau, la même couleur que ses cheveux. Pour son jeune âge, il présente déjà un aspect sérieux ; sa mâchoire carrée et ses yeux bleu acier vous hypnotisent lorsqu'il vous fixe de son regard profond. Amusé par ses expressions faciales inhabituelles, Aristophane l'observe. Sur sa chevelure épaisse, il remarque deux petites taches blanches. Il s'approche alors de Matt, plus grand d'au moins une tête, et, sur la pointe des pieds, examine de plus près la chose. Il est aussitôt pris d'un fou rire.

– Tu sais, d'ordinaire tes lunettes sont de la même couleur que tes cheveux. Mais là… Dis-nous, où t'es-tu baladé ?

– Dans la grange ! Pourquoi ?

– Ah oui ? Et qu'as-tu fait ?

– Rien ! J'ai admiré les hirondelles qui exécutaient des cabrioles aériennes impressionnantes. Je pouvais presque les toucher. C'était géant ! Il y en avait des dizaines. Ce n'est pas étonnant que la charpente de la grange soit tapissée de nids d'oiseau.

– Bon, je vais vous laisser, les jeunes, le coupe Dim. Meg, je dois rendre visite à Paul-Eugène. Il sera heureux d'apprendre que nous avons enfin obtenu le permis pour les réverbères. En cas de besoin, tu sais comment me joindre. Oh ! Matt, lorsque tu en auras terminé avec *Le Pika Pioche*, dépose-le sur la chaise berçante.

Puis Dim sort de la maison en coup de vent. Dès son grand-père sorti, Isory se tourne vers Matt et dit :

– Allez ! Vas-y, on t'écoute. Je sens que tu t'es payé la tête de quelqu'un, non ?

– D'accord ! Mais avant, dites-moi pourquoi vous me regardez comme si quelque chose de dégoûtant m'était tombé sur la tête.

Pendant ce temps, Aristophane s'est approché à pas de géant de Meg et lui offre son aide.

– Je suis peut-être aveugle, jeune homme, mais je

connais ma maison dans ses moindres recoins, lui dit-elle en ricanant. Et ne t'en fais pas pour la boiterie. Je n'ai pas mal. C'est seulement une séquelle de la polio. Je m'arrange très bien avec ma canne.

Meg fait une pause, puis, le sourire aux lèvres, s'adresse à sa fille :

— Ma chérie, d'après les propos de Matt, tu aurais dû deviner que ton ami s'est approché un peu trop près des nids d'hirondelles. Alarmées, voulant protéger leur progéniture, elles ont tournoyé au-dessus de sa tête. Il aurait dû porter une casquette, si tu vois ce que je veux dire !

Un tonnerre de rires éclate. Son orgueil blessé, Matt se dirige vers la salle de bain.

— Si vous voulez bien m'excusez, je dois faire un brin de toilette.

L'explication de Meg, à propos des hirondelles, éveille la curiosité d'Aristophane : ça l'étonne que ces oiseaux couvent des œufs en cette période de l'année.

— Il me semble insensé de voir des oisillons en octobre, madame Poutch.

— Tu peux m'appeler Meg, Aristophane. Ton observation est juste. Depuis le siècle dernier, un micro-climat surprenant s'est installé à Cacouna. Personne n'a pu trouver une explication valable à ce bouleversement climatique. Pas même les spécialistes. Mais ce n'est pas tout. Un phénomène encore plus étrange a attiré des arboriculteurs réputés, débarqués ici en trombe à la suite d'un article de Cameron intitulé « Les températures tropicales persistent cette année encore à Cacouna ». Le changement de température a engendré des variétés de plantes jamais vues dans la région auparavant. Et non seulement y a-t-il de nouvelles espèces quasi tropicales, mais les arbres croissent à une vitesse impensable. Autour de la ville de Cacouna, une région est tout particulièrement touchée par ce phénomène, et c'est le rang des Mains sales. Regarde par la fenêtre de la cuisine, tu verras cette nature arborescente, que je n'ai pas eu la chance de voir.

Fasciné, Aristophane se précipite à la fenêtre et regarde le paysage, d'une beauté saisissante, qui s'offre à lui : dehors, la brume taquine encore la cime des montagnes. Sous les premiers rayons de soleil timides apparaît un paysage vallonné, parsemé de chênes et de saules pleureurs gigantesques : une vraie carte postale, avec de superbes montagnes comme toile de fond. Sous le soleil, les vaches rousses de M. Grain-de-Blé, lesquelles broutent tranquillement dans les collines vertes et moutonnantes, prennent des teintes de pain doré. Derrière la maison du voisin, un épais manteau de fleurs de glycine couvre presque entièrement le flanc de la montagne, devenu lilas. Une magnifique balustrade blanche, retenue par des colonnes torsadées et sur laquelle des clématites mauves forment une guirlande, borde entièrement la maison jaune safran.

– Si vous voulez bien m'excuser, les jeunes, lance Meg, c'est mon heure de lecture. Je me retire donc.

Meg sort de la cuisine en claudiquant, sa canne dans une main, une tasse dans l'autre, et, sous le bras, un bon roman policier, la dernière parution du club de lecture de l'association des aveugles. Elle s'arrête un instant, sirote bruyamment son café, puis reprend sa marche. Sa façon bien féminine de porter la tasse à ses lèvres faisait oublier son manque de bienséance. En sortant de la salle de bain, Matt la croise et, à son tour, lui offre son aide, puisque son livre lui glissait sous le bras. Il la trouve jolie et peut facilement l'imaginer à vingt ans : un teint laiteux, les yeux bleu barbeau, frangés de longs cils noir charbon, et des cheveux à grosses boucles, ambrés comme le whisky. Il lui trouve un sourire de gamine. Une gamine qui a développé un sens de la déduction à faire rougir les inspecteurs de police.

– Tu es très courtois, Matt, le complimente Meg qui, d'un ton ouaté, accepte son offre.

– Alors, là ! je suis scié ! s'exclame Aristophane.

Affairé, Matt tend tout de même l'oreille. Il se demande bien ce que fabriquent ses amis. Avec grand soin, il installe Meg dans son fauteuil capitonné, puis s'empresse de retourner à la salle à manger. Aristophane, à l'aide d'une lunette d'approche, regarde la ferme des Grain-de-Blé.

– M. Grain-de-Blé va péter les plombs si jamais il le voit, commente Aristophane.

– Tu me permets de regarder, Aristote ? demande Matt en s'approchant.

Sans faire d'histoire, celui-ci lui passe la lunette, mais précise :

– Matt, je m'appelle Aristophane ! « Aristote », ça fait intello et péteux de broue.

– J'en prends bonne note, Aristote. Voyons un peu ce qui se passe là-bas de si mystérieux…

Matt s'assoit et regarde dans la lunette. Presque aussitôt, il se raidit. La bouche béante, il se redresse, comme propulsé par un ressort, et s'exclame :

– Mais… que fait-il ? Ce n'est pas vrai ! Il a le quotient intellectuel d'une grenouille !

– Est-ce bien lui ? demande Aristophane en ricanant.

– J'en suis positivement sûr, mon ami. Et moi qui croyais m'être bien payé la tête du maire dans la véranda, tout à l'heure…

Derrière eux, Isory, les bras croisés, fait la lippe. Impatiente de pouvoir regarder à son tour, elle laisse échapper quelques « hum ! hum ! » et frappe nerveusement le plancher du pied. Du coup, les garçons se retournent. En la voyant, la lèvre inférieure épaisse et proéminente, ils poussent un rire rauque. Matt lui tend alors la lunette. Excitée, Isory place la jumelle sur ses yeux. À son tour, elle réagit :

– Oooon ! Ça alors ! Je dirais plutôt qu'il a le quotient intellectuel d'un navet !

C'est sûrement Nil qui, derrière la grange de M. Grain-de-Blé, s'entraîne, ou, plutôt, s'amuse un bon coup en utilisant ses pouvoirs : dans les airs, les petits veaux font la ronde, en tournant comme dans un carrousel.

– Dépêche-toi ! Il arrive ! Remets-les par terre, murmure Isory entre les dents.

S'approchant à grands pas, M. Grain-de-Blé est sur le point d'entrer dans la grange. Presque aussitôt, les veaux regagnent le sol.

– Ouf ! fait Isory, soulagée. C'est bizarre, je serais prête à parier que Nil m'a entendue. Les veaux ont regagné le sol au même instant où je le lui ai suggéré.

– C'est simple, quelqu'un a joué le rôle de sentinelle, en déduit Matt. Esméralda ne doit pas être très loin. Elle montait la garde, j'en suis sûr.

Comme une vieille chipie, Isory, voyeuse, prend un malin plaisir à regarder la suite : Paulo – surnom de Paul-Eugène Grain-de-Blé – pose la main sur la clenche de la porte de grange au moment même où celle-ci s'ouvre. Les silhouettes d'Esméralda et de Nil apparaissent.

– Tu avais raison, Matt, Esméralda vient d'apparaître avec Nil. Pendant que j'y pense, que voulais-tu insinuer, tout à l'heure, par « te payer la tête du maire » ?

– Pas grand-chose, un tas de petits riens, quoi !

En parfaite harmonie, Aristophane et Isory frappent le sol nerveusement du pied droit. Les bras croisés, ils pointent un menton belliqueux.

– Ça va, ça va ! Ne nous énervons pas, réplique Matt. Je crache le morceau. Dès que le maire est entré dans la maison, j'ai ressenti chez cet homme une haine à l'égard des fermiers, et plus particulièrement à ton égard, Isory. Mon intuition me disait de sortir et de l'espionner. Caché le long du mur, à l'extérieur de la véranda, j'ai attendu qu'il sorte, puis je l'ai observé en catimini. Cyclope l'a suivi, mais Winberger ignorait sa présence. Tout en enfilant ses claques, le maire faisait des commentaires si malveillants au sujet des fermiers qu'ils m'ont irrité au point où je devais me défouler. Alors, je suis passé à l'action en utilisant mes pouvoirs. Je suis parvenu à entrer en communication avec Cyclope par télépathie ; c'était géant ! J'avais l'impression d'être un chien. Mon odorat est devenu ultra-sensible et il me semblait avoir des amplificateurs dans les oreilles. Le seul ennui : j'avais un goût bizarre dans la bouche. Celui de la ciboulette. Je crois que Cyclope aurait besoin d'un bon nettoyage de dents. Enfin ! C'est assez incroyable, non ? Et puisque Cyclope n'est pas un chien ordinaire, je lui ai donné le pouvoir de parler. Il s'est empressé de donner son opinion au maire, de sa façon canine, bien sûr. S'il nous voyait, je me demande ce qu'Édouard penserait de cette expérience. Je veux dire… de ma façon d'explorer mes pouvoirs. Il faut bien commencer quelque part, n'est-ce pas ?

— Tu as raison, Matt, répond Isory. Et de toute évidence, Nil et Esméralda sont aussi d'accord. Qu'en penses-tu, Aristote ?

Les propos tranchants d'Isory au sujet du maire avaient mariné dans la tête d'Aristophane, qui, maintenant, affiche un air préoccupé. Soudain, il s'inquiète pour elle :

— Il y a quelque chose de louche chez ce maire. Je suis d'accord avec toi, Matt : Winberger déteste Isory. C'était d'ailleurs un peu maladroit de ta part, Isory, de l'humilier. J'ignore pourquoi, mais j'ai un mauvais pressentiment.

— Il ne me fait absolument pas peur, claironne Isory. Je vais lui en faire voir de toutes les couleurs, à cette vieille langue de vipère ! promet-elle d'une voix glaciale, sans aucune trace de crainte.

Figée comme un glaçon, elle fixe un endroit quelconque dans la cuisine. Son visage haineux et ses yeux exorbités n'avaient rien à voir avec le regard tendre comme de la guimauve qu'elle avait lorsqu'elle écoutait les histoires et les conseils de sa mère. Matt la regarde ; ces traits durcis lui donnent froid dans le dos, si bien qu'il se penche légèrement et effleure le poignet de son amie avec un doigt. Ensuite, il ferme les yeux et prononce les paroles sages que leur avait adressées Édouard tout juste avant leur départ du château : « Ne laissez pas la haine dominer votre esprit, car elle vous conduira à l'obscurité. » Presque aussitôt, Isory sort de sa torpeur.

– Je t'ai entendu, Matt. Malheureusement, je n'arrive pas à chasser de ma tête ces pensées destructrices au sujet du maire…

– Pour l'instant ! insiste Matt. Et si tu nous faisais visiter le domaine des Poutch ? Ça va te changer les idées, du moins pour le moment.

– D'accord ! Allez ! sortons de la maison. Tu viens, Cyclope ?

2

Piquetout les Doigts longs

Rentrant chez lui, Dim donne un petit coup sur l'accélérateur de la jeep, laquelle monte sèchement la pente raide et raboteuse menant à la maison. Puis il gare le véhicule dans l'aire de stationnement gravillonnée, tout près de la véranda. Heureux de son entretien avec Paulo, il se dépêche d'entrer dans la maison pour en discuter avec sa fille. En ouvrant la porte, il s'annonce, tout en déposant sur le comptoir les pains aux noix que la belle-fille de Paulo, Samanta, venait de défourner.

– Nous allons enfin avoir de la lumière dans le rang, Meg ! Paulo était…

Mystérieusement, personne ne l'accueille. La cuisine est vide et il fait un froid de canard dans la maison. Sans trop se poser de questions, il enlève ses bottes et s'empresse de remplir de bûches le poêle

29

antique, un héritage de grande valeur, que sa défunte mère avait fait venir de Trois-Rivières par train ; ses pattes de bronze galbées et son chemisage de porcelaine bleu minuit lui donnaient une allure imposante. Quand le four ne servait pas à cuire les tartes de Meg, Isory entrouvrait la porte et y suspendait ses bas de laine, tout rapiécés.

Quelques braises ardentes crépitent encore dans le poêle et enflamment les bûches en un rien de temps. Sur sa berceuse, près du poêle, Dim remarque *Le Pika Pioche* ; la photo et l'article à la une captent immédiatement son attention.

Le Pika Pioche LE JOURNAL DES GENS CURIEUX

DIMANCHE 25 OCTOBRE   48ᵉ année / n° 63

« Bienvenue chez nous, monsieur le Quêteux »

Sous les haillons de cet homme se cache un être aux vertus d'un roi, un cœur vaillant et un langage d'aristocrate. On le surnomme Piquetout les Doigts longs.

Voici l'histoire d'un gentilhomme, aux yeux émeraude, dont les traits sont dissimulés derrière une grosse barbe, noire comme du charbon, qui envahit ses joues basanées. Ses cheveux emmêlés, décolorés par le soleil, témoignent du temps passé sans qu'il les ait brossés.

La photo qui accompagne l'article séduit Dim : dans le creux d'une main aux doigts démesurément longs, une petite souris au poil cendré, assise sur ses deux pattes arrière, se lèche le ventre. Hypnotisé, Dim n'arrive pas à se détacher du journal. Comme un automate et sans jamais quitter des yeux l'article, il prend la bouilloire, franchement archaïque, se dirige vers l'évier et la remplit d'eau. Toujours sans regarder où il met les pieds, il retourne sur ses pas et dépose la bouilloire sur la plaque du poêle. Déjà, le crépitement du feu s'intensifie et une douce chaleur se répand dans la cuisine. Dim s'assoit sur sa berceuse et poursuit sa lecture :

Dans le petit café aménagé dans l'arrière-boutique du magasin général de Cacouna, Piquetout, le quêteux, a généreusement accepté mon invitation pour une entrevue. Tout en sirotant un café à l'orange, spécialité de la propriétaire, Nestelle Ramdam, j'ai écouté avec grande attention la touchante histoire de Christabelle qu'il m'a racontée à la troisième personne :

« Le quêteux se dirige vers la ruelle adjacente à la rue Saint-Flasque. Un peu moqueur, Piquetout raconte des histoires à dormir debout. Lorsqu'il croise un des bourgeois de la place, il lui fait croire qu'il a un pied-à-terre à la ville et qu'au lendemain des festivités de l'Halloween il devra partir à New York, où une firme d'ingénieurs l'attend.

« Une grande tôle galvanisée sert de toit à son abri de fortune et en guise de lit il a une énorme boîte en carton remplie de feuilles d'automne, laquelle il a baptisée la boîte à feuilles. Les habitants de la ville le surnomment Piquetout les Doigts longs. Ses espadrilles retenues par des bouts de ficelle sont trouées et ses vêtements, beaucoup trop grands pour lui, ont l'allure de guenilles.

« Piquetout cache à l'intérieur de son vieil imperméable en loques sa seule amie, Christabelle, une charmante petite souris grise, au poil velouté, qu'il a sauvée d'une mort certaine.

« Un jour, tentant de s'échapper de la ruelle, un énorme chat aux oreilles tordues avançait en zigzaguant, ventre à terre, et en grognant puisque Piquetout lui bloquait la voie. La cause semblait perdue d'avance pour la petite souris, presque morte, prise en étau entre les horribles mâchoires de son agresseur. Alors, le quêteux sortit de la poche de son imperméable le résultat de sa quête de la journée, une cuisse de poulet. Aussitôt, le chat remua la queue et miaula, libérant par la même occasion sa victime presque inanimée.

« Noblesse oblige, le quêteux remit le festin au chat de gouttière qui ronronna et, en guise de remerciement, se frôla contre son pantalon, puis sortit de la ruelle, vainqueur. Sans perdre de temps, Piquetout prit le petit rongeur inerte, couvert de salive visqueuse, et le plaça délicatement au chaud dans le creux de ses mains. Ne perdant pas espoir, il continua sa manœuvre de sauvetage jusqu'à ce que sa nouvelle amie reprenne connaissance. Dans un état vaseux, la petite souris regarda les yeux du géant, remplis d'eau. Trop faible pour se remettre sur ses pattes, elle resta là, étendue dans le creux des mains de son sauveur. Piquetout ouvrit alors son imperméable et la laissa glisser doucement dans la poche intérieure.

« Très tôt, le lendemain, couché dans la boîte à feuilles, le quêteux sentit des chatouillis sur sa joue. Voulant s'en débarrasser, il se tortilla le nez dans tous les sens. À son grand désespoir, quelque chose lui picotait maintenant le nez. Piquetout ouvrit les yeux, qui louchèrent, tellement la petite boule de poils était proche de lui.

« Se sentant en sécurité près du géant, la souris, assise sur ses deux pattes arrière, se nettoyait scrupuleusement les pattes, les poils et le museau, à l'aide de sa petite langue. En la voyant faire sa toilette avec autant de finesse, Piquetout la surnomma Christabelle. Depuis ce jour, ils ne se sont jamais plus quittés. Même au moment de la quête, le petit rongeur se glisse dans la poche intérieure de l'imperméable du gentil géant, laquelle poche lui tient lieu de refuge. »

En ma qualité de journaliste, j'ai entendu des centaines d'histoires, certaines loufoques, d'autres tristes, mais ce qui distingue celle de Piquetout, c'est sa sensibilité et sa noblesse. Personne ne se préoccupe de si petites choses, qui apparaissent insignifiantes à la plupart d'entre nous. C'est le cycle de la vie, me direz-vous. Après tout, il n'y a rien de plus normal pour un chat que de chasser une souris. Ce qui est intéressant dans cette histoire, c'est le respect que montre le quêteux pour les petites choses de la vie quotidienne, contrairement à un bon nombre d'entre nous : il n'était pas obligé de donner le résultat de sa quête au chat. S'il ne l'avait pas fait, il l'aurait berné, bien sûr, mais tout le monde s'en fout. Mais Piquetout préférait garder son intégrité intacte, et ça, ça comptait plus que tout pour lui. « C'est moi que j'aurais berné si je n'avais pas donné la cuisse de poulet au chat, et il aurait fallu que je me raconte des histoires pour me justifier ! Je n'allais tout de même pas renier mes valeurs pour une aumône ! » m'a-t-il dit en souriant.

Pour ce quêteux, architecte de profession, à mon grand étonnement, qui a décroché du monde capitaliste, son geste de noblesse lui a valu une amie fidèle.

Avant l'entrevue, j'avais préparé plusieurs questions. Par exemple : pourquoi l'appelait-on

Piquetout les Doigts longs ? Pour quelle raison était-il devenu quêteux ? Mais son histoire m'a emporté loin de tels sujets, suscitant en moi toute une gamme d'émotions, et mon interview m'apparaissait désormais complètement inutile. J'ai alors demandé à Nestelle de nous apporter deux autres cafés à l'orange et nous avons parlé de choses beaucoup plus intéressantes.

Parfois, ce sont les petites choses de la vie qui nous apportent de grandes révélations !

Cameron R.

— J'aimerais être une petite souris pour voir les yeux de Winberger lorsqu'il lira l'article de Cameron, glousse Dim, tout en glissant sa main gauche sous le coussin de la berceuse, où était dissimulé sa blague à tabac.

Cherchant à tâtons quelques instants, il le trouve enfin. À sa grande surprise, le sac est mâchouillé et pratiquement vide. « Nom d'une pipe ! Ça ne prend pas la tête à Papineau pour deviner qui est l'auteur de ce larcin. Je dirais plutôt que ça prend une tête de linotte et une bonne paire de canines. J'espère seulement qu'il a un estomac de fer ! » pense Dim, l'air désappointé. Et pour cause : le mélange de tabac et de ciboulette, préparé spécialement pour lui par Nestelle, devait sécher une bonne semaine avant d'être mis dans une poche de cuir ; la saveur corsée du mélange était incomparable et Dim en raffolait. Faute de pouvoir fumer sa pipe, il se lève, prend la bouilloire, qui siffle depuis un bon moment, et se prépare un bon café.

– Je me demande où se trouvent les jeunes ? se demande-t-il à voix haute.

Les trois amis sont dans la grange. Debout en équilibre sur une poutre, Matt se concentre (derrière lui, Aristophane attend son tour). En dessous, une montagne de paille, qui s'étend sur toute la largeur de la grange, fait office de filet. Les cheveux ébouriffés, pleins de brindilles de paille, Isory le regarde, espérant qu'il parviendra, cette fois-ci, à exécuter ses cabrioles : à l'aide de ses pouvoirs, il doit faire deux pirouettes suivies d'une décélération. Pour ajouter une difficulté au saut, Matt doit compléter la figure en planant à quelques centimètres au-dessus de la montagne de paille. Celui-ci se lance finalement : il plie légèrement les genoux, projette ses bras raidis vers le ciel et se propulse dans les airs. Il réussit les pirouettes à la vitesse de l'éclair, mais n'arrive pas à ralentir ensuite, si bien qu'il tombe, comme une poche de patates, tête première dans la paille.

– Matt ! Matt ! tu vas bien ? Dis quelque chose ! demande nerveusement Isory. Tu n'es pas blessé ?

– Non ! répond Matt en sortant la tête de la paille, l'air quelque peu froissé.

– En es-tu bien certain ?

– Oui, je vais bien. Merci de ta sollicitude.

– Ouf ! Tu m'as donné des sueurs froides.

Son ami avait l'allure d'un épouvantail : en le

voyant, la tête, les oreilles et les vêtements pleins de brindilles de paille, Isory se pince les lèvres pour retenir un sourire. Remarquant son air exaspéré, elle l'encourage :

– Tu ne vas pas baisser les bras maintenant ? Un chapelet d'épreuves nous attend, ajoute-t-elle d'une voix solennelle.

Devant l'air étonné de Matt, elle poursuit :

– C'est une citation d'Édouard.

Soudain, des reflets écume de mer dansent sur les planches du toit : les yeux mi-clos, la tête légèrement penchée en avant, Aristophane se concentre. Dans sa main, il tient un popofongue, devenu lumineux. Matt devine aussitôt ses intentions.

– Aristote va utiliser les pouvoirs du fruit. Il va le faire, j'en suis sûr.

– J'espère seulement qu'il ne se transformera pas en corbeau ! ajoute Isory d'un ton moqueur.

Aristophane, qui sent le pouvoir du popofongue bourdonner en lui, se lance ; il se propulse, exécute brillamment les pirouettes, et se met à flotter dans les airs comme le duvet cotonneux des fleurs de pissenlit. Un frisson d'extase le parcourt : il a réussi. Sa voix devient suave et douce comme du miel.

– Wow ! Ça fonctionne, Matt ! C'est mer… veil… leux, Isory !

– Impressionnant, Aristote ! lui répond cette dernière avec un sourire railleur. Maintenant, tu veux bien atterrir ?

– D'accord, j'arrive.

Aristophane essaie en vain de gagner le sol. Alors, il se concentre davantage, mais, malgré sa volonté, il sent son corps attiré par une force inconnue, tantôt vers la gauche, tantôt vers la droite. Stupéfaits, Matt et Isory le regardent osciller comme un pendule. Aux exclamations et jurons d'Aristophane, Cyclope, endormi dans le foin, se réveille.

– Ooooh ! Héééé ! Tonnerre de Brest !

Il se lève et, malgré son handicap visuel, le suit du regard. Ce qui n'était pas une très bonne idée : très vite, Cyclope devient étourdi. À quelques pas de lui, Isory l'aperçoit, heureusement !

– Ho ! Matt ! regarde Cyclope ! Je crois qu'il va être malade. Sortons d'ici ! Un grand bol d'air lui fera le plus grand bien.

– Et moi ? demande nerveusement Aristophane. Oooooh ! Vous… vous n'allez quand même pas me laisser là, à me balancer comme un… ha !… un pendule. Matt, fais quelque chose !

– Lorsque l'heure sonnera, fais nous signe, mon frère. Continue à te concentrer, ça viendra !

Isory prend dans ses bras Cyclope, qui titube, et s'empresse de sortir de la grange. Matt la suit de près. En les voyant s'éloigner, Aristophane, sous l'emprise des pouvoirs du fruit magique, se sent abandonné, l'espace de quelques instants. Cependant, il sait que c'est volontairement que ses amis le laissent se tirer d'affaire seul.

– C'est pas… pas… pas vrai ! Ils m… m… me laissent d… d… dans cet, ooooh !… dans cet état. Je dois me reprendre. Je vais y arriver !

À peine sortie de la grange, Isory dépose Cyclope, soulagé de pouvoir toucher enfin la terre ferme. Aussitôt, il vomit. Matt, le visage déformé par le dégoût, regarde du coin de l'œil le vomis vert comme la ciboulette.

– Hé bien, mon vieux, la prochaine fois que tu voudras une bonne chique, adresse-toi à grand-père Dim ! Il te donnera quelque chose qui n'aura pas cet effet.

Pendant qu'Isory s'occupe de Cyclope, Matt profite de l'occasion pour observer l'imposante maison des Poutch. À flanc de montagne, la demeure familiale, en pierre, est pourvue de fenêtres à meneaux et de lucarnes à l'étage. Les tuiles de terre cuite qui recouvrent le toit lui donnent un cachet anglais. Tout comme la demeure des Grain-de-Blé, la maison est entièrement bordée par une balustrade blanche aux colonnes torsadées.

Soudain, un boum ! jaillit de la grange, suivi d'une voix sourde.

– Morbleu ! j'y suis parvenu !

Pantois, Matt et Isory se regardent. Le temps de dire wistiti, Aristophane apparaît, en titubant comme

Cyclope, et s'écroule.

– Ouf! J'y suis arrivé. C'était juste une question de concentration. Ça fait certainement partie du processus d'utilisation du popofongue. Cette fois, j'ai pris garde aux sentiments qui m'habitaient lorsque j'ai prononcé mon souhait; autrement, ils auraient pu me transformer en corbeau, si vous voyez ce que je veux dire!

Matt et Isory savaient, en effet, à quoi Aristophane faisait allusion : sa première expérience avec le fruit magique, durant leur séjour au château, avait suscité chez lui une vague d'émotions poignantes, étant donné la nature destructrice de son souhait.

Tout à coup, une odeur de sarrasin vient chatouiller l'odorat d'Isory, qui regarde alors la cheminée de la cuisine : une fumée ondoyante s'en dégage et se répand doucement dans le ciel maintenant couvert de nuages moutonneux. Aussitôt, elle invite Matt et Aristophane à retourner à la maison.

– C'est l'heure de déjeuner, les amis. Grand-père fait les meilleures crêpes de sarrasin du monde. Venez!

Lorsqu'ils ouvrent la porte, une odeur alléchante s'insinue dans les narines des jeunes, déjà affamés depuis un bon moment. Sans perdre une seule seconde, Matt et Aristophane prennent leur place à la table. Isory dépose doucement Cyclope dans l'escalier, qui, à pas feutrés, croyant ainsi se faire oublier un instant, grimpe les marches et trottine jusqu'à la chambre de sa maîtresse, dont la porte, heureusement, est entrouverte. Malgré son estomac barbouillé, il saute sur le lit et remarque aussitôt une tache rouge vif sur l'oreiller : c'est Félucine. Couchée sur le restant de feuille de menthe, elle semble assoupie et représente une proie facile pour Cyclope. Tranquillement, le petit boston-terrier s'approche. Il bondit brusquement et happe Félucine. À ce moment précis, le crissement des pentures de la porte le surprend. Il se retourne et voit sa maîtresse. Saisi de la voir là, immobile dans l'embrasure de la porte, le fusillant du regard, il s'accroupit. Elle s'approche et tend la main, paume ouverte, à deux centimètres de son museau.

– Donne-la-moi immédiatement, Cyclope !

Des « bzille bzille » émergent de la gueule du boston-terrier qui lentement retrousse les babines, mais en gardant les mâchoires bien contractées.

– Allez, Cyclope, tu y es presque !

Résigné à lui obéir, celui-ci crache la coccinelle, désormais gluante, dans le creux de la main de sa maîtresse.

– Merci ! J'ignore pourquoi tu crois que Félucine est une rivale. Pourtant, tu ne devrais pas. Aujourd'hui, c'est ma dernière journée de congé avant le retour en classe et j'aimerais bien profiter du reste de la soirée sans me faire du sang d'encre à son sujet. Si tu vois ce que je veux dire ! Tu ne voudrais tout de même pas dormir par terre, dorénavant, n'est-ce pas ?

Cyclope regarde sa maîtresse et lance un aboiement sourd, comme pour lui dire qu'il comprend bien le message. Il n'est pas désolé pour Félucine. Non ! Il a seulement la gorge serrée à l'idée de ne plus pouvoir dormir avec Isory. Aussi, il décide de rester sage comme une image pour le reste de la journée.

Le crépuscule ouaté, avec son cortège de nuages couleur abricot, abrite les dernières lueurs du soleil et, par la même occasion, la fin du week-end. Matt et Aristophane, déjà très à l'aise avec la famille Poutch, ont hâte de retourner à l'école ; l'idée qu'ils vont enfin revoir Nil et Esméralda les excite davantage. Dans le salon familial, les enfants profitent de leur dernière soirée de congé. Dim, à l'aide de son tisonnier, brasse les tisons ardents et les bûches enflammées dans l'âtre du foyer ancestral. Le manteau de la cheminée a fait l'objet d'une discussion d'ordre culturel pour les nouveaux membres de la famille : au centre de celui-ci, les armoiries de la famille Poutch ont été gravées dans la pierre taillée. Ces emblèmes symboliques représentent six saisons : les labours, les semences, les récoltes, les chantiers, les draves et finalement les sucres.

Devant l'âtre, Matt et Aristophane, étendus à plat ventre, l'un en face de l'autre, se livrent à une partie d'échecs. Quant à Isory, allongée sur le sofa, elle discute avec Meg, confortablement assise dans son fauteuil, de la grande fête de l'Halloween qui approche à grands pas.

— Je me demande quel sera le thème de l'Halloween, cette année.

— As-tu une préférence, ma chérie ?

— La période médiévale me plairait bien.

— Ce serait très bien, affirme Dim qui, appuyé contre le foyer, savoure la chaleur intense du feu.

La voix profonde de Dim surprend Matt, qui se concentrait pour déjouer Aristophane. Il se redresse sur un coude et tend alors l'oreille. Malheureusement, sa minute d'inattention lui coûte la partie.

— Échec et mat ! s'écrie Aristophane.

— Bravo, mon frère ! Je prendrai ma revanche bientôt.

La conversation d'Isory et de sa mère pique la curiosité de Matt, si bien qu'il va s'asseoir tout près d'elles.

— De quoi étiez-vous en train de parler, Isory ? demande-t-il.

— Oh ! d'une grande fête qui aura lieu bientôt. Les Cacounois ont coutume de donner un thème à la fête de l'Halloween. Chaque année, le thème est choisi par un vote, dont le résultat est publié dans *Le Pika Pioche* peu de temps avant les festivités. Toute la ville participe à la fête, si bien que Cacouna est considérée comme la capitale mondiale de l'Halloween, et, pour l'occasion, l'hebdomadaire local paraît tous les jours durant le mois d'octobre. Parlant du *Pika Pioche*, le journaliste Cameron écrit toujours, le lendemain des festivités, un article très attendu par tous les habitants, qui se ruent littéralement au magasin général pour acheter le journal. Le plus mystérieux dans tout ça, c'est que l'article porte toujours le même titre : « Le sortilège de Cacouna frappe de nouveau ». Bouah ! Ça donne froid dans le dos, non ?

Une lueur d'étonnement passe dans les yeux de Matt. Aristophane, quant à lui, a un froncement de sourcils perplexe. Ce dernier, plus curieux qu'apeuré, lui demande de poursuivre son histoire qui, à ses yeux, prend des allures de roman fantastique.

– Et… comment se termine le roman, Isory ?

L'œil goguenard, la voix basse, presque un murmure, elle lui répond :

– Des choses étranges se produisent à Cacouna : des gens disparaissent. Ha ! ha ! ha ! fait-elle, imitant le rire d'une sorcière. Mais trêve de plaisanteries, je vais me coucher.

– Nous aussi, nous montons, ajoute Aristophane.

– Bonne nuit, Meg, bonne nuit, Dim, souhaitent en chœur les garçons.

Isory embrasse tendrement sa mère sur le front, et n'oublie pas de câliner Dim, puis, traverse le salon pour rejoindre ses amis, déjà dans l'escalier de la cuisine.

Dans le dortoir improvisé par Dim où couchent les garçons, une lampe au pied de bronze et à l'abat-jour en verre marbré, posée sur une vieille table de chevet d'un bleu délavé par le temps, diffuse une douce lumière. La nuit s'annonce plutôt longue pour Matt, car il n'a pas du tout sommeil. Voulant discuter un peu, il regarde Aristophane, mais celui-ci, la bouche béante, dort comme une marmotte.

– Bonne nuit, Aristote.

À cet instant précis, les marches d'escalier craquent sous des pas maladroits. Matt devine aussitôt que ce sont ceux de Meg. « Elle s'est sûrement ennuyée de sa fille », pense-t-il. Claudiquant, Meg se rend jusqu'à la chambre d'Isory. Elle tend le bras devant elle et, de sa main, tâtonne dans le vide, espérant trouver la porte, déjà grande ouverte.

– Entre, maman. Laisse-moi t'aider. Viens t'asseoir sur mon lit, il est confortable.

– Merci, ma chérie. Si je ne me trompe, c'est la pleine lune, ce soir.

– Pas tout à fait, mais elle est presque pleine.

La lune perce le brouillard par intermittence, éclairant la chambre et, par la même occasion, Meg qui se trouve vis-à-vis de la fenêtre. Isory peut voir l'inquiétude qui se reflète sur le visage de sa mère : soulagée que sa fille soit revenue de son périple, elle a néanmoins quelque chose qui lui talonne l'esprit. Le silence d'Isory pèse comme une cape sur les épaules de Meg, qui n'arrive plus à se contenir.

– Tu es bien silencieuse, ce soir, ma chérie. Dis-moi ce qui te chicote.

– Oh! rien de grave, maman. Je me demandais pourquoi les Cacounois disent de leur ville que c'est la cité des sortilèges. Ce qu'ils racontent à son propos est peut-être véridique, qui sait?

– Parfois, il m'arrive d'y penser et je me pose alors un tas de questions, tout comme toi. Je crois plutôt que c'est une occasion rêvée pour les journalistes de raconter une bonne histoire; ils veulent en mettre plein la vue aux touristes qui sont de plus en plus nombreux, dans la région, à la période de l'Halloween. Les gens se plaisent à croire aux histoires de sorcières, j'en suis certaine. Ça met un peu de piquant dans leur vie, quoi! Heureusement, les choses étranges qui se produisent à cette période de l'année se résument à des incidents malencontreux et sans gravité. Cela étant dit, il y a quelqu'un dont j'aimerais te parler, Isory.

– Le maire, c'est ça? Celui-là, il ne m'inspire pas confiance une seule seconde. Matt et Aristophane ne l'apprécient pas vraiment. Ils le craignent. Moi, il ne me fait pas peur. Ce Winberger, je le surveille de près.

– Et... pourquoi le surveilles-tu?

– Je n'ai pas peur pour moi, maman.

– Tu ne vas quand même pas t'imaginer qu'il veut s'en prendre à moi. Par contre, Gédéon, lui, il a fait ses preuves, non? Il n'a pas hésité à saboter ta bande dessinée à l'école. Tu n'as certainement pas oublié? Puisque tu l'as affronté, ne crois-tu pas qu'il va vouloir prendre sa revanche? D'autant plus que, chez lui, la situation familiale ne s'améliore pas. J'ai parlé avec sa mère au téléphone, après l'incident à l'école. Elle est désolée pour ta bande dessinée.

Meg fait une pause, le temps de quelques respirations, puis elle reprend :

— Il y a une chose que tu dois savoir, Isory. Ses parents vont divorcer et ils l'ont annoncé à Gédéon pendant ton séjour au château. Gédéon a très mal réagi et je m'inquiète pour toi. Alors, je te demande d'être vigilante. Au moindre doute, tu dois prévenir Miranda, ton enseignante. Promets-moi que tu ne prendras aucun risque.

— Ne t'en fais pas, maman, je suis assez grande pour me défendre.

— Ça, je le sais ! Tu n'es pas une jeune fille comme les autres et c'est la raison pour laquelle tu détiens des pouvoirs. Peu de temps avant sa mort, ton père m'a parlé de toi comme il ne l'avait jamais fait auparavant : « Isory possède des dons, me disait-il, des dons surnaturels. » Aujourd'hui, je comprends ce à quoi il faisait allusion. J'ignore pourquoi il le savait, et cela restera toujours un mystère pour moi. En héritant de pouvoirs, tu as également hérité d'une grande responsabilité, ma chérie : celle de les utiliser à bon escient. Tu vois ce que je veux dire ?

— Je crois. C'est pour cette raison que Matt, Aristophane, Nil et Esméralda sont près de moi. Nous devons apprendre ensemble à vivre avec ces pouvoirs qui parfois nous font peur. Ne t'en fais pas, maman, je veillerai à ce que Gédéon reste en vie !

En entendant ces derniers mots, Meg, l'air suppliant, réagit. Puis elle dit, ironique :

– C'est une bonne idée !

– Va dormir, Meg, je rigolais.

– J'en étais sûre ! Bonne nuit, ma chérie.

Tout juste comme Meg se lève, Dim apparaît dans le cadre de porte.

– Eh bien ! Je vois que tu es en grande conversation avec ta fille, Meg.

– Non, non, papa. Nous venons de la terminer et j'étais sur le point de partir. Viens prendre ma place. Le lit d'Isory est très confortable. Bonne nuit, ma chérie.

– Bonne nuit, maman.

En pénétrant dans la chambre, Dim courbe le dos, pour ne pas se cogner la tête, puis s'assoit.

– Si tu viens pour me parler de Gédéon, grand-père, ce n'est pas la peine, Meg vient de le faire.

– Dans ce cas, il ne me reste plus qu'à te souhaiter bonne nuit.

Gardant le dos courbé, Dim se lève et prend Isory dans ses bras. Il la serre très fort et la balance comme lorsqu'il la berçait quand elle était enfant.

– Dis-moi, grand-père, c'est à cause de mes pouvoirs que papa s'est fait tuer, dans la grange, par le géant hideux ?

Embarrassé par la question de sa petite-fille, Dim se

raidit. Les yeux effarés, il revit le drame. Il se revoit attrapant Isory par la salopette ; voulant secourir son père, la petite courait tout droit vers la grange. Dim, en la serrant contre sa poitrine, avait senti les battements de son petit cœur se précipiter ; sous son emprise, bien malgré lui, sa petite-fille se débattait de toutes ses forces. L'appréhension qui se peignait sur le visage d'Isory, couvert de larmes, avait laissé une trace indélébile dans sa mémoire.

La petite main d'Isory qui lui caresse la joue sort Dim de ses pensées. À la recherche de mots convenables, Dim ferme les yeux l'espace d'un instant ; il juge que le moment est bien mal choisi pour lui révéler le vrai fond de l'histoire. Selon lui, sa petite-fille et ses nouveaux compagnons ne sont pas encore prêts pour entendre la vérité. La voix étranglée, il répète plutôt les paroles profondes que son beau-fils avait prononcées quelques jours avant le drame.

– Un jour ou l'autre, chacun d'entre nous est soumis à une épreuve, ma chérie. Malheureusement, elle n'arrive pas quand on veut ni sous la forme que l'on désire. Ton père n'est pas mort à cause de tes pouvoirs et encore moins par ta faute. Non ! Il a défendu ce qu'il avait de plus cher à ses yeux contre un être méchant qui lui voulait du mal. Ton père est toujours là, Isory et je suis certain qu'il t'écoute avec grande attention lorsque tu lui parles, crois-moi ! Tu verras, un jour prochain, il finira bien par te répondre. Pour l'instant, je crois qu'il est temps de dormir.

Dans la chambre voisine, Matt a entendu, bien malgré lui, les conversations entre Isory, Meg et son grand-père, et il en est resté saisi. Le géant hideux, la cité des sortilèges, tout ça lui semble très mystérieux. Il se pose des questions et espère bien en apprendre davantage sur ce que racontent les gens au sujet du sortilège.

3
La vengeance de Gédéon

Tout en passant la langue sur son museau, Cyclope, l'œil menaçant, s'approche à pas feutrés de Félucine qui sort de sa boîte d'allumettes. Presque aussitôt, celle-ci active ses ailes rouge écarlate et prend son envol. Malgré lui, Cyclope gémit et approche sournoisement de sa proie qui zigzague quelques instants, au-dessus de sa maîtresse, avant de se poser en douceur sur son nez – c'est la seule partie du corps d'Isory qui apparaît dans l'amas de draps. Cette fois c'en est trop pour Cyclope qui pousse alors un jappement furieux.

– Wouffe !

En voyant Isory redresser la tête et entrouvrir les yeux, Cyclope jappe frénétiquement et s'approche de son visage pour lui prodiguer une démonstration d'affection humide. Effrayée, Félucine s'envole de nouveau.

— D'accord, d'accord, Cyclope, je me lève ! Je suis heureuse que tu n'aies pas profité de cette nuit pour manger Félucine. Tu es un bon chien ! Tu verras, très bientôt, vous serez de bons amis tous les deux.

Doucement, Isory se lève, prend son réveil sur la petite table de chevet et met le bouton de la sonnerie en position d'arrêt – elle allait se déclencher bientôt. Encore un peu endormie, elle va à la fenêtre ; d'immenses nuages couleur de plomb balayent le ciel et de grosses gouttes de pluie s'écrasent soudainement sur les carreaux de la fenêtre. Le temps maussade lui donne envie de se glisser de nouveau sous les draps. « Une autre fois… », pense-t-elle en regardant son lit, l'air tristounet. Nonchalamment, elle ouvre sa garde-robe, remplie de salopettes, et prend celle spécialement réservée pour aller nourrir les animaux, puis l'enfile. Croyant que les garçons dorment encore, elle ouvre doucement la porte de sa chambre et sort. Cyclope la suit comme son ombre et grogne tout en se balançant la tête : Félucine s'est enfouie dans son poil avec la ferme intention d'y rester. En passant devant le dortoir, Isory y jette un coup d'œil ; il est vide. Surprise, elle s'empresse de descendre, lorsqu'une voix retentit.

— Ce n'est pas trop tôt ! s'exclame Matt avec enthousiasme. Nous t'attendions depuis un bon moment. C'est l'heure d'aller nourrir les animaux, Isory. Tu viens ?

– Oui, j'arrive, fait-elle, l'air endormi. Bonjour, grand-père !

Avec un sourire moqueur, Dim regarde la chevelure en bataille de sa petite-fille et lui répond :

– Bonjour, jeune fille ! À ton retour de l'étable, n'oublie pas de passer à la salle de bain pour y faire un brin de toilette.

– Oui, grand-père, je sais… mes cheveux. On y va, les gars ? Cyclope, tu restes avec Dim ce matin. Je crois que tu as quelque chose à te faire pardonner. Je suis sincèrement désolée pour ton tabac, grand-père.

– Ne t'en fais pas, ma chérie. De toute manière, je dois me rendre à la mairie de Cacouna cet après-midi pour y prendre la licence de Cyclope. J'en profiterai pour faire un saut chez Nestelle. Je suis certain qu'elle se fera un plaisir de m'en préparer un sac.

En mettant le pied dehors, Aristophane penche la tête vers l'arrière et regarde le ciel. Matt et Isory l'imitent : les lourds nuages menaçants envahissent le ciel et voilent la lumière incertaine. Le jour vient à peine de se lever et pourtant on se croirait presque au cœur de la nuit. De grosses gouttes de pluie s'écrasent sur leur visage, puis, brusquement, une lumière vive perce le ciel ténébreux, suivie d'un épouvantable grondement. Aristophane, qui déteste les orages, se dirige à grands pas vers l'étable. Moins intimidé par les conditions atmosphériques, Matt le suit, tandis qu'Isory se dirige vers une autre section du bâtiment pour accéder à la grange, située au-dessus de l'étable. Soudain elle s'arrête et lance aux deux garçons :

Hé, Matt, Aristote ! Je vais ouvrir la trappe dans le plafond de l'étable, au-dessus de l'allée. Alors ne restez pas en dessous. Je ne voudrais pas vous blesser.

À peine entrée dans la vieille bâtisse, Isory est envahie par un sombre pressentiment : le silence des hirondelles est éloquent. Elle escalade l'escalier menant à la grange et s'empresse d'aller ouvrir la trappe. Dans l'allée, Matt et Aristophane la regardent par le trou. Voulant couvrir le bruit de la foudre, Aristophane a augmenté le volume de la radio, qu'Isory laisse jouer en permanence dans l'étable, et se dandine au rythme de sa musique préférée, le rock (il a choisi un poste où la musique est plus rythmée que ce que fait habituellement jouer Isory).

– Tassez-vous, prévient Isory, je laisse tomber une botte de foin.

Au même instant, un mugissement, plus effrayant que des vents déchaînés, retentit ; du coup, Matt se fige.

– Vous avez entendu ? demande Isory, la voix crispée et tremblotante.

La radio laisse échapper une telle bouillie de sons que les paroles d'Isory se perdent.

– Oui ! répond Matt, presque en criant. ARISTOTE ! tu veux bien baisser le volume de la radio ?

En regardant Isory, Aristophane hausse les épaules,

ouvre les mains en signe d'incompréhension et part éteindre la radio. Dans la lumière grisâtre, Matt regarde de nouveau Isory dont le visage a pris la couleur de la craie. Le vent trouble le lugubre silence qui règne désormais dans l'étable. Soudain, des murmures horrifiants se manifestent dans les coins obscurs de la grange. Cette fois, Matt les entend clairement.

— Nous montons te rejoindre tout de suite, Isory ! Ne bouge pas. Allons-y, Aristote.

Les garçons poussent violemment les portes de l'étable, sortent du bâtiment et courent à perdre haleine jusqu'à la section donnant accès à la grange. La respiration haletante, Matt se glisse le premier dans l'entrebâillement de la porte. Devant lui, le tracteur rouge, que Dim venait tout juste de remiser la veille, l'empêche de scruter l'endroit. Malgré la peur qui les envahit peu à peu, les garçons, attentifs au moindre bruit suspect, grimpent l'escalier, puis, sur la pointe des pieds, font le tour de la grange, sombre comme une caverne. Statufiée, Isory les regarde s'approcher. Aristophane tressaille en entendant les craquements sinistres qui fusent d'un peu partout. Comme pour dissimuler sa peur et alléger l'atmosphère, il donne son avis sur l'horrifiante bête qui semble les observer.

— On pourrait facilement penser à un ours, non ?

Occupé à fermer la trappe, Matt ne répond pas. Il n'a qu'une idée en tête, foutre le camp de cet endroit.

— Sortons d'ici ! suggère-t-il.

Sur leur garde, nos trois mousquetaires se dirigent vers l'escalier et descendent. En bas, serrés les uns contre les autres comme des sardines, ils restent là, cloués près du tracteur. Après un certain temps, Isory avance, sans brusquerie, vers la porte, scrutant fiévreusement chaque recoin. Puis elle se penche et place un œil entre deux planches. De l'autre côté, un œil veineux l'observe. Saisie d'effroi, elle recule et tombe à la renverse sur les garçons. Au même instant, la porte s'ouvre : c'est Dim. Devant lui, étendus par terre, Isory tremble comme une feuille, Matt sue d'angoisse et Aristophane, qui semble avoir été frappé par la foudre, le regarde sans dire un mot.

— Est-ce que quelqu'un peut me dire ce qui se passe ici ? s'exclame Dim. On dirait que vous avez vu un mort.

— Ouf ! Tu m'as fichu les jetons, grand-père !

— Je l'imagine bien. Ce n'est pas tous les jours qu'on tombe sur un gros œil en regardant par une fente entre deux planches. Mais ça n'explique pas pour autant votre retard ; d'ordinaire, une demi-heure te suffit pour arriver à bout de la besogne, Isory. Allez vous laver et vous changer, je vais terminer le travail. Autrement, vous serez en retard à l'école.

— Oui, mais, grand-père, nous avons entendu des grognements…

— Et que ça saute ! Vous me raconterez votre histoire de peur ce soir.

En moins de deux, les jeunes sont dans la maison. Meg, occupée à brasser le gruau à gros grains, n'a même pas le temps de leur adresser la parole puisque Isory, Matt et Aristophane montent à l'étage en coup de vent. Ne voulant pas laisser sa fille s'occuper toute seule des jeunes, Dim s'active au rythme de la musique et, le temps de le dire, il a terminé la tâche à accomplir et retourne à la maison. En ouvrant la porte de la véranda, il est surpris : les trois amis, fin prêts pour l'école, aident Meg à servir le déjeuner. Mais, ce qui le surprend davantage, c'est le silence inexplicable qui règne dans la cuisine. « C'est étrange, pense-t-il. Isory et les garçons devraient montrer de l'enthousiasme puisqu'ils vont retrouver Nil et Esméralda. Le retour en classe doit certainement les ennuyer. »

Dim a tout faux. Matt, sans en être conscient, brasse sans arrêt son gruau. Il songe aux paroles d'Isory, lesquelles résonnent dans sa tête comme des pièces de monnaie qui tombent au sol : « Je me demande pourquoi les Cacounois disent de leur ville que c'est la cité des sortilèges. Ce qu'ils racontent à son propos est peut-être véridique. » Le mystère entourant ce que racontent les Cacounois l'intrigue au plus haut point. Quant à Isory, pour chasser les idées noires qui lui taquinent l'esprit, elle sert à déjeuner à Cyclope et donne une feuille de menthe à Félucine, confortablement installée dans le bol à fruits. Aristophane, lui, tente de se convaincre que les grognements, dans la grange, étaient ceux d'un ours.

– Vous devez avoir très hâte de revoir Nil et Esméralda, dit Meg aux jeunes, la voix presque chantante.

Ces paroles ont un effet de baume aux oreilles d'Aristophane et d'Isory qui réagissent successivement :

– Ah oui ! J'ai vraiment hâte de les voir.

– Moi, je me demande ce qu'ils ont découvert au sujet de nos pouvoirs. Et toi, Matt ?

Perdu dans ses pensées, celui-ci répond d'un bref hochement de tête ; de toute évidence, il n'a pas écouté la question. Mais Isory n'a pas l'intention de l'exclure de la conversation.

– Je crois que ton gruau est froid, Matt, lui dit-elle en lui tapotant l'épaule.

– Comment ? Tu disais ?

– Sur quelle planète te trouves-tu, là ?

Tout en portant sa cuillère remplie de gruau à la bouche, il lui répond :

– Je t'en reparlerai dans l'autobus... Mince ! mon gruau est froid.

Pendant ce temps, chez les Grain-de-Blé, Nil et Esméralda terminent leur petit-déjeuner. Il ne reste plus que quinze minutes avant l'arrivée de l'autobus et Alison, la petite-fille de Paulo, l'enfant unique des Grain-de-Blé, a déjà enfilé son imperméable et son chapeau de pluie. Sans attendre Nil et Esméralda, elle sort pour s'amuser avec les feuilles d'automne qui jonchent le sol. Alison vient tout juste d'avoir sept ans, pourtant elle a l'air d'en avoir cinq ; son corps est tout particulièrement menu et elle a le visage poupin de sa mère, Samanta. Bien qu'elle paraisse aussi fragile qu'une poupée de porcelaine, la petite a l'énergie d'une tigresse.

Depuis la mort tragique de son beau-fils, Paulo ne tient pas en place lorsque la petite Alison sort de la maison. Nerveusement, il la suit du regard d'une fenêtre à l'autre. Dès qu'il la voit se diriger vers la grange, il sort brusquement de la maison, et pour cause : en voulant remiser la moissonneuse-batteuse dans la remise, son beau-fils n'avait pu dégager son gant pris dans le rabatteur, cet immense peigne servant à rabattre le blé, lequel l'avait entraîné jusque dans le ventre de la machine. Alison, encore au berceau à ce moment-là, n'avait pas eu connaissance de cette tragédie. Heureusement pour elle ! La petite éprouve une affection profonde pour son grand-père, qu'elle considère comme son propre père. Lorsqu'il va nourrir les animaux, Paulo s'amuse à l'asseoir sur ses larges épaules et ils exécutent la besogne ensemble. C'est le moment de la journée qu'il préfère. Cet homme sexagénaire resplendit de santé. Dim, son fidèle ami, impressionné par sa stature et sa force, le surnomme « Hercule » lorsqu'ils font les foins ensemble.

Énergique comme sa fille, Samanta travaille dur depuis la mort de son mari. Certes, elle peut compter sur Paulo en tout temps, mais il n'en demeure pas moins que la perte de sa douce moitié a laissé un vide qu'elle arrive difficilement à supporter, encore aujourd'hui. À l'occasion, son mal-être l'amène à se perdre dans ses pensées, si bien qu'elle se retrouve dans des situations parfois embarrassantes. Dans certains cas, cependant, elles lui inspirent des idées qui s'avèrent profitables. Un jour, en sortant une dernière fournée de pains, elle était restée hébétée à la vue des deux douzaines de pains qu'elle avait fait cuire et qu'elle avait déposés un peu partout dans la cuisine. Ne sachant trop quoi en faire, elle avait eu la brillante idée de les apporter à Nestelle qui lui en avait donné un bon prix. Les clients de la marchande avaient tellement raffolé de la nouveauté qu'ils en avaient redemandé les semaines suivantes.

Depuis, Samanta est la coqueluche de la boulangerie à Cacouna. Cet incident, pour le moins loufoque, a mené à une petite affaire qui contribue grandement au confort matériel de sa petite famille. De plus, ses voisins, qui apprécient ses talents de boulangère, en profitent : chaque vendredi, Samanta offre les pains de sa dernière fournée aux fermiers, au grand bonheur de tous.

Ce jour-là, Nil, qui raffole du pain aux noix, ne peut s'empêcher de lui chanter la pomme pour bénéficier de certains privilèges. Porté aux excès de table, il salive juste à renifler l'odeur qui envahit chaque recoin de la maison. Prenant un air affamé, il supplie Samanta de lui donner « juste une p'tite toast ». Lorsqu'il ne parvient pas à la convaincre, il revient à la charge tout en se frottant les poignées d'amour : « Tu sais, je suis en pleine croissance. Tu ne vas quand même pas laisser mourir de faim un jeune homme qui... » Alors là, elle craque : elle sort son couteau à pain et lui coupe une de ces tranches à vous faire saliver d'envie. Lorsqu'elle la lui présente, Nil regarde la tranche, encore chaude, comme un illuminé. Déjà amusée par son visage de clown et ses cheveux rouge carotte, Samanta se pince alors les lèvres pour réprimer un rire, mais laisse malgré tout échapper quelques petits sons aigrelets. Aux yeux des initiés, Nil est l'esprit espiègle du groupe, ce qui n'a rien de surprenant. Dès l'enfance, son père l'a encouragé à bien profiter de la vie en lui disant : « Mon garçon, la vie est comme un énorme gâteau au fromage bien garni de fraises. À toi de la déguster et d'en profiter ! » Depuis ce jour, Nil n'a jamais manqué une occasion de jouer au goûteur.

Esméralda, le nez collé à la fenêtre, fait le guet, puisque l'autobus est sur le point d'arriver. En attendant, elle observe la petite Alison qui s'amuse avec les feuilles d'automne. Esméralda est tombée sous le charme de la petite Grain-de-Blé. Jouant au guide forestier, la fillette lui a fait découvrir toute la richesse de la nature du rang des Mains sales. Elles s'étaient rendues jusqu'au pied de la montagne située derrière la ferme. Esméralda s'était couchée sur le tapis de fleurs très parfumées des glycines, couleur lilas. Alison est fascinée par le visage d'Esméralda : ses yeux marron, en amande, son teint cuivré et ses longs cheveux couleur tabac la portent à croire qu'elle est une Peau-Rouge, comme Pocahontas. Elle lui trouve une certaine ressemblance avec la jeune Amérindienne. Et elle n'a pas tout à fait tort : lorsque Esméralda aperçoit une forêt, elle se sent attirée par elle comme un aimant. Ce sentiment n'a rien à voir avec le plaisir de se promener tranquillement dans le bois, mais plutôt avec quelque chose qu'elle a dans les veines. Quelque chose qu'Alison et les amis d'Esméralda ne percevront jamais. Esméralda a l'impression de communier avec la nature. Un jour, elle avait parlé à son grand-père de cette sensation qui grandissait sans cesse dans son esprit. L'homme sage lui avait répondu alors : « Du sang amérindien coule dans tes veines, Esméralda. »

Soudain, un barrissement de klaxon, suivi d'un long crissement de freins, fait sursauter Esméralda qui sort aussitôt de ses pensées et aperçoit l'autobus.

– Nil ! Il faut y aller. L'autobus est là.

– C'est géant ! J'ai tellement hâte de voir mes vieux potes.

Esméralda et Nil empoignent prestement leur sac à dos, saluent Samanta et Paulo, puis courent jusqu'à l'autobus. Quand la porte s'ouvre, une musique qui crachote des airs western les accueille. Le chauffeur, M. Périard, le sourire fendu jusqu'aux oreilles et dévoilant ses grosses dents artificielles, les presse de monter. Alison est déjà dans l'autobus.

Esméralda entre la première. En voyant Isory, elle frémit de joie. Heureuses de se retrouver enfin, les deux filles se donnent l'accolade. Derrière Esméralda, Nil, gai luron de nature, émet des petits cris d'enthousiasme. En un rien de temps, une cacophonie d'éclats de rire se propage dans l'autobus. M. Périard, qui a la mèche courte, réagit fortement :

– Hé ! la Poutch ! Toi et tes compagnons, vous vous calmez, sinon vous poursuivrez la route à pied.

– C'est enregistré, patron !

Tous arrêtent de parler sur-le-champ. Laissant échapper quelques petits rires étouffés, ils prennent rapidement place sur les bancs du centre de l'autobus, où ils tressautent à chaque cahot. Mais, voulant profiter immédiatement de leurs retrouvailles, les amis se mettent à discuter à voix basse. Isory, plaçant ses mains ouvertes autour de sa bouche, se penche vers l'avant comme si elle voulait dire un secret à Nil, assis sur le banc devant elle.

– Hé ! Nil ! Dis-nous, tu as découvert certaines règles de fonctionnement de nos pouvoirs, n'est-ce pas ? lui demande-t-elle d'une voix presque inaudible.

L'œil méfiant, celui-ci jette un regard circulaire

autour de lui, puis répond, à mi-voix :

– Qu'est-ce qui te fait croire ça ?

– Le truc des veaux qui planent dans l'air, c'était pas mal, tu sais !

– Pas mal ? Et… comment sais-tu ça ?

– Aristote, Matt et moi, nous avons découvert que lorsqu'on se tient la main et qu'on pense très fort à quelqu'un, sans oublier de chanter le « ahum », un immense écran apparaît aussitôt. C'est ainsi qu'on t'a vu.

L'air sceptique, Nil regarde Matt et Aristophane, et lâche un « Ah bon ! » non convaincant. Connaissant la faiblesse d'Aristophane – la réplique facile –, il tente de lui tirer les vers du nez, en empruntant un accent britannique :

– Hé ! Aristophane, serait-ce toi, surtout, qui aurais fait cette découverte ?

– Aristote, mon ami, désormais appelle-moi Aristote, précise l'interpellé en empruntant à son tour un accent britannique très prononcé. Pour répondre à ta question, cher ami, évidemment que je suis le génie de cette découverte. Mais je dois dire que mes camarades et moi avons découvert une autre technique très efficace, qui nous permet de voir à des kilomètres à la ronde : il s'agit de se servir de lunettes d'approche.

En entendant ces mots, Nil éclate de rire. La main devant la bouche, Isory tente d'étouffer ses ricanements, lorsque, soudain, son regard croise celui de la jeune Grain-de-Blé, assise à l'avant. Du coup, une pensée lui traverse l'esprit, qu'elle formule à haute voix.

– Alison est-elle au courant que nous possédons des pouvoirs ?

– Je ne suis pas certaine, répond Esméralda, mais je crois qu'elle nous observait quand nous nous exercions à faire planer les veaux. Par contre, je sais que Paulo et Samanta savent tout de notre histoire.

– Pendant que j'y pense, reprend Isory, tu n'avais pas quelque chose à me dire, Matt ?

– Oh ! c'est vrai ! En fait, j'avais plutôt une question à te poser. J'aimerais que tu nous parles de la cité des sortilèges. La nuit dernière, ta porte était entrouverte quand tu parlais avec ta mère, puis avec ton grand-père, et comme je ne dormais pas, j'ai malgré moi entendu vos conversations.

Une lueur de tristesse passe brièvement dans les yeux d'Isory. Matt devine qu'elle pense à son père et place doucement sa main sur son épaule. Isory baisse la tête un instant, puis, en murmurant presque, commence à relater l'histoire que les habitants racontent depuis plus d'un siècle au sujet du sortilège de Cacouna :

– Ce sont les ancêtres qui ont surnommé Cacouna la cité des sortilèges. Encore aujourd'hui, les habitants racontent des histoires troublantes sur le jeune Atylas qui, dit-on, était sous l'emprise d'un sort jeté par Dam

Ramdam, la vieille propriétaire du magasin général. Depuis lors, de nombreux phénomènes relevant du mystère se produisent dans la ville de Cacouna.

Suspendus à ces lèvres, Matt, Esméralda, Nil et Aristophane boivent ses moindres paroles. Toutefois, en apercevant le clocher de l'église dans le lointain, Isory se sent bousculée par le temps. Elle s'efforce donc de raconter l'histoire du sortilège le plus rapidement possible.

– Depuis plus d'un demi-siècle environ, il n'y a pratiquement plus d'hiver à Cacouna. Certes, il y a encore des nuits et des jours froids, mais ça s'arrête là. Cependant, il y a plus surprenant encore. On a construit un musée dans la ville de Cacouna, et pas n'importe lequel...

– Laisse-moi deviner, l'interrompt Aristophane. Humm... Je sais ! Il s'agit d'un genre de parc Jurassique.

Tout d'abord, Isory ne lui répond pas, de peur qu'il s'évanouisse. De crainte, aussi, que le reste du groupe prenne la poudre d'escampette à la descente de l'autobus. Mais, devant le regard avide de ses amis, elle se ravise et poursuit dans un chuchotement.

– C'est ça ! Et les animaux qui s'y trouvent sont tous, sans exception, des animaux préhistoriques. À plusieurs reprises, des paléontologues ont mené des fouilles dans les rangs de Cacouna, lesquelles se sont avérées fructueuses.

– Je parie, l'interrompt à son tour Nil, qu'ils ont trouvé des gastorinus et des propulotériums.

– Tu as mis dans le mille, Nil. Mais ce n'est pas tout. Il y a quelques années, une nouvelle fouille a été effectuée, une fouille « excitante », pour employer le terme des spécialistes. Je m'en souviens comme si c'était hier, puisque c'était le jour de l'Halloween. Toujours est-il que les ossements d'animaux préhistoriques trouvés ce jour-là gisaient, curieusement, à moins de six pieds sous terre.

– Attends, là ! Je ne te suis pas ! s'exclame nerveusement Esméralda.

– Laisse-moi poursuivre mon histoire, Esméralda, reprend Isory, et tout va s'éclaircir dans ta tête. Bon, où en étais-je ? Ah oui ! Je parlais des ossements. En les soumettant à des analyses au carbone 14, les spécialistes ont démontré que les ossements n'avaient pas plus de deux cents ans. Ils prétendent même que certains des animaux vivaient il y a à peine cent ans. Pour ajouter un peu plus de mystère à cette trouvaille étonnante, une caractéristique commune à tous les gastorinus et propulotériums déterrés a laissé les paléontologues sans voix : ces animaux préhistoriques sont morts très jeunes non pas de cause naturelle, mais parce qu'ils ont été attaqués et tués. Des spécialistes de grande renommée ont passé plusieurs mois à Cacouna, espérant pouvoir trouver les réponses à leurs questions : qu'est-ce qui peut expliquer la présence de ces animaux, et pour quelle raison ont-ils tous été tués très jeunes ? Très perspicace, un des paléontologues a soulevé une question très intéressante, et je le cite : « Pourrait-il y avoir un lien entre le changement de température important qui perdure depuis plus d'un siècle dans la région et l'apparition des gastorinus et des propulotériums ? » Jusqu'à présent, personne n'a pu répondre de façon satisfaisante à sa question.

– Oooooh oui ! je m'en souviens ! fait soudain Nil, d'un air rêveur. Hooooooo ! Aaaaaaah ! Ça commence toujours comme ça, et après il y a des cris et des hurlements.

L'intervention de Nil, pour le moins incompréhensible aux yeux de ses amis, capte leur attention. Fixant Isory avec intensité, Nil revoit la scène où un gastorinus l'avait attaqué, tout de suite après qu'il était entré dans la forêt menant à la vallée des Émeraudes. Soudain, une idée épouvantable s'empare de lui : « Une de ces saletés de gastorinus pourrait toujours être en vie, à l'heure actuelle. Et l'animal pourrait très bien rôder dans le rang des Mains sales, autour de la ferme des Grain-de-Blé ou de celle des Poutch… Non, c'est impossible ! » Voulant dissiper ses craintes, Nil interroge Isory.

– Quelque chose ne colle pas dans toute cette histoire. J'avais cru comprendre que les gastorinus et les propulotériums ne pouvaient s'aventurer hors de la vallée des Émeraudes. Alors peux-tu me donner la raison...

À ce moment-là, l'autobus freine soudainement. Sans finir sa phrase, Nil regarde par une des fenêtres embuées. À l'aide d'une main, il l'essuie et aperçoit deux garçons plutôt grands, habillés comme des épouvantails et arborant des cheveux de toutes les couleurs. L'un d'eux s'appelle Cahius, l'autre, Gédéon, le garçon que Meg redoute tant. Lourdement, ce dernier monte dans l'autobus, salue M. Périard, puis, en tournant la tête, croise le regard d'Esméralda. Frappé par sa beauté, Gédéon s'approche d'elle et fait une halte pour mieux la regarder. Gracieusement, il la salue à voix haute, mais Esméralda se borne à hocher la tête. Derrière elle, Gédéon voit la « petite Poutch » et il a aussitôt l'impression d'une brûlure à l'estomac. Sur le visage rempli de haine de ce chef de gang, Isory peut lire le mépris qu'il ressent à son endroit. Pendant quelques secondes, elle craint le pire.

– Hé ! le jeune, on va pas rester ici toute la journée, lance sèchement Périard. Ou bien tu t'assois, ou bien tu redescends tout de suite !

Sans même lui répondre, Gédéon, nonchalamment, en traînant ses bottes sur le plancher comme si elles étaient remplies de plomb, gagne l'arrière de l'autobus. Cahius, un des membres de son gang, à l'allure sombre et sévère, le suit comme une queue de veau. Gédéon s'assoit pesamment sur un banc et se cale contre l'épaule de son ami. Il se met à déshabiller du regard Esméralda, qu'il surnomme déjà « la belle Indienne ». Sans comprendre pourquoi, la jeune fille se sent observée et, malgré elle, se retourne. Dès qu'elle voit Gédéon qui la fixe, son visage se rembrunit. « Qu'est-ce qu'il peut bien me vouloir, celui-là ? » se demande-t-elle. Assis tout juste à côté d'elle, Nil voit le manège de Gédéon et le dévisage comme pour l'intimider. L'envie de se jeter sur lui pour lui arracher l'anneau d'or qu'il porte dans le nez le démange tellement qu'il serre les poings. Gédéon, pas très impressionné par Nil, lui adresse un regard d'une intensité terrifiante.

Comme si quelqu'un lui avait donné un coup de baguette sur la tête, Esméralda réalise que les sentiments de hargne et de vengeance se sont emparés d'elle et de Nil aussi facilement qu'une araignée qui emprisonne une mouche dans sa toile.

– Nous n'arriverons jamais à réussir la première épreuve si nous nous laissons dominer par les sentiments obscurs que réveille en nous ce clown. Je crois que tu nous dois des explications, Isory. Qui est ce gars ? Et que s'est-il passé entre toi et lui ?

Affichant un air désintéressé, Isory regarde Gédéon qui, lui, l'observe avec mépris. Depuis qu'elle l'a projeté au fond de la salle des ordinateurs, il engrange une moisson de vengeance à son égard.

– Il s'appelle Gédéon. Et... pour répondre à ton autre question, ce clown, comme tu l'appelles, m'a attaquée. La suite, tu peux facilement la deviner.

– Tu t'es défendue ! dit Esméralda.

– C'est ça ! Malheureusement pour moi, son ego de chef de gang a été touché et je crois bien que le pire est à prévoir… Chez certaines personnes, le ressentiment ne meurt jamais, il devient seulement plus tenace. Et dans ce cas-là, on peut s'attendre à n'importe quoi. À mon avis, quelque chose mijote dans l'esprit de Gédéon.

À cet instant précis, l'autobus entre dans la cour d'école. Au grand désespoir de Périard, les élèves quittent leur banc avant qu'il ait eu le temps d'immobiliser le véhicule. Lorsque Esméralda s'engage dans l'allée, Gédéon bouscule Nil, qui s'apprêtait à la suivre. Puis, impunément, il profite de l'occasion pour se coller contre elle (Esméralda croit qu'il s'agit de Nil). Nil devient écarlate, le sang bout dans ses veines. Il jaillit hors du banc. Rapidement, Matt pose sa main sur son épaule pour le retenir. Nil, sur le point d'éclater, se retourne sèchement.

– Esméralda croit que je suis derrière elle, Matt !

– Calme-toi, Nil ! Il ne peut pas lui faire de mal, lui glisse-t-il à l'oreille.

Malgré les bons conseils de son ami, à la sortie de l'autobus Nil tapote du doigt l'épaule de Gédéon qui se retourne brusquement. La voix mordante, il le menace :

– Hé ! le taon ! tu la laisses tranquille, t'as compris ?

Espérant intimider Nil, Cahius le bouscule. Cependant, son adversaire s'est figé dans une immobilité de pierre. Aristophane et Matt, voyant la scène qui se déroule sous leurs yeux, se regardent et, sans dire un mot, se placent de chaque côté de Nil. Heureusement, une voix grave interpelle Gédéon : c'est le directeur de l'école.

– Jeune homme, je t'ordonne d'entrer à l'intérieur de l'école sur-le-champ.

Le chef de gang esquisse un pas vers Nil, puis se ravise et se précipite vers les portes de l'école.

DRIIINNG ! DRIIINNG !

Au son de la cloche, les écoliers s'alignent comme une armée de soldats et pénètrent dans l'école à tour de rôle. Isory, à peine dans l'établissement, désigne du doigt la classe où ses amis doivent entrer, et se rend aux toilettes. Au moment où elle s'apprête à ressortir, après s'être lavé les mains, Gédéon l'attrape par le bras avec tant de force qu'il aurait pu réduire ses petits os en miettes. Il empoigne violemment son sac à dos qu'il flanque par terre et projette Isory sur le comptoir des lavabos.

– Donne-moi ton lunch ! exige-t-il d'une voix cassante.

Isory, le visage impénétrable, ne lui montre aucun signe de frayeur. Elle reste là, plantée devant lui, attendant qu'il réagisse. Le temps paraît s'arrêter pour Gédéon qui est désorienté par le comportement de sa victime.

— Un sort funeste t'attend, Poutch !

— Éloigne-toi d'elle, mon vieux ! ordonne Matt en posant lourdement sa main sur l'épaule de Gédéon.

Surpris par la douleur fulgurante qui traverse son corps comme un poignard, le chef de gang cède illico à la demande de son attaquant. Intimidé, il tourne les talons et, arborant un sourire traître, quitte l'endroit.

— Est-ce que ça va, Isory ? demande Matt, anxieux.

— Ça peut aller ! J'ai l'impression que ce demeuré va me mettre des bâtons dans les roues.

— Qu'est-ce que tu veux dire ?

Isory connaît bien le chef de gang, qu'elle compare à un braconnier : il n'abandonne jamais sa proie.

— Gédéon m'a déclaré la guerre, Matt : il veut sa vengeance. C'est une évidence, pour moi, maintenant. Quand se décidera-t-il à passer à l'action ? C'est ce que nous devons découvrir avant qu'il mette son plan à exécution. Pour le moment, il ne nous reste plus qu'une seule chose à faire : aller en classe, avant que Miranda remarque notre absence.

À pas de géant, Matt et Isory traversent le couloir et entrent en trombe dans la salle de cours. Du coup, tous les élèves se tournent vers la porte. En voyant l'air perturbé d'Isory, Miranda, l'enseignante, les bras croisés et les doigts qui tapotent, un après l'autre, son chandail, suspecte quelque chose d'anormal. Cependant, elle ne le laisse pas voir et poursuit la présentation des nouveaux arrivants au reste des élèves, tout en gardant un œil sur Gédéon. Soudain, un cliquetis résonne dans la classe. Irritée, Miranda se dirige d'un pas énergique vers la porte, laquelle s'ouvre aussitôt : ce sont les deux autres membres du clan Gédéon. Sans dire un mot, elle esquisse un mouvement du menton en direction des pupitres, puis retourne à l'avant de la classe. Gédéon profite de ce moment d'inattention pour lancer une boule de papier sur la tête d'Isory, qui se retourne brusquement. Lorsque son regard croise celui de Gédéon, elle est écœurée par son attitude : il lui fait toutes sortes de signes avec ses mains, comme pour se moquer d'elle.

– Maintenant que vous avez fait connaissance avec Esméralda, Nil, Aristophane et Matt, nous allons commencer le cours, reprend l'enseignante. Est-ce que quelqu'un a lu la dernière édition du *Pika Pioche* ?

Une dizaine de mains se lèvent aussitôt. Pour permettre une intégration rapide des nouveaux élèves, Miranda demande à Matt, qui regrette d'avoir timidement levé la main, de répondre.

– Tu as certainement lu l'article du journaliste Cameron, qui décrit son entretien avec le quêteux surnommé Piquetout les Doigts longs ?

– Oui, madame Miranda.

– Peux-tu alors nous donner ton opinion au sujet du quêteux ?

– À mon avis, Piquetout est un architecte intègre et

je parie que c'est pour cette raison qu'il a décroché du monde capitaliste : il a refusé de jouer le jeu des pots-de-vin et toutes les autres saletés du genre. Ça l'a écœuré, quoi !

Miranda est sciée par les propos du jeune Matt, lesquels éveillent la curiosité des élèves qui n'ont pas lu le journal. Heureusement, elle a apporté l'article en question et le lit. Durant toute la matinée, à tour de rôle, les élèves émettent, avec enthousiasme, leurs opinions. Miranda est agréablement surprise par leur compassion à l'égard de Piquetout les Doigts longs et de sa charmante Christabelle. Seuls les membres du clan de Gédéon ont porté des jugements hostiles sur le quêteux. Ce qui n'avait rien de très étonnant. Quelques minutes avant la fin du cours, Aristophane fait spontanément une remarque qui éveille aussitôt l'intérêt de tous les élèves.

— Qui a bien pu lui donner ce surnom ?

— Excellente question, Aristophane, le complimente Miranda. Elle est tellement intéressante que nous allons explorer cette énigme. Aussi, votre prochaine composition, d'au moins cinq cents mots, portera sur votre opinion sur l'origine du surnom du quêteux. Vous avez une semaine pour me la remettre.

Driiinng !

— Au retour de la récréation, nous…

Les paroles de Miranda se perdent dans la cacophonie des chaises qu'on pousse et des voix juvéniles des élèves qui s'attroupent à la porte. Isory, Matt, Nil, Esméralda et Aristophane se rassemblent et attendent paticmment leur tour pour sortir de la classe.

– Nous devons établir un plan, murmure Isory dans l'oreille de Matt.

– Pourquoi dis-tu ça?

Isory lui présentc la paume de sa main, comme pour lui demander d'ouvrir la sienne. Matt comprend aussitôt. En même temps qu'il lui présente sa main, Isory y dépose un chiffon de papier. Tout en continuant de marcher, Matt regarde ce qui y est écrit : *Un sort funeste t'attend, Poutch*. À quelques pas devant ses amis, Nil ouvre l'immense porte de l'école. Dehors, un spectacle terrifiant s'offre à eux : Gédéon et sa bande de misérables, vociférant et riant, arrivent au galop dans la cour d'école. Vêtus de jeans troués franchement trop grands pour eux, de chandails noirs et de casquettes lugubres, ils ont tous l'air d'épouvantails, de quoi apeurer toutes les corneilles du coin! Ils dispersent les élèves comme des feuilles mortes, puis, après s'être regroupés, ils s'éparpillent aussitôt, à la recherche d'une proie facile. Le temps de le dire, le plus batailleur de la bande, Cahius, empoigne le plus chétif de l'école. Une sorte de folie se lit dans les yeux de Cahius. Miranda, qui a tout vu de son bureau, arrive en coup de vent. Elle se fraie un chemin entre Isory et ses amis et fonce tout droit sur Gédéon. Le regard féroce, les sourcils relevés, elle l'apostrophe. Le chef de gang n'est pas très impressionné par l'enseignante. Le meneur claque des doigts ; aussitôt, Cahius repose sèchement sa victime au sol et se fait silencieux comme le reste de la bande. Arrogant, Gédéon s'approche de Miranda et, de ses six pieds, plonge ses yeux perçants dans les siens.

– Tu m'fais suer ! lui crache-t-il. Tu n'as rien vu et rien entendu, t'as compris, *miss* Miranda ?

– Pourquoi n'agissez-vous pas comme des jeunes civilisés, toi et ta bande ?

– Oooonnn ! Attention, la prof a parlé. Ton cours est tellement *plate*, on a besoin de s'défouler, quoi !

D'un air menaçant, la respiration oppressée, Miranda agite son index sous le nez du chef de gang.

– C'est plus fort que toi, Gédéon ! Tu dois absolument cracher du venin, sinon tu ne te sens pas bien. Maintenant, ouvre bien tes oreilles : je te donne cinq secondes pour disparaître du paysage. Tu es suspendu de tes cours pour le reste de la journée.

Comme si ça n'était pas suffisant, d'une voix mordante, elle en rajoute :

– Fiche le camp de cette cour immédiatement !

Gédéon lui lance un regard assassin. Puis, doucement, il se tourne vers Isory, qui est stupéfaite par l'expression de son visage : les lèvres du chef sont déformées par la rage qui bout en lui. Il tourne ensuite les talons et quitte les lieux accompagné de sa troupe de guenillous, qui l'entourent comme des gardes du corps.

4

L'étonnante histoire de Gutenberg

Le reste de la journée que les élèves passent en classe n'a rien de bien amusant. À présent, Isory soupçonne que Gédéon et sa bande préparent un complot infâme. Quant aux autres initiés, ils ont décidé de surveiller de près le chef de bande et de se payer sa tête au cours des jours à venir.

DRING ! DRING ! DRING !

Au son de la cloche, les élèves se précipitent vers la porte. Dans l'espoir de se faire entendre dans le vacarme de voix perçantes et de rires, Miranda crie presque pour donner ses dernières recommandations.

– N'oubliez pas : demain après-midi, vous êtes dispensés du cours de français puisque nous irons au bazar acheter du tissu pour votre costume d'Halloween.

En sortant de l'école, Isory, accompagnée

d'Esméralda et d'Aristophane, passe devant l'autobus sans s'arrêter.

— Isory, où vas-tu ? demande Nil qui, à quelques pas derrière elle, musarde avec Matt.

— Suivez-moi ! Nous allons rendre une visite éclair à Nestelle pour la prévenir que nous restons en ville. Dim doit passer au magasin général pour prendre la licence de Cyclope ; le maire est censé la laisser là pour lui. Nestelle lui fera le message de venir nous chercher à la bibliothèque.

— Comment sais-tu qu'il n'est pas déjà passé au magasin de Nestelle ? demande Esméralda.

— Parce que je le connais. Il y sera vers la fin de l'après-midi.

Après qu'ils se sont mis en marche, Isory peut lire l'étonnement sur le visage de ses amis qui, de toute évidence, trop préoccupés par les événements dérangeants de la matinée, n'avaient pas encore remarqué la beauté de la ville. Ils regardent maintenant dans tous les sens à mesure qu'ils avancent dans la rue Saint-Flasque, recouverte de pavés et bordée d'une enfilade de réverbères, spécialement fabriqués pour la ville, que surplombent des féviers. Les quelques rayons du soleil qui parviennent à percer le dôme de branches font danser l'ombre des feuilles sur la chaussée. Le long du trottoir, on a installé des bancs en bois de merisier, ornés de fleurs de lis dans les parties en fer forgé. Matt a l'impression de se trouver à l'époque où chevaux et calèches envahissaient encore les rues. Tout en marchant, Nil regarde souvent derrière lui pour observer les ouvriers qui s'affairent à ériger manèges et tentes en prévision des festivités de l'Halloween. « Ça va être une fête du tonnerre », pense-t-il.

Arrivés les premiers à l'intersection, Esméralda et Aristophane, au lieu de prendre la direction du magasin général, continuent dans la rue Saint-Flasque jusqu'au domaine de M. Winberger, le plus illustre des citoyens de la ville. La maison du maire, pourvue de trois cheminées torsadées, est la plus grande et la plus prestigieuse des demeures de Cacouna. À l'exception du manoir, bien sûr. En retrait de la rue, la maison, que les arbres protègent comme une cathédrale, a un revêtement en brique rose et est agrémentée d'un portique aux colonnes imposantes qui soutiennent le balcon à l'étage. Une clôture en fer forgé vert-de-gris entoure le domaine, où le maire a fait planter des arbres matures, certains très rares ou recherchés pour la beauté de leur floraison. Esméralda et Aristophane contemplent de surprenants rosiers grimpants et la platebande de fleurs qui longe la maison. Des arroseurs rotatifs, d'où jaillit une brume diaprée par le soleil, aspergent la pelouse qui a l'aspect de celle d'un terrain de golf.

Parvenus à leur tour à l'intersection, Isory, Matt et Nil aperçoivent Esméralda et Aristophane, en pâmoison devant l'immense demeure du maire.

– C'est toujours pareil ! s'exclame Isory, l'air écœuré. Oh ! quel beau domaine ! Wow !

Surpris par la réaction d'Isory, Nil la regarde : elle affiche un rictus moqueur.

– Mais de quoi parles-tu, Isory ?

– De la maison, là, devant nous. Elle est la propriété du maire, mais ce ne devrait pas être le cas.

– Que veux-tu dire ?

– À l'origine, cette maison était toute petite. Elle a été construite par un certain Gustave Gutenberg, un des descendants du très célèbre inventeur de l'imprimerie. Dans les années 1830, Gustave a offert la maison à son majordome, Smith, en guise de remerciement pour ses bons et loyaux services pendant près de trente ans. De génération en génération, la famille Smith a rénové, agrandi et aménagé la maison, qui est devenue la demeure splendide que vous voyez présentement.

– Ce Gutenberg, de quel pays était-il ? demande Matt, intrigué par ce nom.

– De l'Allemagne, mon cher ami. Au cours d'un voyage d'agrément, Gustave est tombé sous le charme de nos forêts. En 1807, l'année suivant son voyage, il faisait construire le manoir, devenu maintenant la bibliothèque du Chat noir, et la maison du majordome. Il n'y a pas si longtemps, un homme, vêtu avec magnificence, garait dans l'entrée des Smith sa Rolls-Royce, un héritage d'une de ses vieilles tantes. Ce parvenu, imbu de lui-même, était nul autre que Winberger. Sans préambule, cette vieille langue de vipère faisait une offre au Smith qui y habitait alors, que celui-ci n'a eu d'autre choix que d'accepter, et pour cause : après de longues recherches, Winberger avait découvert que l'adoption des deux filles de Smith n'avait pas été faite selon les règles. Elle avait un caractère clandestin. Le reste de l'histoire, vous pouvez l'imaginer facilement. Winberger a eu le domaine pour une bouchée de pain.

Impressionné par la précision des détails de l'histoire entourant le domaine des Smith, Matt demande à Isory :

— Comment as-tu appris cette histoire ?

— Winberger venait tout juste de s'installer à Cacouna lorsque Cameron, le journaliste, a reçu une lettre anonyme relatant toute l'histoire. Ce qu'ignore Winberger, c'est que le journaliste est un cousin des Smith. Cameron a raconté l'histoire à mon grand-père qui, bien sûr, en a parlé à Meg. Sans qu'ils le sachent, j'ai entendu leur conversation.

— Je savais que ce parvenu n'avait rien de « réglo », lance sèchement Nil, avec un air de dégoût.

— Maintenant, allons chez Nestelle, les gars, dit Isory. Aristote, Esméralda, venez !

Le groupe d'amis revient sur ses pas, puis tourne dans la rue Principale. Arrivée au magasin général, Isory est surprise, en ouvrant la porte, par le nouveau carillon qui tinte plaisamment. Dans la lumière tamisée, le magasin dégage une chaleur enveloppante.

Une musique de jazz flotte dans l'air, mêlée à un arôme de café à l'orange, une spécialité de Nestelle. Dans l'arrière-boutique, où se trouvent les tables et le comptoir à cappuccino, des bruissements et des chocs sourds parviennent jusqu'aux oreilles des initiés. Isory traverse le magasin et, en s'approchant de l'arrière-boutique, entend des KATAC, KATAC, KATAC : c'est Nesbit, la chèvre de Nestelle, qui, fidèle à ses habitudes, vient accueillir la clientèle.

Matt, Aristophane, Nil et Esméralda ne savent plus où regarder tellement le magasin les impressionne. Ils parcourent du regard les murs et le plafond, où sont suspendus des objets d'une époque révolue : lanterne en fer blanc, panier à patates, pot à lait, bouilloire en cuivre, fer à repasser, cruche en terre cuite, lampe à huile, sans oublier une bassinoire en laiton et un porte-allumettes en fonte. Ces antiquités représentent une mine d'or pour Nestelle puisque les touristes, de plus en plus nombreux chaque année, les achètent à gros prix.

Derrière le comptoir, dans une immense armoire fermée à clé, Nestelle expose ses plus belles trouvailles. Une remarquable collection de moules à beurre, ornés de motifs végétaux et animaliers, occupent entièrement la tablette du bas, et des ustensiles en or blanc, celle du haut. Au centre, Nestelle a placé un objet que la plupart des clients jugent sans valeur. Ils se trompent, cependant, car au contraire cette pièce est d'une valeur inestimable. Dim est à peu près le seul, à part Nestelle, qui en soit conscient, et il est fou de cette antiquité. La pièce, extrêmement rare, est une tabatière à glaçure brune datant des années 1880. C'est l'objet le plus ancien du magasin. Dim peut décrire cette tabatière dans les moindres détails : « Fabriquée en céramique, elle est décorée de danseuses en relief s'exécutant au son du violon, et le couvercle est orné de serpents de mer. »

Sur des étagères tout près de l'armoire sont alignés plus d'une cinquantaine de flacons, étiquetés par Nestelle. Intrigué par la couleur douteuse du liquide contenu dans certains, Nil s'approche pour les observer de plus près. Devant le vert crapaud et le rouge vif de quelques-uns des mélanges, il fronce les sourcils et se demande ce qu'il peut bien y avoir dans ces bouteilles. « Après tout, Nestelle est peut-être une sorcière. Si c'est le cas, je parie que le liquide vert, c'est du jus de grenouille », se dit-il. Puis il secoue la tête comme pour chasser de telles idées. Des feuilles plissées couleur moutarde, suspendues au plafond par des ficelles, attirent alors son attention. Spontanément, il en frotte une entre ses doigts. Aussi fragile qu'une feuille d'automne, elle s'effrite aussitôt.

– Qu'est-ce que tu fais, Nil ? le gronde gentiment Isory. Ce sont des feuilles de tabac. Elles doivent sécher avant d'être vendues.

Soudain, le carillon tintinnabule de nouveau et le maire Winberger fait son entrée. Tout le monde se tourne dans sa direction. Matt et Aristophane se regardent du coin de l'œil et, puisqu'ils n'ont pas envie de voir le maire, ils se dirigent vers l'arrière-boutique, histoire de voir s'il y a matière à s'amuser.

Derrière la machine à cappuccino, ils aperçoivent une jeune femme mince, concentrée à faire mousser du lait chaud : c'est Nestelle. Constatant qu'elle ne les a pas entendus entrer, les garçons s'approchent du comptoir et s'assoient sur des tabourets. Aristophane fait un clin d'œil à Matt, puis, prenant un accent britannique, dit :

– Nous allons prendre deux cappuccinos ainsi que deux morceaux de tarte au bleuet. Je vais également vous prendre les trois pains aux noix que je vois là, derrière vous. Et que ça saute, mademoiselle la sorcière !

Nestelle lève aussitôt les yeux sur ce client qu'elle trouve impoli. En voyant les garçons, elle a l'impression d'avoir une vision tellement elle ne s'attendait pas à les voir là. Spontanée, elle passe de l'autre côté du comptoir pour les prendre dans ses bras ; la dernière fois qu'elle les avait vus, c'était lorsqu'ils revenaient de leur séjour au château.

– Les garçons ! Quelle joie de vous voir ! Laissez-moi vous regarder. Vous semblez en pleine forme. Dites-moi, comment trouvez-vous la ville ?

– Mis à part le maire qui est aussi sympathique qu'une poignée de porte, l'endroit est paradisiaque, chuchote Aristophane.

– Alors là, je suis entièrement d'accord avec toi. Attendez-moi ici, je vais porter un café à l'orange au monsieur, là-bas, au fond du café, et je reviens tout de suite.

Pendant qu'Aristophane scrute la place, en quête d'une proie idéale pour ses railleries, Matt observe l'homme auquel Nestelle vient de faire allusion : dans son assiette, remplie de morceaux de fromage, une petite souris couleur taupe, confortablement assise sur ses pattes postérieures, s'empiffre sans trop se préoccuper de ce qui se passe autour d'elle. Les clients des tables voisines ne semblent y accorder aucune importance, ce qui surprend Matt. Mais après quelques secondes de réflexion, il devine l'identité du mystérieux personnage. Doucement, il enfonce son coude dans les côtes de son ami qui réagit aussitôt.

– Hé ! ça ne va pas, la tête ?

Matt se contente d'incliner la tête dans la direction de l'homme en question, puis demande :

– Que penses-tu de ça, Aristote ?

– Mince alors ! Crois-tu que c'est…

– Oui, c'est sûrement Piquetout les Doigts longs. Et la petite boule de poils gris dans son assiette, c'est Christabelle.

Soudain, une idée fantastique surgit dans l'esprit d'Aristophane. Depuis leur arrivée à Cacouna, il est le seul de tous les initiés à avoir utilisé le popofongue. Pourtant, Édouard leur a donné des indications très précises à son sujet : « Chacun d'entre vous devra apprendre à utiliser correctement le fruit magique. » Alors, Aristophane juge que le jour de l'initiation est arrivé pour Matt.

– Mon cher ami, voilà une occasion rêvée pour expérimenter les vertus du popofongue.

L'air ahuri, Matt le regarde et, pour lui signifier son désaccord, hoche la tête, presque au ralenti, de droite à gauche. Cependant, il sait qu'Aristophane a raison et, après être demeuré immobile quelques secondes, il hoche de nouveau la tête, de haut en bas, cette fois, toujours sans dire un mot. Excité, Aristophane lui donne quelques petites tapes d'encouragement sur l'épaule.

– À la bonne heure ! Ce qu'on va se marrer ! Que dirais-tu de faire connaissance avec Christabelle ? On ne sait jamais, elle est peut-être l'amour de ta vie.

Matt, toujours aussi silencieux, lui lance un regard désapprobateur et croise les bras, comme pour lui demander de retirer ses paroles.

– D'accord, je m'excuse. C'était juste pour te mettre un peu dans l'ambiance. Bon, laisse-moi te rappeler les consignes d'Édouard sur la façon de procéder : tout d'abord, tu dois sortir de ton sac de popofongues un seul fruit que tu garderas dans le creux de ta main. Ensuite, tu fermes les yeux et tu te concentres. Lorsque tu te sentiras prêt, tu pourras formuler un souhait dans ta tête et le répéter cinq fois. À la fin, tu devras prononcer les mots *carpe diem*. Mais fais attention ! Souviens-toi qu'aucun sentiment destructeur ne doit traverser ton esprit au moment où tu feras ton souhait. Maintenant, voici le défi : sans te faire voir, tu dois aller rejoindre Christabelle et lui offrir un bout de pain. Allez ! Suis-moi !

– Où va-t-on ?

– Voyons, Matt, tu ne vas tout de même pas utiliser le popofongue devant les clients !

– Oh ! tu as raison.

Mine de rien, les garçons se dirigent vers les toilettes où, à leur grand bonheur, il n'y a personne. Pendant que Matt sort son sac de popofongues de la poche de son pantalon, Aristophane fait le guet devant la porte.

– Aristote, comment se sent-on lorsque la magie du fruit se manifeste dans notre corps ?

– C'est une sensation que je n'avais jamais ressentie avant. Une chaleur éclate dans ton estomac et se repand dans tout ton corps. Ensuite, tu sens le pouvoir du popofongue bourdonner dans ta tête. C'est géant, crois-moi !

Avec précaution, Matt ouvre sa pochette de cuir et en tire un petit fruit qu'il dépose dans le creux de sa main, comme s'il s'agissait d'une pierre précieuse. « Ça ressemble à une crotte de lapin », se dit-il. Ç'avait d'ailleurs été le commentaire d'Aristophane lorsqu'il avait vu le fruit pour la première fois. Immédiatement, le popofongue se met à changer de couleur : il passe de l'orangé au jaune, puis au vert et au bleu, pour finalement devenir aussi lumineux qu'un diamant. Gardant les yeux fermés, Matt répète le souhait dans sa tête. Au moment où il prononce les mots *carpe diem*, il sent son corps rétrécir. Sa peau se transforme en fourrure et ses oncles s'allongent, tout comme son nez qui devient un museau.

Curieux, Aristophane se retourne et jette un coup d'œil dans les toilettes, mais son ami semble avoir disparu. Soudain, il entend de curieux sons ressemblant à des cris d'alarme. Il prête l'oreille pour déterminer d'où proviennent ces sons, puis il pénètre dans la petite pièce et ferme la porte derrière lui. Il aperçoit alors une paire de lunettes noires dans le fond de la cuvette des toilettes. Quant à Matt, à présent transformé en souris, il est suspendu à la chasse d'eau par les pattes antérieures et il tempête. Le timbre de sa voix est si strident qu'Aristophane croit entendre de la musique jouée en mode accéléré. Il saisi son ami par la queue et le dépose dans le creux de sa main. Puis, prenant un air apeuré, il s'amuse à ses dépens :

– Qu'est-ce que tu fais là ? T'es chanceux de ne pas être tombé dans la cuvette. Tu aurais pu te noyer. Mais, vieux frère, ç'a marché ! Tu es maintenant une charmante petite souris.

Matt, plutôt mal à l'aise dans sa peau de rongeur, s'emporte en entendant les commentaires d'Aristophane.

– T'as fini de te foutre de ma gueule ? Dépose-moi par terre tout de suite, qu'on en finisse avec cette expérience. Et n'oublie pas de récupérer mes lunettes.

– D'accord ! Ne t'énerve pas.

Affichant un air de dégoût, Aristophane plonge la main dans la cuvette et prend les lunettes, puis il sort des toilettes. Avant de déposer son ami, il lui donne ses dernières recommandations :

– N'oublie pas : personne ne doit te voir. À part, bien sûr, Christabelle.

Matt se retrouve enfin sur le plancher. Avant de s'aventurer au pays des géants, il s'assoit quelques instants sur ses pattes arrière, pour observer les lieux.

Pendant que Matt et Aristophane se dirigeaient vers l'arrière-boutique, un peu plus tôt, dans le magasin Isory faisait face au maire qui, sans dire un mot, l'avait regardée hypocritement en attendant Nestelle – il la croyait derrière le comptoir. En guise de salutation, il avait effleuré le bord de son chapeau. Vêtu avec magnificence, comme toujours, Winberger, les mains dans les poches, avait étiré le cou en espérant apercevoir Nestelle accroupie derrière le comptoir.

Soudain, le bruit des sabots de Nesbit interrompt le silence de mort qui régnait depuis un moment dans l'établissement. En voyant la chèvre sortir de derrière le comptoir, le maire se raidit : les poils sur la tête de Nesbit sont aussi lisses qu'une coquille d'œuf ; on aurait dit du plastique. Du coup, il se demande ce qui a bien pu lui arriver. Esméralda, qui trouve le maire antipathique, se dandine nerveusement. Nil, quant à lui, observe la scène en silence. Isory se doute bien de ce que Nesbit s'apprête à faire, même si elle espère se tromper. La chèvre se trouve maintenant devant l'éminent personnage et, le museau couvert de poudre blanche, le renifle. Comme chaque fois, malgré elle, Nesbit éternue, et du mucus verdâtre atterrit sur les beaux souliers vernis du maire. Isory sourit nerveusement et fixe les chaussures de Winberger qui fulmine de rage. En voyant son visage déformé par la colère, elle est certaine qu'il va éclater. La bouche du maire, déjà petite, est réduite à une fente et ses yeux semblent aussi durs que des grêlons.

– Fiche le camp ! siffle-t-il entre les dents.

Croyant bien faire, Isory lui explique pourquoi Nesbit éternue.

– Elle est allergique à votre parfum, monsieur le maire.

Irrité, celui-ci s'approche d'Isory et lui crache au visage :

– Toi, on ne t'a pas sonnée !

À cet instant précis, Winberger sent un doigt lui tapoter l'épaule et se retourne brusquement. À son grand désarroi, c'est le grand-père Poutch. Toute trace de sourire a disparu sur le visage des jeunes et Dim se doute bien que le maire en est la cause. À peine à un mètre de Winberger, il le fusille du regard en levant ses grosses mains, les paumes ouvertes, comme pour lui demander ce qu'il fait à sa petite-fille. Impressionné par l'attitude de défi du fermier, le maire sent son cœur battre à tout rompre. Son regard courroucé se transforme en un sourire embarrassé et, l'espace de quelques secondes, il se demande si le grand-père Poutch va lui arracher la tête. En espérant calmer les esprits du fermier, Winberger lui présente la main en guise de salutation.

– Je présume que vous étiez sur le point de remettre la licence de Cyclope à ma petite-fille ? lance sèchement Dim avant de serrer la main du maire avec une réticence mal dissimulée.

– C'est exactement ça, lui répond Winberger, la voix tremblotante, en sortant le document de la poche intérieure de son complet. Dites-moi, monsieur Poutch, avez-vous eu le temps de rencontrer le quêteux ? ajoute-t-il, tout en comptant, chiche comme il est, l'argent que le grand-père Poutch vient de lui remettre.

– J'y vais de ce pas, monsieur le maire. J'ai pris rendez-vous avec Piquetout qui doit déjà m'attendre au café. Alors, à moins que vous ayez autre chose à me dire, je vais vous laisser. Tu viens, Isory ?

– Si ça ne te dérange pas trop, grand-père, je reste ici. J'aimerais avoir quelques chocolats aux amandes. Nestelle ne tardera certainement pas à venir me servir.

Justement, après avoir servi Piquetout, Nestelle

s'était dirigée vers le magasin. Encore dans le couloir, elle entend Dim parler à sa petite-fille sur un ton glacial et s'immobilise, saisie.

– D'accord, Isory. Je vais voir où elle en est. Elle est peut-être occupée à servir un client. Bonjour, monsieur le maire.

Nestelle entend ensuite des bruits de pas, et peu après Dim apparaît. Soulagé de la voir, celui-ci s'approche d'elle et lui glisse quelques mots à l'oreille :

– Surveille ce vieux rapace, je l'ai surpris en train d'intimider Isory. Il vaut mieux pour sa santé que je ne reste pas dans le magasin.

Nestelle n'avait jamais vu Dim dans un état pareil. N'ayant pas entendu toute la conversation qu'il venait d'avoir avec Winberger, elle peut seulement déduire que le maire a agi d'une manière déplorable à l'égard d'Isory. Voulant calmer Dim, elle le rassure :

– Je me ferai un plaisir de lui rendre la monnaie de sa pièce. Oh ! Dim, tu veux bien me rendre un service ? Amène Nesbit dehors quelques instants ; son nez couvert de sucre en poudre me porte à croire qu'elle a encore ouvert la porte du sous-sol. Je vais devoir y installer un crochet.

– J'y vais immédiatement, Nestelle. Viens, Nesbit, allons prendre l'air…

« Qu'est-ce que Nestelle voulait dire par "rendre la monnaie de sa pièce" à Winberger ? » se demande Dim tout en se dirigeant vers la sortie.

– Eh bien, monsieur le maire, que puis-je faire pour votre bonheur aujourd'hui ? demande Nestelle d'une voix énergique.

– Vous resterait-il un tube de ce fameux gel pour les cheveux ? Vous savez, celui qui…

Pendant ce temps, à deux cents pas de là, une cascade digne d'Indiana Jones se prépare. Matt, dans sa peau de souris, s'engage courageusement dans le petit café. À toute vitesse, il longe le comptoir. Arrivé au bout, il s'arrête un instant pour examiner encore une fois les lieux. La voie étant libre, il poursuit sa course. Alors qu'il se dirige vers la table à côté de celle de Piquetout, une cuillère à soupe tombe un dixième de seconde avant son passage. Au même moment, une vieille dame pose malencontreusement le pied sur le bout de l'ustensile, catapultant Matt qui n'a même pas le temps de réagir. Pantois, Aristophane, resté près des toilettes, regarde son ami exécuté un vol plané. Heureusement pour Matt, la scène connaît une fin heureuse puisqu'il termine sa course dans un bol de sucre à glacer, sur le comptoir, près de la machine à cappuccino.

La tête enfoncée dans la poudre, Matt espère que personne ne l'a vu atterrir, sinon le pire est à prévoir. Il voit déjà la une du journal local : « Sur le comptoir du café de Nestelle Ramdam, une vieille dame a vu une souris dans un bol contenant du sucre en poudre. Après s'être débarrassé de cette vermine, l'inspecteur a exigé la fermeture de l'établissement. » Le poil complètement recouvert de poudre, Matt se redresse très lentement. Heureusement, personne ne se trouve dans les parages. Il sort du bol et descend le long de l'arête du comptoir. Regrettant son échec, il se félicite malgré tout d'avoir évité un scandale.

— Ouf ! Et me revoilà sur le plancher. Cette fois, ça sera la bonne, mon vieux. Tu es la souris la plus rapide du monde.

Sûr de lui, il court à la vitesse du vent, quand tout à coup une jeune fille, dont le foulard traîne par terre, le croise. Ne pouvant ralentir, Matt rentre tête première dans l'écharpe. Comble de malheur, une de ses pattes est prise dans une maille, il ne peut se libérer. Pendant que la jeune fille se rend au comptoir pour y laisser un pourboire, le foulard ballotte de tous bords, tous côtés. Secoué comme une vulgaire tranche de bacon, Matt gruge nerveusement le tissu, car il vient de voir un vieil homme se diriger tout droit sur lui. Heureusement, ses dents de rongeur ont tôt fait d'avoir raison de ses liens. Il se libère des mailles du tissu juste à temps, et termine sa course le nez contre le comptoir. Étourdi, il reste immobile quelques secondes et essaie de voir la chose avec philosophie : « Au moins, je suis toujours sur le plancher. Ce n'est pas trop mal. »

Aristophane, qui n'en croit pas ses yeux, commence à s'inquiéter pour son ami.

— Tu peux le faire, vieux frère !

Courageusement, Matt entreprend encore une fois de traverser le café. Cette fois, il réussit à se rendre sans anicroche jusqu'à la table de Piquetout. Par chance, l'homme semble très absorbé par sa lecture du journal. Matt en profite pour se glisser dans la doublure de son imperméable. Au bout de quelques secondes, il sort par une poche, puis s'élance et s'agrippe à la nappe qui se trouve à quelques centimètres de lui. Aussi discrètement que possible, il grimpe le long d'un repli du tissu et parvient enfin à atteindre le dessus de la table. Soulagé, il voit Christabelle, tout près de lui. Les yeux mi-ouverts, elle se nettoie les pattes. Bizarrement, Matt se sent attiré par elle. Il jette un coup d'œil en direction du géant, puis s'approche de la miche de pain à pas... de souris.

Feignant de lire, Piquetout, ses lunettes sur le bout du nez, observe la corbeille à pain qui s'ébranle. Au bout d'un certain temps, il aperçoit une petite souris qui en émerge avec, dans la gueule, un morceau de pain deux fois la grosseur de sa tête. Étonnée, Christabelle cesse aussitôt de faire sa toilette. C'est le coup de foudre! Timidement, elle fait quelques pas vers son « chevalier servant », qui lui offre le morceau de pain. Pour mieux le remercier, elle s'approche un peu plus et lui lèche le museau, puis le pelage. Envoûté par les caresses de Christabelle et par la douce musique de jazz qui joue toujours dans le café, Matt ne bouge pas d'un poil.

Aristophane, qui n'a pas cessé de l'observer, n'en revient tout simplement pas.

— Avoir su, j'y serais allé à sa place.

Voyant Dim approcher à grands pas, Piquetout sent arriver la fin de ce moment tendre pour Christabelle. Espérant ramener à la réalité la souris apparue sur la table, il toussote. Cependant, ses efforts sont vains puisque Matt semble hypnotisé et ne réagit pas le moins du monde. Alors, mine de rien, Piquetout donne un coup de genou sous la table, ce qui a pour effet de sortir Matt de son état vaseux. Sur le coup, il sursaute, mais, au bout de quelques secondes, il revient à la réalité et, rapide comme l'éclair, prend le chemin du retour. Christabelle, qui n'a même pas le temps de réagir, se contente de le regarder s'éloigner, puis reprend ses activités là où elle les avait laissées.

Quand Matt se glisse dans l'entrebâillement de la porte des toilettes, Aristophane soupire de soulagement.

— Ouf ! Ce n'est pas trop tôt, mon vieux. Dépêchons-nous de sortir d'ici. Isory et les autres doivent déjà se poser des questions. Au fait, comment se fait-il qu'ils ne sont pas dans le café ?… Ça ne me dit rien qui vaille. J'espère qu'Isory n'a pas joué de mauvais tours au maire.

Aristophane n'avait pas tout faux : en fait, c'est plutôt Nestelle qui est sur le point de se payer la tête de Winberger.

— Je n'ai pas le gel que vous aimez tant, monsieur le

maire. Par contre, j'ai un nouveau produit que je viens tout juste de concocter. Si vous le désirez, je peux…

— Il est aussi bon que l'autre ? demande Winberger en l'interrompant.

— Ça, je peux vous l'assurer.

Le maire fourre aussitôt la main dans la poche de son pantalon pour régler la note.

— Combien vous dois-je, Nestelle ?

— Rien. Je vous l'offre.

Isory est un peu sceptique en voyant Nestelle si généreuse à l'égard du maire. Néanmoins, elle n'en laisse rien paraître. Croyant avoir fait une bonne affaire, Winberger affiche un sourire imbécile et remercie, hypocritement, la propriétaire du magasin. Puis, au cas où elle changerait d'avis, il s'empresse de la saluer en effleurant le bord de son chapeau et sort prestement.

— Vous m'en donnerez des nouvelles, monsieur le maire, lance Nestelle avant de s'esclaffer.

Winberger aussitôt sorti, Esméralda et Nil s'approchent du comptoir. Aussi curieuse qu'une fouine, Isory n'attend même pas que Nestelle lui donne une explication.

— Quel genre de gel lui as-tu donné ?

— Eh bien, puisque je n'avais plus d'agent liant, j'ai essayé l'amidon de patate.

— Et… ça a marché ? demande Nil.

— Un peu trop. Tu n'as qu'à regarder la tête de Nesbit.

Isory, Nil et Esméralda se tournent vers la chèvre, revenue de sa promenade avec Dim. Des rires en cascade résonnent dans le magasin quand Aristophane et Matt y surgissent. Ce dernier, redevenu lui-même, se tortille les membres, qui sont ankylosés. Malgré ses mésaventures de souris, qu'il estime avoir été dangereuses, il lui tarde de raconter son expérience à ses amis.

– Nous avons bien rigolé, Nestelle, mais nous devons partir, maintenant, annonce Isory. J'aimerais faire visiter la bibliothèque du Chat noir à mes amis.

– Dim est-il au courant ? lui demande Nestelle tout en lui tendant un gros sac rempli de chocolats aux amandes.

– Non. Tu veux bien le lui dire pour moi ?

Les initiés regardent Nestelle, qui a un froncement de sourcils perplexe, et attendent sa réponse.

– C'est d'accord. À condition que vous me promettiez de rester là-bas.

– J'y veillerai, répond Isory.

– Fichez le camp, alors ! Je m'occupe de Dim.

En moins de deux, il ne reste plus personne dans le magasin, sauf bien sûr Nestelle qui, sans perdre de temps, retourne à l'arrière-boutique pour prévenir Dim. En la voyant s'approcher, Piquetout devient nerveux et sent son cœur battre la chamade. À la fois gênée de se sentir observée et attirée par le personnage, Nestelle le regarde. Les yeux émeraude de Piquetout, vifs et limpides, l'hypnotisent. Elle rougit.

Ne voulant surtout pas l'effaroucher, Piquetout tourne son regard vers Dim. Après tout, son nouveau « statut » n'avait rien de bien rassurant.

— Je vous prie de m'excuser de vous déranger au beau milieu de votre entretien, messieurs, dit Nestelle, mal à l'aise. Dim, Isory et ses amis sont allés à la bibliothèque. Je leur ai donné la permission de s'y rendre à condition qu'ils y restent.

— Merci de me prévenir, Nestelle… Puisque tu es là, tu veux bien nous apporter deux autres cappuccinos à l'orange ?

— Avec plaisir !

Dim reprend machinalement la conversation là où elle avait été interrompue. Or son interlocuteur ne l'écoute pas, ce dont il se rend compte très vite.

— Je crois qu'elle a conquis ton cœur, Piquetout.

— J'ajouterais qu'elle m'enivre. Dis-moi, est-elle célibataire ?

— Alors là, mon ami, bonne chance ! Elle l'est, mais sache qu'elle n'est pas facile à conquérir. Je ne voudrais pas te décourager, mais, pour attirer son attention, il faudrait peut-être que tu revoies ton style, si tu vois ce que je veux dire.

Parti dans ses mille pensées, Piquetout n'entend pas le conseil de Dim. Voyant ses yeux pétiller, celui-ci l'interpelle doucement :

— Piquetout !

— Hein ? Ah oui ! Nous parlions de la maison hantée.

Je vais vous aider, toi et Paulo, à l'ériger. Et pour ce qui est des réverbères, je m'occupe des plans. Je vais vous dessiner le plus beau modèle qui soit ; ceux de la rue Saint-Flasque auront l'air de rien, à son côté. Cependant, j'ai trois exigences et elles ne sont pas négociables. La première : tu dois garder le secret sur ma véritable identité. Je la dévoilerai le moment venu. La deuxième : je ne veux pas d'argent pour ma participation à vos travaux. De la nourriture, pour moi et Christabelle, suffira. Évidemment, je vais avoir besoin de grandes feuilles de papier, de crayons et tout le tralala. Aussi, j'aimerais que tu demandes à Nestelle de me réserver une table pour que je puisse y travailler. Et enfin, ma troisième condition : je veux vous aider, toi et Paulo, à installer les réverbères.

– Est-ce que j'ai le choix ? demande Dim en lui tendant la main. Je vais convaincre le maire de te laisser tranquille. Ce ne sera pas facile puisqu'il s'attend à ce que tu quittes la ville aujourd'hui même. J'ignore combien de temps il va retenir sa langue de vipère, mais ça, c'est mon problème.

L'espace d'un instant, les deux hommes gardent le silence. Une complicité s'installe déjà entre eux. Puis, la voix légèrement tremblante, Piquetout dit :

– Le temps révèle tout, Dim. C'est un bavard qui parle sans être interrogé.

Les paroles de Piquetout semblent d'abord énigmatiques pour Dim. Mais après y avoir bien pensé, il présume qu'elles concernent une personne en particulier, et, dans ce cas, elles prennent tout leur sens. « Cette personne a peut-être un rapport avec la décision de Piquetout de ne plus pratiquer son métier d'architecte », se dit-il.

Sur ces entrefaites, Nestelle apporte les cafés à l'orange. Puisque l'achalandage de l'après-midi est passé, Dim en profite pour l'inviter à se joindre à eux. Un peu intimidée par la présence de Piquetout, la propriétaire accepte tout de même de prendre une pause. Le sourire fendu jusqu'aux oreilles, Dim lui offre gentiment son café et entame la conversation.

À moins d'un kilomètre du magasin général, les initiés, alignés comme des soldats, s'arrêtent un instant pour contempler le splendide manoir. La façade gothique de cette vaste demeure, avec ses arches ogivales et ses clochetons, a quelque chose de primitif. Construit en pierre de Bath, le manoir compte, juste en façade, vingt et une fenêtres à guillotine, toutes d'origine. Il impose son intimidante présence dans l'impénétrable forêt qui tapisse les collines et les montagnes des alentours. Les deux ailes, plus sophistiquées que le reste du manoir, s'étendent sur pas moins de soixante mètres. Tout au sommet de chaque extrémité de la façade, une impressionnante gargouille de pierre, accroupie, monte la garde, comme si le diable pouvait venir se glisser dans les cheminées.

– Nous devrions y aller, Isory, propose Nil, impatient d'entrer dans le manoir. Autrement, ton grand-père risque d'arriver avant même que nous ayons eu le temps de visiter la bibliothèque.

– Tu as raison, Nil. Entrons !

Isory se met en marche et monte l'escalier menant à l'entrée principale. En haut se trouvent deux portes monumentales, encadrées par une arche en dentelle de pierre et quatre colonnes corinthiennes. Impressionné par leur beauté – même les poignées ornementales le subjuguent –, Matt pousse des petits sons d'étonnement.

– Wow ! Ooooh !

Isory ouvre une des imposantes portes, à côté de laquelle un médaillon en or représentant un sphinx fait office de sonnette. Elle la pousse et entre à l'intérieur du manoir. À leur grand étonnement, les initiés ne voient pas les rayons de livres auxquels ils s'attendaient. Ils découvrent plutôt, d'un côté du hall d'entrée, une petite librairie et, de l'autre, une boutique de vêtements et de souliers de sport. Un long comptoir en acajou, orné de figures, occupe le centre du hall, aussi grand qu'un terrain de basket-ball. Le plafond, en forme de dôme à caissons, atteint plus de six mètres de haut. De magnifiques lustres, suspendus par des chaînes de bronze, éclairent subtilement l'immense pièce.

Derrière le comptoir, la bibliothécaire, penchée sur

le registre des livres empruntés, entend des pas et des chuchotements s'intensifier. Levant à peine le nez, elle accueille les nouveaux arrivants à sa façon pour la moins étonnante :

– On n'a rien dans les poches, jeune homme ? demande-t-elle en s'adressant à Nil.

Offensé, celui-ci incline légèrement la tête vers l'arrière et, d'un air effronté, fixe la femme du regard.

– Bonjour, Ambre, comment vas-tu ? s'informe Isory, habituée au caractère abrupt de la bibliothécaire. Et Zeugme, comment aime-t-il sa nouvelle demeure ?

– J'ignore ce qui lui prend, à Zeugme, depuis quelques jours. Il s'entête à vouloir entrer dans la salle de consultation Connaissance. Qui sait, quelques petites vermines y ont peut-être élu domicile.

– Tu as certainement raison. Ambre, laisse-moi te présenter mes nouveaux amis, Matt, Aristophane, Esméralda et Nil. Puisqu'ils ont hâte de visiter le manoir, si tu veux bien nous excuser, je vais immédiatement les conduire à la bibliothèque.

Isory pivote aussitôt et se dirige vers le couloir conduisant à la bibliothèque. Au bout de quelques mètres, elle s'arrête brusquement.

– Oh, j'y pense, mon grand-père viendra nous chercher ici. Lorsqu'il arrivera, tu veux bien lui dire où nous sommes ?

Toujours à la recherche d'un prince charmant, cette

vieille célibataire, à la crinière flamboyante et aux yeux de braise, réagit tout de suite : son visage qui s'empourpre témoigne de sa hâte de voir le grand-père Poutch.

— Tu peux prendre tout ton temps, ma chère.

— Merci, Ambre.

Aussitôt engagé dans le couloir, Nil questionne Isory sur l'origine du nom de la bibliothèque, qui lui apparaît plutôt mystérieux.

— C'est très étrange, ce nom de bibliothèque du Chat noir. Pourquoi ne porte-t-elle pas celui de Cacouna ?

— Wow ! tu m'impressionnes, Nil.

— Et qui est Zeugme ? demande à son tour Esméralda.

— Zeugme, c'est le nom du chat. Il habite dans ce manoir depuis peu, puisque Guillaume II, un magnifique chat persan, nous a quittés il y a maintenant un mois. Zeugme est le gardien de cette immense demeure.

— Le gardien ! s'exclament en même temps Matt, Esméralda, Nil et Aristophane.

— C'est une bien longue histoire, mes amis, et c'est grâce à Cameron que je l'ai apprise. L'été dernier, il y a consacré un long article, intitulé « L'étonnante découverte de Gutenberg ». J'ai tellement aimé sa façon de la raconter que j'ai conservé l'article. Voyons, laissez-moi réfléchir… Ah oui ! L'histoire commence comme ceci : lorsque Gustave Gutenberg entama les travaux de construction du manoir, les ouvriers furent obligés de creuser très profondément parce que le sol était très glaiseux. Ils firent alors une découverte invraisemblable : une porte. De l'autre côté, une interminable descenderie en pierre conduisait encore plus profondément dans le sol. Le premier à s'y engager, M. Gutenberg parvint à un mur qui était en fait une entrée scellée. Il donna l'ordre au charpentier de la percer. De l'autre côté se trouvait une pièce remplie d'objets précieux. Ne voulant pas s'arrêter là, les ouvriers offrirent à Gutenberg de poursuivre les recherches sans être payés. Après une journée de dix heures de travail, ils furent récompensés et entrèrent dans la pièce que Cameron appelle la chambre funéraire. Ils découvrirent un trésor inestimable au centre de la mystérieuse pièce, un cercueil recouvert de feuilles d'or et incrusté de pierres précieuses. Les hommes étaient émerveillés par la beauté du tombeau. Hélas, personne ne se soucia des ossements, transpercés de fléchettes, qui gisaient sur le sol. C'était un indice que les ouvriers, les pauvres, n'auraient pas dû ignorer et qui leur a été fatal. Seul Gutenberg a survécu.

Isory interrompt son histoire, car, arrivés au bout du couloir, les jeunes se trouvent enfin devant les immenses portes de la bibliothèque. Isory en ouvre une, et aussitôt ses camarades sont saisis par la beauté de l'endroit qui, avec ses plafonds à n'en plus finir, a l'allure d'une cathédrale. Les rayons du soleil traversent les superbes vitraux des fenêtres, en forme d'ogive, et font danser mille éclats de lumière colorée sur l'enfilade de tables irlandaises, aussi belles les unes que les autres. Même les chaises, ornées d'un médaillon en relief de Wilfrid Laurier, sont de véritables trésors.

Attirés par une mystérieuse table au milieu de la pièce, Nil et Esméralda vont l'admirer de plus près.

– Ma foi, c'est de la vitre, dit Esméralda, étonnée.

Au centre de la table en question sont gravés un œil et, autour, les mots *Je suis votre guide*. Chose encore plus surprenante, la vitre, très épaisse, oscille légèrement. Nil, voulant vérifier une intuition, donne une pichenette contre la vitre. Aussitôt un son cristallin se fait entendre et la table se met à osciller allègrement tout en offrant à ses observateurs une danse endiablée d'éclats lumineux colorés.

– Ce n'est pas de la vitre, Esméralda, c'est du cristal, précise Nil. À mon avis, cette table n'a qu'une fonction esthétique, elle est là pour nous.

Pendant ce temps, Matt et Aristophane, déjà bouche bée devant la richesse des lieux, sont particulièrement impressionnés en apercevant, sur un des murs de la bibliothèque, six panneaux de bois sculpté et peint, de forme ogivale et de plus de trois mètres de haut. Dans l'écoinçon entre chacun, un visage est sculpté. Sur chaque panneau, on peut voir un sphinx, magnifiquement sculpté, et des inscriptions latines dans le bas. En constatant que le sphinx est différent d'un panneau à l'autre, Matt en déduit qu'il y a un message à décoder. Intrigué par les visages dans les écoinçons, il les examine attentivement. Sur leur front, des sillons profonds se prolongent jusqu'aux cheveux en forme de feuille. Les oreilles, longues et pointues, encadrent presque entièrement les visages. Et leurs joues rebondies, de même que leur bouche pulpeuse, leur donnent un caractère insolite.

– Parfois, on a l'impression que ces visages nous regardent, chuchote Isory dans l'oreille de Matt, qui ne réagit pas. Matt ! Tu sembles parti dans tes songes, ajoute-t-elle.

En observant les yeux d'un des visages, Matt vient de détecter une particularité. « Ces yeux ne sont pas en bois », se dit-il. Un autre détail lui paraît plus étrange encore. Les yeux en question ne fixent pas le même endroit que ceux des autres visages. Ils regardent dans la direction de la section Connaissance. Même s'il s'interroge sur le sens de ces différences, Matt n'en parle pas à Isory.

– Excuse-moi, Isory, j'étais en train de penser à l'histoire de Gutenberg, que tu n'as pas terminé de nous raconter.

– C'est vrai. Où en étais-je ?

– Tu disais que seul Gutenberg avait survécu après la découverte du tombeau, lui rappelle-t-il.

– Ah oui ! Malheureusement, dans son article,

Cameron ne donne aucun détail sur le destin tragique des ouvriers, sur ce qui a entraîné leur mort. Cependant, il décrit l'intérêt marqué de Gutenberg pour les félins en citant un extrait de son journal intime : « Le sphinx est le gardien de ce manoir. Il détournera les mauvais esprits qui oseront s'aventurer dans ces lieux. » D'après les recherches de Cameron, pas une seule journée ne s'est écoulée sans qu'un félin soit présent dans le manoir. L'obsession de Gutenberg était telle qu'il a fait inclure dans son testament une clause stipulant le nom à donner au manoir, advenant sa vente. Quand la ville s'en est portée acquéreur, elle a dû respecter cette clause précisant que les mots « chat noir » devaient figurer dans le nom.

Pendant qu'Isory parle, Matt continue à observer les panneaux. Quant à Nil et à Esméralda, ils ont déjà fait le tour de la bibliothèque, à l'exception de la salle de consultation Connaissance, puisque la porte est verrouillée. Aristophane, lui, admire le plafond à caissons.

– Est-ce que quelqu'un sait lire le latin ? lance soudain Matt, qui aimerait bien comprendre les écritures au bas des panneaux.

– Moi ! lui répond fièrement Aristophane.

Isory le regarde, l'air perplexe. Sceptiques, Nil et Esméralda vont les rejoindre à pas pressés. Apparemment, Aristophane a plus d'un tour dans son sac.

5

La bibliothèque du Chat noir

— Tu plaisantes, Aristote, lance Nil d'un air amusé.

— Non, je suis sérieux.

— Tu n'es pas un peu trop jeune pour parler le latin ?

— J'étais encore au berceau lorsque ma mère révisait, à voix haute, ses devoirs de latin. Elle adorait cette langue au point qu'elle est devenue le meilleur prof de latin de l'Angleterre. C'est vrai, je suis un peu jeune pour parler le latin, mais ça ne m'a pas empêché d'apprendre quelques notions.

— Moi, je te crois, Aristote, intervient Matt. Tu veux bien essayer de traduire les mots écrits au bas de chacun de ces panneaux ?

— D'accord... Oh ! On dirait des écritures sacrées, commente-t-il avant de commencer la lecture.

Entouré de ses amis, Aristophane regarde le premier panneau, lequel représente un sphinx au regard foudroyant. Puis il lit l'inscription. Une évidence lui saute alors aux yeux : il doit y avoir un lien direct entre ce que représentent les scènes illustrées sur les panneaux et les écritures au bas. Timidement, il fait la lecture :

– *Aliquanto species fallaces sunt.*

Matt et les autres sont impressionnés. Tous regardent le panneau devant eux et attendent qu'Aristophane traduise les mots latins qu'il vient de lire avec une facilité étonnante. Seulement, il n'est pas aussi doué qu'il le laissait croire. Après quelques secondes de silence, Isory se met à douter de ses capacités. Mais au moment où elle s'apprête à dire quelque chose, Aristophane traduit :

– *Parfois les apparences sont trompeuses.*

Isory regarde Matt qui observe Aristophane avec respect. La première phrase n'a pas été trop difficile à traduire pour ce dernier. Cependant, celle du deuxième panneau le place dans l'embarras. Espérant trouver un indice, il étudie la scène, où un sphinx est attaqué par une chauve-souris géante. La voix presque inaudible, il lit l'inscription :

– *Pro servitute animalium sub homine, perdiscite reverentiam erga eos : tunc, facultates eorum inexauribiles erunt.*

Cette fois, Aristophane ne reconnaît que les mots *animalium* et *homine*, qui signifient « animal » et « homme ». Aussi curieux que les autres, il essaie de traduire la phrase.

– Animal… homme… Je suis désolé, mes chers amis. Mon travail de traducteur s'arrête ici. C'est beaucoup trop compliqué pour moi.

Matt pose sa main sur l'épaule d'Aristophane et le félicite.

– Bravo, Aristote. Tu as tout de même réussi à traduire la phrase du premier panneau. Cela dit, pour les autres, nous allons devoir nous débrouiller autrement… À moins que quelqu'un ait une meilleure suggestion, je crois que chacun d'entre nous devrait examiner les panneaux pendant quelques minutes. Ensuite, celui ou celle qui croit comprendre leur signification n'aura qu'à le dire.

Isory, Nil et Aristophane se regardent et, d'un signe approbateur de la tête, acceptent la suggestion de Matt. Se plaçant devant le troisième panneau, Nil reste silencieux quelques instants, puis s'exclame :

– Ça y est ! Je crois pouvoir interpréter ce panneau. Le sphinx tient dans une patte une clé ancienne, en forme de trèfle. À mon avis, elle donne accès à un trésor empoisonné, elle sert à ouvrir une sorte de boîte de Pandore.

– Je doute que tu aies raison, Nil, argumente Esméralda qui, jusqu'à présent, était restée silencieuse. L'expression sur le visage du félin me fait plutôt penser que la clé est destinée à ouvrir un livre précieux, peut-être ancien.

– Tout comme la clé pourrait symboliser l'accès au savoir, propose Isory. Attendez-moi ici. Il y a un détail que j'aimerais vérifier.

Sans donner d'explication, Isory se rend d'un pas rapide dans la section des dictionnaires où elle regarde attentivement le dos de chacun des ouvrages de référence. Lorsqu'elle aperçoit le *Petit Robert*, elle le sort prestement de l'étagère et cherche le mot « clé ». Sa curiosité étant trop grande, Esméralda délaisse les panneaux et va rejoindre Isory. Nil et Aristophane, qui se questionnent sur les intentions d'Isory, la suivent.

– Voyons ! Circonflexe… C'est plus loin… Clause…, ce n'est pas ça. Clavier… clayon… le voilà ! La première définition que le *Robert* donne du mot « clé » est celle-ci…

Pendant qu'elle lit la définition, Matt, lui, resté près des panneaux, se sent attiré par la première scène. Il s'éloigne donc du deuxième panneau et revient devant le premier. Presque aussitôt, une étrange sensation de froid s'empare de lui. Quelque chose de très déconcertant se produit alors : à chaque expiration, de la buée sort de sa bouche comme lorsqu'il fait très froid. Soudain, il n'entend plus rien. Paniqué, Matt cherche Isory du regard. Lorsqu'il l'aperçoit, il fixe des yeux ses lèvres qui bougent. Curieusement, aucun son ne semble sortir de sa bouche. Pourtant, les autres la regardent avec attention, comme si elle leur révélait la réponse à un mystère. Matt voudrait bien comprendre ce qui lui arrive. Tout à coup, un soupçon de bruit vient rompre le silence absolu. En s'intensifiant, les sons ressemblent étrangement à ceux des branches qui viennent frapper les fenêtres. Attentif au moindre bruit suspect, Matt parvient à distinguer une voix. Une voix suave et douce comme du miel. Sur le moment, il n'ose pas bouger son corps, mais fait tout de même pivoter doucement sa tête en direction du visage de bois dans l'écoinçon. Sa réaction est immédiate. D'un geste d'épouvante, il repousse l'hallucination dont il croit être victime : le visage sculpté vient de s'animer. « Ma foi ! Est-ce que j'aurais une araignée dans le cerveau ? » s'inquiète-t-il. Comme si tout ce qui venait de se produire ne suffisait pas, le visage de bois se met à parler et traduit la première phrase latine, donnant la même traduction qu'Aristophane :

– *Parfois les apparences sont trompeuses.*

Matt, les yeux exorbités, reste le regard braqué sur le visage qui répète, d'une voix presque inaudible, la même phrase, laquelle lui résonne dans la tête telle une pièce de monnaie qui tombe sur le sol. « Qu'essaie-t-il de me faire comprendre ? » voudrait-il savoir. Cherchant à vérifier si l'apparition est bien réelle, il demande au visage de lui souffler dans les cheveux. L'illusion l'avertit que si elle acquiesçait à sa demande ses cheveux en porteraient la marque à jamais. Malgré cet avertissement, Matt insiste. Aussitôt, un coup de vent, très froid, soulève une mèche de ses cheveux.

L'espace de quelques secondes, il ressent une brûlure sur son cuir chevelu, mais n'y accorde aucune importance. Matt abdique : ce dont il est témoin est bel et bien réel.

– Je t'écoute, dit-il. Qu'essaies-tu de me dire ?

Le visage de bois cligne deux fois des yeux et dirige son regard vers la figure dans l'écoinçon du panneau suivant, où une chauve-souris attaque le sphinx. Matt comprend alors qu'il doit lire l'inscription latine qui l'accompagne. Tant bien que mal, il essaie de lire les mots, mais sa prononciation incorrecte attire l'attention d'Aristophane qui s'approche et l'aide. Presque aussitôt, la figure s'anime, provoquant une réaction de surprise chez les garçons. Intrigué par leur gestuelle, Nil n'écoute plus les propos d'Isory. Il se demande bien pourquoi ses amis ont réagi sans raison apparente et décide donc d'aller jeter un coup d'œil. En s'approchant de Matt et d'Aristophane, il aperçoit la figure qui leur parle. Les yeux ronds comme ceux d'un hibou, Nil, bouche bée, reste cloué sur place et l'écoute.

– *Au lieu d'asservir l'animal à l'homme, apprenez à le respecter. Alors ses ressources seront inépuisables.*

Sans perdre de temps, Aristophane lit la phrase du troisième panneau, lequel représente un sphinx tenant dans une patte une clé ancienne.

– *Sapientia una e clavibus potestatis est.*

La figure s'anime et lui répond aussitôt.

– *La connaissance est une des clés du pouvoir.*

Isory, qui vient de compléter la lecture de la définition du mot « clé », lève la tête. À sa grande surprise, il n'y a plus personne autour d'elle. Un tantinet offusquée, elle dépose lourdement le dictionnaire sur une des tables – un bruit sourd s'ensuit et résonne dans la bibliothèque – et retourne aux panneaux où sont regroupés Esméralda, Nil, Aristophane et bien sûr Matt. Dès l'instant où elle pose son regard sur Matt, il lui apparaît différent. Intriguée, elle s'approche de lui et remarque, sur son front, une mèche de cheveux aussi blanche qu'un cachet d'aspirine.

Les autres aussi l'ont remarquée, mais personne n'a fait de commentaire, parce que le phénomène des visages de bois qui s'animent est beaucoup plus intrigant encore. C'est seulement plus tard que Matt expliquera à ses amis pourquoi ses cheveux ont blanchi.

Isory voit ensuite se dessiner sur le visage de Matt une expression qui l'inquiète : les yeux exorbités, son ami est statufié, comme si l'horreur se trouvait à quelques pas d'eux. À l'idée qu'il pourrait s'agir d'un être maléfique, Isory sent son estomac se nouer. Apeurée, elle ne se retourne pas. Cependant, Matt l'oblige à le faire : il agrippe son bras, puis son menton et, doucement, fait pivoter sa tête. En voyant le visage de bois qui semble en vie dans l'écoinçon, elle reste pantoise.

À la fois excité et angoissé, Aristophane s'approche du quatrième panneau. Pendant une bonne période de sa jeune vie, il s'était bien moqué de sa mère lorsqu'elle répétait ses leçons de latin, croyant qu'elle perdait son temps à étudier une langue aujourd'hui ignorée de tous. Or les paroles du visage de bois viennent changer son jugement, qu'il qualifie à présent de gratuit, puisque sa connaissance du latin, bien qu'elle soit rudimentaire, lui permet de vivre une expérience incroyable. Il ferme alors les yeux et remercie sa mère, qui l'a initié à cette langue bien malgré elle, puis fait la lecture de l'inscription. Cette fois, le sphinx tient un magnifique livre au titre en lettres dorées.

– *Libertas somnium non est, ibi stat, a tergo claustra a nobis cercia nos erecta.*

Le visage de bois étonne ses observateurs en affichant un sourire attendri. Tout en douceur, il leur donne la traduction de la phrase :

– *La liberté n'est pas un rêve, elle est là, derrière les clôtures que nous érigeons tout autour de nous.*

Une douleur soudaine surprend Aristophane qui se retourne vivement – en s'approchant, Nil vient malencontreusement de lui frapper un talon – et sursaute en voyant Matt, Isory et Esméralda, immobiles comme des statues, à quelques pas de Nil. Les yeux fermés, ils répètent, à mi-voix, la phrase que le visage vient de traduire, comme pour la mémoriser. Même si aucun d'entre eux ne peut expliquer le phénomène auquel ils assistent, tous savent pourtant qu'il leur est destiné. Sans tarder, Aristophane se place devant le panneau suivant pour y lire le texte. Le sphinx, cette fois, a une apparence assez mystérieuse : le félin est en processus de transmutation et, même si sa peau est devenue blanche comme du lait, il a un aspect diabolique plutôt qu'angélique.

– *Post conversionem suam, revelatio vobis exspectat.*

Immédiatement, le visage s'anime et fixe son interlocuteur tout en traduisant ses paroles :

– *Derrière sa transformation, une révélation vous attend.*

Sans perdre de temps, Aristophane commence à lire l'inscription accompagnant le sixième et dernier panneau, sur lequel on voit le sphinx, maintenant transformé en gargouille, qui marche sur un plafond à la manière d'une araignée. Dès la lecture en latin terminée, le dernier visage de bois donne la traduction :

– *Dans les lieux où les secrets sont plus profonds que le savoir, le guide vous conduira jusqu'au « kamu », lequel vous dévoilera ses pouvoirs.*

– Regardez ce visage, dit alors Matt à ses amis. Il est différent des autres. Il est le seul à regarder dans une autre direction.

Jusqu'à présent, Isory, Nil, Aristophane et Esméralda n'avaient pas remarqué ce détail. Espérant avoir une meilleure vue d'ensemble, Esméralda s'éloigne du panneau et recule jusqu'au centre de la bibliothèque, tout près de la table de cristal. Elle reste là, immobile, les deux bras croisés, et compare attentivement les yeux de tous les visages. Au bout de quelques secondes, non seulement constate-t-elle que Matt a raison, mais elle remarque aussi que les yeux du dernier visage ne sont pas en bois.

– Tu as raison, Matt. Le visage a les yeux tournés dans une autre direction, mais il n'y a pas que ça. Ses yeux ne sont pas en bois. Je dirais plutôt qu'il s'agit de pierres précieuses.

Soudain, un « miaou » profond s'élève dans la bibliothèque. Dans un même mouvement, les initiés tournent la tête du côté d'où semble venir le cri du chat : la salle de consultation des livres de référence.

– Si le chat se trouve à l'intérieur de cette pièce, nous ne pouvons rien pour lui, annonce Nil. La porte est fermée à clé. Esméralda et moi, nous avons essayé de l'ouvrir tout à l'heure.

Isory décide tout de même d'aller essayer à son tour de pénétrer dans la pièce. Arrivée devant la magnifique porte de style Renaissance, elle l'observe quelques secondes ; au centre se trouve une plaque dorée sur laquelle est gravé le mot *Connaissance*. Quand Isory pose la main sur la poignée, la porte s'ouvre comme par magie. Interloqués, Matt et Esméralda s'avancent.

– Je t'assure, Isory, reprend Nil, elle était bel et bien fermée. J'ai moi-même essayé de l'ouvrir et…

– T'as peut-être oublié de manger tes épinards, Nil, l'interrompt-elle sur un ton moqueur.

Suivi de Matt, d'Aristophane et d'Esméralda, Nil, dont le regard montre qu'il est vexé, passe devant Isory et pénètre dans la salle de consultation. Puisque la pièce est plongée dans la pénombre, les initiés discernent confusément la table et les chaises qui s'y trouvent. Presque aussitôt cependant, la lumière du plafonnier s'allume. Nil est immédiatement amusé par les courbes, flottantes et voluptueuses, du plafond, qui évoque pour lui une montgolfière. Une bibliothèque tapisse chacun des murs. Au centre de la pièce, une magnifique table ronde, en bois d'ébène, repose sur un tronc à trois pieds, sculptés en pattes de lion. Autour d'elle, trois fauteuils voltaires offrent au lecteur tout le confort désiré lors de la consultation des ouvrages de référence. Étalé de tout son long sur la table, Zeugme fixe les initiés, un à un, d'un regard à vous donner froid dans le dos. Sa fourrure noire zébrée de brun et ses yeux verts lui donnent l'apparence d'une panthère. Matt remarque une particularité d'une des bibliothèques : chacune de ses tablettes est pourvue d'un prolongement qui imite parfaitement la forme d'une empreinte de patte de félin ; disposés en diagonale dans la bibliothèque, les prolongements font penser à un escalier. Fasciné, il s'approche de ce pseudo-escalier, quand retentit la voix stridente d'Ambre, faisant sursauter les initiés. Esméralda, effrayée, rentre ses ongles dans le bras de Nil qui grimace de douleur. Matt et Aristophane, la stupeur dans les yeux, ont les mains dans les airs. Quant à Isory, elle reste figée près de la table, d'où le chat a disparu.

– Vous avez trouvé ce que vous cherchiez ? lance sèchement la bibliothécaire.

– Oui, toi, vieille pieuvre ! grommelle Nil.

Outrée par le commentaire de Nil, Esméralda réagit en lui enfonçant ses ongles un peu plus profondément dans le bras. Cette fois, il laisse échapper un « aoutch ». Par chance, Ambre est un tantinet dure d'oreille ; du moins, c'est ce qu'Isory avait toujours cru.

– Tu cherches un livre sur les grands fleuves, jeune blanc bec ? demande Ambre à Nil sur un ton pointu.

En pétard, Nil encaisse la réplique de la bibliothécaire et reste un moment sans rien dire. Puis il lui répond avec, cette fois, un peu de retenue.

– Oui, c'est ça.

– Dans ce cas, tu ne trouveras dans cette pièce aucun volume qui traite de ce sujet. Ici sont regroupés des livres de référence d'une grande valeur, à consulter sur place. Pour un bouquin comme celui que tu cherches, va dans la section 400. Oh ! j'allais oublier. Ton grand-père est arrivé, Isory. Il vous attend à la réception.

Tout en jetant nerveusement un coup d'œil en direction des visages de bois, maintenant inanimés, Isory suit Ambre qui se dirige vers le hall. Esméralda, exaspérée d'entendre râler Nil, sort à son tour de la salle de consultation, un doigt dans chaque oreille.

– Je pourrais peut-être jeter un sort à cette chère Ambre, lui lance Nil. Ça serait extra ! On n'entendrait plus rugir cette vieille lionne. Pendant que j'y pense, Esméralda, tu devrais te couper les ongles, ajoute-t-il tout en se frottant le bras.

Amusé par les remarques de Nil, Aristophane, à quelques pas derrière lui, essaie de le calmer :

– Allons, Nil ! Sous ses airs bourrus, Ambre est douce comme une brebis. J'en suis certain.

Alors qu'il s'apprête à fermer la porte de la salle de consultation, Matt marque un moment d'hésitation, puis se retourne. En équilibre sur les deux marches du haut du curieux escalier, le chat le fixe comme une proie convoitée. Le temps paraît s'arrêter soudainement pour Matt.

– On dit des chats noirs qu'ils apportent la guigne. J'espère que ce n'est qu'une superstition, dit-il au chat à voix haute.

– Mais… à qui parles-tu ? lui demande Isory, revenue sur ses pas pour venir le chercher. Nous t'attendons dans le hall depuis un bon moment, Matt. Allez, viens ! grand-père nous attend.

– Je te suis, Isory. Passe devant.

Dim, exaspéré par la conversation insipide d'Ambre, cherche du regard sa petite-fille, qui heureusement ne tarde pas à apparaître. Lorsqu'il voit Isory et Matt émerger du corridor, il leur fait signe d'accélérer le pas en agitant les bras. Puis, sans gène, il interrompt la bibliothécaire :

– Très chère, nous allons devoir reprendre cette

conversation une autre fois. Il se fait tard et nous avons une bonne route à faire avant d'arriver à la ferme.

– Je comprends, Dim. À très bientôt, très cher ami.

– À très bientôt, Ambre. Allons-y, les jeunes.

Les initiés ont tout juste le temps de s'installer dans la jeep déglinguée avant que Dim démarre et s'engage dans la rue Saint-Flasque. À l'intersection de la rue Principale, il s'assure de respecter le stop puisque les policiers viennent de commencer leur quart de soir. Le patrouilleur, l'agent Adolphe, connaît bien le grand-père Poutch et l'a à l'œil. Sur ses gardes, Dim appuie doucement sur l'accélérateur et roule à la vitesse de croisière d'un escargot. Agacée, Isory ne manque pas de le lui faire savoir à sa façon pour la moins amusante :

– Dis-moi, grand-père, serais-tu à la recherche d'un appartement ?

– Sois patiente, jeune demoiselle. Dès que nous serons arrivés dans le rang, j'accélérerai. Adolphe ne risque pas de s'y aventurer.

– Et qu'est-ce qui vous fait croire que l'agent Adolphe ne vous suivra pas ? lui demande Nil, l'air intrigué.

– Ne t'en fais pas, jeune homme. Adolphe déteste poursuivre un véhicule sur une route en gravier : il abandonne chaque fois. Sans compter qu'il vient de faire laver son véhicule… Changement de propos : la chasse à l'ours est ouverte à partir d'aujourd'hui.

Vivement intéressée par cette nouvelle, Isory s'empresse de questionner Dim.

– Ah oui ! Et qui t'a donné cette information ?

– Adolphe lui-même. Alors que je réglais ma facture, chez Nestelle, il est entré dans le café et a lancé, presque en criant : « Un ours rôde dans les parages. » Selon le garde-chasse, les traces relevées derrière les champs de vulpin des Marion seraient celles d'une jeune femelle. Rien de bien énervant, quoi ! Cependant, il ne faut pas la sous-estimer. C'est quand même un animal sauvage. Elle s'est très probablement égarée en s'éloignant des montagnes et a abouti à Cacouna. La pauvre !

Matt et Isory se regardent sans dire un mot. Puis, ils se tournent vers Aristophane qui, le matin même, avait donné son avis au sujet des bruits terrorisants : d'après lui, il s'agissait d'un ours. Isory est soulagée, car dans son for intérieur elle s'était dit qu'ils provenaient de l'homme géant qui avait tué son père. Elle s'enfonce dans son siège et sort, de la poche avant de sa salopette, un sac de chocolats aux amandes. Elle en prend un, puis passe le sac à Nil qui, à son tour, le passe à Esméralda. En voyant, dans le rétroviseur, la réaction de sa petite-fille, de Matt et d'Aristophane, Dim en déduit que les bruits étranges qu'ils avaient entendus dans la grange étaient des grondements d'ours. « L'animal rôde peut-être encore autour des fermes », pense-t-il. Du coup, il regrette de ne pas avoir pris Isory au sérieux lorsqu'elle avait mentionné les bruits inquiétants. Tout en négociant prudemment les virages dangereux du rang, il cherche les mots qui la rassureraient, ainsi que Matt et Aristophane. Cependant, il ne voudrait pas alarmer Nil et Esméralda qui, de toute évidence, n'avaient rien entendu d'inhabituel chez les Grain-de-Blé. Ce ne serait pas une bonne idée, non plus, de préciser où se trouvaient les champs de vulpin des Marion. « Isory doit penser la même chose que moi, se dit-il, puisqu'elle n'a rien dit. » Alors, bon raconteur d'histoire, il improvise.

– Le garde-chasse, Adolphe et son équipe ont pris l'affaire en main. Demain, toute cette histoire fera partie du passé.

Le crépuscule ouaté, avec son cortège de nuages rosés, laisse voir les dernières lueurs du soleil. Enfin arrivé à la ferme des Grain-de-Blé, Dim immobilise la jeep devant la maison. Épuisé par les événements inattendus de la journée, Nil ouvre la portière très lentement et descend du véhicule. Au moment où Esméralda met un pied à terre, Dim s'exclame :

– Oh ! pendant que j'y pense, au sujet du thème de l'Halloween, le résultat du vote a été publié dans le journal de ce matin : cette année, nous nous transporterons dans le Moyen Âge puisque la majorité des gens ont choisi le thème de l'époque médiévale.

Dim fait une pause, croyant qu'un des jeunes réagirait. Pourtant, les secondes passent sans qu'aucun d'eux dise quoi que ce soit. Même Isory, qui avait souhaité se retrouver à l'époque médiévale, ne démontre aucune émotion. Impatient de pouvoir gagner sa chambre, Nil brise le silence :

– À demain, lance-t-il tout en regardant Isory, Matt et Aristophane.

– À demain, lui répondent-ils d'un ton fatigué.

L'état quasi comateux des jeunes inquiète tellement Dim qu'il préfère les tenir à l'écart de la grange ce soir-là. Pour éviter toute discussion avec eux, dès leur arrivée à la maison il ressort immédiatement en prétextant devoir aller fendre quelques bûches.

– Oh, Isory, ajoute-t-il, ce n'est pas la peine d'aller nourrir les animaux, je vais m'en occuper. Si tu as besoin de quelque chose, Meg, tu sais où me trouver.

La journée a été éprouvante pour Isory, Matt et Aristophane. Aussitôt le repas terminé, ils s'empressent de desservir la table tout en racontant à Meg et à Dim leurs mésaventures avec Gédéon. Toutefois, aucun d'entre eux n'ose parler des visages de bois qui se sont animés dans la bibliothèque. Bien que Dim et Meg connaissent toute l'histoire entourant leurs pouvoirs, les jeunes se sentent incapables de leur faire part du phénomène auquel ils avaient assisté. C'était peut-être mieux ainsi !

– Que dirais-tu d'une petite partie d'échecs, Aristote ? suggère Matt sur un ton monocorde. J'ai une revanche à prendre.

Papillonnant des yeux, Aristophane, encore moins énergique que son adversaire, tombe de sommeil. Dim a une impression de déjà-vu en observant les jeunes, complètement épuisés. Il les soupçonne d'avoir caché des détails importants dans leur récit pendant qu'ils desservaient la table. De plus, il a remarqué la mèche de cheveux décolorée, bien en évidence au centre du toupet de Matt. Bien qu'il meure d'envie de jouer à l'inspecteur Colombo, il décide néanmoins de se taire.

– Je crois qu'Aristote est sur le point de succomber au sommeil, annonce-t-il à Isory et à Matt. Vous devriez monter vous coucher. Qu'en dites-vous ?

– Très bonne suggestion, Dim, lui répond Isory, la voix aussi douce que du duvet de pissenlit. Bonne nuit, grand-père, bonne nuit, maman.

Vidés par les événements de la journée, les trois amis montent en silence. À peine entré dans le dortoir, Aristophane tombe dans son lit comme une roche et, en l'espace de quelques respirations, s'endort comme un loir. Ne trouvant pas le sommeil, Matt sort de son lit et se dirige vers la chambre d'Isory, aussi discrètement qu'un courant d'air. Soudain, les vieilles planches du plancher le trahissent en se mettant à craquer. Quand Matt apparaît dans la porte entrebâillée, des grognements l'accueillent.

– Cyclope, chut ! Que fais-tu là, Matt ? Entre !

Un rayon de lune éclaire la chambre d'Isory et Matt

peut voir Félucine, sur la tête de Cyclope couché au pied du lit.

— Ces deux-là semblent avoir fait la paix, dit-il en chuchotant.

— Oui, à mon grand soulagement. Quelque chose ne va pas, Matt ? ajoute Isory en bâillant.

— As-tu remarqué l'espèce d'escalier en forme de patte de félin dans la salle de consultation ?

— Oui… Et… tu y vois une signification ?

— Je ne sais pas encore, mais je ne crois pas qu'il soit là juste pour décorer la pièce.

— Et pourquoi pas ? C'est peut-être simplement un symbole, comme pour dire : « Le chat vous surveille de près. »

— Justement, parlons-en du chat. Avant de quitter la salle de consultation, je me suis retourné et, perché au haut de l'escalier, il me regardait droit dans les yeux. C'était comme s'il voulait…

— Te surveiller ! le coupe Isory. Écoute, Matt, Zeugme n'est qu'un chat dont le cerveau n'est pas plus développé que celui d'un chien. La première fois qu'il a aperçu les marches, il a fait ce que tous les chats font et aiment faire, c'est-à-dire grimper. Sans plus.

— Ouais !…Tu as peut-être raison. Néanmoins, je suis certain d'une chose : il y a bien longtemps déjà, quelqu'un avait prévu notre visite.

— Là ! je suis d'accord avec toi. Les écritures latines traduites par les visages de bois ne sont, à mon avis, que la pointe de l'iceberg.

– À propos des écritures, je les ai transcrites sur une feuille de papier.

– Toi aussi ! lui répond Isory tout en sortant, de sous son oreiller, une feuille froissée.

– Isory, tu veux bien m'accompagner à la bibliothèque demain après-midi ? J'aimerais vérifier quelque chose. Nous pourrions demander à Aristophane, à Nil et à Esméralda de nous couvrir pendant la séance de magasinage au bazar. Qu'en penses-tu ?

– C'est bon.

– T'es géniale ! Changement de propos, je dois te raconter mon expérience avec le popofongue.

– Vas-y, je t'écoute, Matt.

Couchée dans son lit, Isory bâille, tout à coup gagnée par le sommeil. Matt, qui regarde vers la fenêtre, s'anime en lui parlant des impressions ressenties lorsqu'il s'était transformé en souris.

– Mes sens étaient aiguisés. C'était comme lorsque je suis entré en communication avec Cyclope. Tu sais, quand je l'ai fait parler au maire et que celui-ci était complètement désemparé. Le pauvre, il croyait avoir perdu l'esprit.

– Ah oui…, fait Isory en étouffant un bâillement dans ses mains et en s'enroulant dans ses couvertures. J'ai hâte d'utiliser le pouvoir du popofongue, murmure-t-elle…

Au bout de quelques secondes de silence, Matt se

retourne et constate qu'Isory est pratiquement endormie. Alors, il lui enlève la feuille de papier, qu'elle tient encore entre ses mains, et la glisse sous son oreiller, puis sort de la chambre aussi silencieusement qu'il était entré. Avant de fermer la porte, il regarde son amie une dernière fois et, faisant référence à la conversation qu'elle et sa mère avaient eue la veille, il lui dit :

– C'est donc ça, les choses mystérieuses qui se produisent à Cacouna. Au fond, ce ne sont peut-être pas seulement des histoires de sorcellerie, Isory.

Sur la pointe des pieds, Matt retourne dans le dortoir et se glisse sous sa couverture puisqu'il fait un peu froid ce soir-là. Confortablement couché dans son lit, il glisse la main sous son oreiller et sort une feuille de papier pliée. Accompagné des ronflements d'Aristophane, il relit les écritures sacrées : *Parfois les apparences sont trompeuses. – Au lieu d'asservir l'animal à l'homme, apprenez à le respecter. Alors ses ressources seront inépuisables. – La connaissance est une des clés du pouvoir. – La liberté n'est pas un rêve, elle est là, derrière les clôtures que nous érigeons tout autour de nous. – Derrière sa transformation, une révélation vous attend. – Dans les lieux où les secrets sont plus profonds que le savoir, le guide vous conduira jusqu'au « kamu », lequel vous dévoilera ses pouvoirs.*

Sans savoir pourquoi, Matt s'attarde sur la dernière

phrase et la lit une seconde fois :

– *Dans les lieux où les secrets sont plus profonds que le savoir, le guide vous conduira jusqu'au « kamu », lequel vous dévoilera ses pouvoirs.* Le guide… Hum ! il me semble avoir vu ce mot écrit quelque part dans la bibliothèque… Qui est le guide ? L'indice se trouve peut-être sur un des panneaux. Voyons voir !

Fixant le plafond, Matt revoit dans sa tête chacun des panneaux : le sphinx, au regard foudroyant dans le premier, se fait attaquer par une chauve-souris dans le deuxième ; dans le troisième, le félin tient dans une patte une clé ancienne, en forme de trèfle, puis, dans le suivant, un magnifique livre au titre en lettres dorées ; ensuite, la couleur de sa peau devient blanche comme du lait ; et finalement, il se transforme en gargouille se déplaçant, comme une araignée, sur le plafond d'une pièce lugubre.

6

La clé de l'énigme

Dans un demi-sommeil, Isory entrouvre les yeux et, en voyant les premières lueurs du jour, se demande pourquoi le coq, qui d'habitude est fidèle à son poste dès l'aube, n'interprète pas son répertoire de cris cacophoniques. Soudainement, Cyclope, couché à ses pieds, grogne. Presque aussitôt, elle se lève et va jeter un coup d'œil à la fenêtre. Des pensées horribles l'envahissent alors : « Et si la présence de l'ours expliquait le silence du coq ? Et si, pire encore, la bête sauvage avait réussi à entrer dans l'étable ? »

Pendant qu'elle imagine toutes sortes d'histoires plus terribles les unes que les autres, Cyclope sautille allégrement dans l'espoir d'attraper, avec sa gueule, Félucine qui exécute des cercles en volant et qui chante d'une manière inhabituelle, comme si elle décelait la présence d'un danger. Se demandant à quoi il joue, la coccinelle accélère le battement de ses ailes et prend de l'altitude. Malheureusement, dans sa panique, elle oublie de regarder où elle se dirige et fonce tout droit sur le plafonnier. Une chute vertigineuse accompagnée de vrilles s'ensuit. L'œil attentif, Cyclope attend le moment opportun pour ouvrir la gueule. Il a une pensée pour sa maîtresse qui serait certainement très triste de le voir agir ainsi, mais, trop tard… « Oh non ! Qu'est-ce que j'ai fait là ? » se dit-il, puisque la coccinelle se trouve déjà dans sa gueule. La tête légèrement penchée vers l'avant, le dos voûté, il reste là, immobile, et regarde Isory du coin de l'œil.

Par la fenêtre entrouverte, Isory respire à fond l'odeur de l'herbe, humide de rosée. Tout à coup, elle entend des bruits de pas, qui croissent en s'approchant de la galerie. Même si elle se sait en sécurité, elle sent son cœur battre plus vite.

— Bonjour, mademoiselle Poutch.

En apercevant Paulo, Isory laisse échapper un léger soupir.

— Ouf ! c'est toi !

— Je t'ai effrayée ?

— Un peu ! C'est que… je ne m'attendais pas à te voir là, Paulo.

— Je m'excuse, Isory. Je ne voulais pas te faire peur. Je suis venu porter le *Pika Pioche* à ton grand-père et j'ai également apporté deux pains aux noix que Samanta vient tout juste de sortir du four.

– C'est gentil de sa part. Ne manque pas de la remercier pour nous. Dis-moi, Paulo, où est ton camion ?

Pris de court, le fermier marque un moment d'hésitation, puis répond maladroitement.

– Je suis venu à pied. Une bonne marche matinale, il n'y a rien de mieux pour vous mettre les idées en place. Qu'en dis-tu ?

L'attitude étrange de Paulo rend Isory sceptique. En dépit du fait que son voisin aime faire des marches, elle a l'impression que quelque chose cloche chez lui. Aussi, elle le questionne.

– Est-ce que grand-père est avec toi ?

– Non, mais il ne devrait pas tarder.

– Dans ce cas, je viens vous rejoindre.

Isory ouvre un tiroir de la commode et prend un chandail au hasard. Elle enfile rapidement une salopette, la même qu'elle portait la veille, et, avant de sortir de la chambre, donne un baiser sur la tête de Cyclope qui, croit-elle, s'est rendormi.

Au bout d'un moment, celui-ci ouvre l'œil et expectore Félucine, recouverte de bave. Instinctivement, il la renifle et, à son grand désarroi, elle s'infiltre dans une de ses narines. Du coup, il n'ose plus respirer, mais, en l'espace de quelques secondes, il commence à être étourdi. Malgré lui, il ne peut plus se retenir et expire, avec une telle puissance qu'il projette Félucine tout droit dans l'oreiller. La pauvre ! Anxieux, il s'approche et, à son grand soulagement, perçoit un léger battement d'ailes. Alors, il se couche près de l'oreiller et garde l'œil sur Félucine, qu'il considérait, jusqu'à présent, comme une vulgaire bestiole et, surtout, comme sa rivale. Félucine, dans un état vaseux, aperçoit Cyclope. Il la regarde tendrement. Elle comprend alors que son envie de la bouffer est enfin passée. En guise de reconnaissance, puisqu'il lui a évité un atterrissage catastrophique, elle lui dévoile un secret : la raison de sa présence auprès d'Isory.

Pendant ce temps, chez les Grain-de-Blé, un événement alarmant se prépare pour Nil et Esméralda, à peine sortis du lit. Les deux amis se dirigent vers la grange, où ils doivent accomplir une de leurs tâches quotidiennes : donner du foin aux vaches. Cette corvée met Nil en rogne, parce qu'il est affamé.

– Peux-tu m'expliquer pourquoi il faut donner le foin aux vaches avant le déjeuner ? maugrée-t-il. J'ai une faim de loup, moi. Huuuum ! du bon pain chaud…

Perdue dans ses pensées, Esméralda ne lui répond pas. Étonnamment, Nil ne s'en offusque pas. En fait, il est surtout préoccupé par son désir de manger un toast avec du beurre et de la confiture aux fraises. Une même image repasse constamment dans l'esprit d'Esméralda : elle voit le visage aux yeux en pierres précieuses s'animer et prononcer les paroles sacrées. Deux mots en particulier lui résonnent dans la tête : « le guide ». Elle croit avoir trouvé une piste qui pourrait permettre d'identifier ce fameux guide et compte bien en glisser un mot à ses amis.

Arrivé dans la grange, Nil, un tantinet paresseux ce matin-là, s'étend de tout son long sur le foin et décide d'utiliser ses pouvoirs, à bon escient, pense-t-il : il pointe l'index sur les bottes de foin qui immédiatement s'ébranlent, puis flottent dans les airs. En les apercevant, Esméralda comprend son intention et voit aussitôt une occasion de se moquer de lui. Elle ferme alors les yeux pour mieux se concentrer, mais tout juste comme elle s'apprête à intervenir, une douleur soudaine lui traverse le dos. Avant qu'elle ait le temps de comprendre ce qui lui arrive, elle s'effondre sur le sol, face contre terre. Sonnée, elle se secoue la tête et cherche Nil du regard, qui a disparu. Lorsqu'elle remarque les bottes de foin qui se dirigent dans sa direction à une vitesse inouïe, elle baisse automatiquement la tête et ferme les yeux. Pendant quelques instants, elle n'entend rien, à l'exception du bruissement des ailes des hirondelles qui, affolées, exécutent des cabrioles audacieuses. Puis, toujours étendue sur le sol, Esméralda perçoit un cri sourd : c'est Nil qui l'appelle. Hésitante, elle se relève doucement et, chancelante, se dirige vers les cris qui semblent venir de sous un amas de bottes de foin. Elle en soulève quelques-unes et découvre Nil. L'air frustré, il pousse un soupir agacé et la regarde quelques secondes, sans rien dire, puis son regard se durcit. Il fronce alors les sourcils et avance sa mâchoire légèrement, tout en gardant les lèvres fermées. Ses contorsions faciales en disent long sur son état d'esprit ; il semble sur le point d'exploser.

– Tu veux bien m'expliquer à quoi tu joues ? siffle-t-il entre les dents.

– Il y a quelque chose qui ne tourne pas rond ici, Nil.

– N'essaie pas de te défiler, Esméralda ! J'aurais pu être blessé.

– Je l'avoue, je voulais me payer ta tête, mais je n'ai pas eu le temps de le faire.

Nil, resté étendu, suit des yeux les hirondelles qui tourbillonnent à trente centimètres à peine du plafond, couvert de nids. Soudain, les oiseaux s'affolent à nouveau et, cette fois, volent au ras du sol. Toute trace de bouderie disparaît sur le visage de Nil : il s'interroge sur leur brusque changement de comportement. À cet instant précis, un mugissement effrayant retentit et se répercute en écho dans la grange. Prise d'effroi, Esméralda reste figée tandis que Nil, stoïque, se lève et court jusqu'au support à outils où il empoigne une fourche. Tout en retournant près d'Esméralda, il lui parle :

– Je suis là, Esméralda. Je vais nous sortir d'ici. Allez, suis-moi.

– D'après toi, qu'est-ce que ça peut bien être ? lui demande-t-elle d'une voix étouffée.

– On pourrait croire à un cri d'ours. Mais ne t'inquiète pas, plus souvent qu'autrement cet animal prend peur lorsqu'il se trouve face à l'homme.

Nil se garde de lui faire part de son inquiétude au sujet du mugissement, qui lui a paru hors du commun. Alors, voulant occuper l'esprit d'Esméralda, qui, visiblement, est apeurée, il entretient la conversation jusqu'à ce qu'ils atteignent la maison.

En entendant la porte d'entrée s'ouvrir, Samanta, qui sort du four sa dernière fournée, s'étonne de les voir déjà de retour. Nil observe Esméralda du coin de l'œil et raconte avec retenue ce qui vient de se produire dans la grange. Heureusement pour Esméralda, Samanta n'avait pas encore lu la dernière édition du *Pika Pioche*, que Paulo avait volontairement emportée avec lui – il ne voulait pas qu'elle la lise.

– Si vous ne voulez pas rater l'autobus, vous devriez monter vous laver et vous changer, suggère Samanta. Je vais préparer le petit déjeuner pendant ce temps.

Déjà affamé, Nil ne se fait pas prier davantage et monte à sa chambre. Tout en changeant de vêtement, il s'interroge sur les mugissements entendus, qui l'inquiètent : « Les Poutch auraient-il reçu la visite de l'ours ?… S'il s'agissait d'un ours… »

C'est justement ce dont Dim est en train de discuter avec Paulo dans l'étable chez les Poutch.

– Que suggères-tu ? lui demande Paulo à voix basse, murmurant presque.

– Nous devrions en parler à Omer. Au cas où tu ne serais pas au courant, il n'est pas seulement le doyen des fermiers, mais un trappeur dans l'âme. S'il ne trappe plus aujourd'hui, il n'a toutefois rien perdu de sa finesse d'esprit. Il pourrait certainement nous donner de précieux conseils. Piquetout nous serait également d'une grande aide. Il est ingénieux et nous aurons besoin d'idées pour capturer l'ours. Qu'en dis-tu ?

– Ça me va, Dim.

– À la bonne heure ! Je propose que nous nous rencontrions au café de Nestelle, disons… demain ? L'endroit est plutôt discret et Piquetout aime bien y aller.

– C'est une bonne idée, lui répond Paulo tout en le gratifiant d'une accolade, sa façon bien à lui de dire au revoir à son meilleur ami. Oh, j'allais oublier ! Tiens, prends mon journal. Je ne crois pas que ce soit une bonne idée que je le rapporte à la maison.

– Ça m'arrange. J'ai justement besoin de papier pour allumer le poêle à bois.

– Ne laisse pas traîner le tien, Dim. Tu ne voudrais pas qu'Isory tombe sur la une du journal. Bon… eh bien, j'y vais. À demain.

Sur ces entrefaites, Isory apparaît dans l'encadrement de la porte de l'étable. Surpris de la voir, Paulo se demande depuis quand elle est là. Il essaie de la distraire quelques secondes, le temps que Dim, qui comprend aussitôt sa stratégie, glisse subtilement les deux journaux dans la poche arrière de sa salopette.

— Alors, jeune fille, comment se porte Cyclope ?

— Bien, lui répond-elle, avec un air suspicieux.

— Bon… eh bien, je te laisse avec ton grand-père. Salut, Dim.

— À bientôt, Paulo.

En s'approchant de Dim, Isory incline la tête, de gauche à droite, et observe ses mains. Dim croit aussitôt qu'elle a vu le journal.

— C'est ça que tu cherches, Isory ? lui dit-il en lui montrant un des journaux, bien enroulé.

— Non, pas vraiment. En fait, je me demandais ce que tu mijotais avec Paulo.

— Rien du tout, ma jolie, lui répond-il du tac au tac. Nous parlions des préparatifs de la fête de l'Halloween.

Dim remet le journal dans la poche arrière de sa salopette, puis commence à nourrir les animaux, en cherchant à cacher l'inquiétude qui pouvait se lire sur son visage.

— Souviens-toi, Isory, Paulo et moi avons été chargés de former une équipe pour ériger la maison hantée. Alors on se demandait si Piquetout pouvait se joindre à nous. Il est jeune et, de plus, il est architecte. Ce n'est pas extra, ça ? Qu'en penses-tu, ma chérie ?

Isory écoute parler son grand-père avec plus ou moins d'attention puisqu'elle se questionne à son sujet : « Oserait-il me mentir ? »

— Isory ! Est-ce que tu m'écoutes ?

– Quoi ? Oh, oui, tu parlais de Piquetout, c'est ça ? Si tu veux bien m'excuser, grand-père, je dois aller me préparer pour l'école. Mcrci de t'occuper des animaux ce matin.

À peine Isory sortie de l'étable, Dim s'assoit et s'empresse de lire l'article à la une du journal : « La chasse à l'ours est ouverte. Selon le garde-chasse, les traces relevées derrière l'école près des champs de vulpin de M. Marion seraient celles d'un ours brun des montagnes Rocheuses. »

Dim reconnaissait bien là la présence d'esprit de Cameron : le journaliste avait certainement pensé aux jeunes qui auraient paniqué en apprenant que l'ours en question était en fait une bête très dangereuse : un grizzly.

Pendant ce temps, Isory, qui vient d'enfiler une salopette propre, jette pêle-mêle ses bouquins et ses feuilles de devoir dans son sac à dos, puis va rejoindre Matt et Aristophane, déjà en train de déjeuner en compagnie de Meg. En descendant l'escalier, elle jette un coup d'œil à l'horloge.

– Hé, les gars ! Il ne nous reste que dix minutes avant l'arrivée de l'autobus. Pressons-nous.

Elle avale son repas en vitesse pendant que ses amis se dirigent déjà vers la véranda. De sa voix douce, Meg s'assure qu'ils n'ont rien oublié :

– Avez-vous pris votre goûter, les jeunes ?

– Nous avons tout ce qu'il nous faut, maman. Allez !

Bonne journée.

Après avoir embrassé sa mère, Isory rejoint Aristophane et Matt. Entendant un vrombissement lointain, Matt s'écrie :

– Écoutez ! Je crois que l'autobus arrive.

Il sort de la véranda en coup de vent et s'élance dans l'entrée gravillonnée en agitant les bras pour faire signe au chauffeur d'arrêter. Pas très loin derrière, Isory et Aristophane le suivent. Le véhicule ralentit, puis s'immobilise. Grincheux ce matin-là, M. Périard ouvre les portes pliantes et, sans dire un traître mot, leur décoche un sourire agacé. Irrité par la musique que fait jouer le chauffeur, toujours les mêmes airs western, Matt se bouche une oreille, puis monte dans l'autobus en saluant le vieil homme d'un signe de tête. Isory et Aristophane montent à leur tour et, tout comme Matt, saluent le chauffeur discrètement. Isory trouve suspecte l'attitude de Périard et se demande quelle mouche l'a piqué. Ce qu'elle ne sait pas, c'est que la direction de l'école lui a donné l'ordre de ne pas laisser monter Gédéon et les membres de son gang. Il appréhende leur réaction, et avec raison, puisqu'il n'y a pas si longtemps des jeunes ont peint des graffitis sur son autobus et il a dû tout nettoyer.

L'autobus s'ébranle et prend de la vitesse. Assis au centre, Matt, Isory et Aristophane se mettent à discuter des inscriptions latines au bas des panneaux de la bibliothèque.

– Il y a certainement un symbole quelque part dans la bibliothèque. Lorsque nous l'aurons trouvé, il nous conduira au guide, dit Matt en chuchotant. Rappelez-vous les paroles du dernier visage, dont les yeux sont des pierres précieuses : « Le guide vous conduira jusqu'au kamu, lequel vous dévoilera ses pouvoirs. » Il y a forcément quelque chose qui nous échappe et j'ai pourtant l'impression que c'est là, sous nos yeux.

Soudain, l'autobus s'arrête dans un crissement de freins. Aristophane jette un coup d'œil dehors et aperçoit Esméralda, l'air inquiet, et Nil qui, la main sur son épaule, semble la rassurer.

– Oh, oh ! On dirait qu'Esméralda a vu un fantôme, s'exclame-t-il.

Le chauffeur ouvre les portes. Sans même le regarder, Esméralda monte dans l'autobus et va rejoindre ses amis. En s'approchant à son tour, Nil dit, comme pour les rassurer eux aussi :

– Ne vous inquiétez pas. Esméralda et moi discutions des cris étranges que nous avons entendus ce matin dans la grange.

Du coup, Aristophane, Isory et Matt l'écoutent attentivement. « Se pourrait-il qu'il soupçonne la même chose que nous ? se disent-ils. La présence d'une bête redoutable. » Nil fait une pause et les observe un instant. Puis il poursuit :

– Je crois qu'il s'agissait d'un ours. Mais il n'y a pas de quoi s'énerver. Il est certainement reparti dans la montagne. N'est-ce pas, Esméralda ?

Sans répondre, celle-ci regarde Isory, qui s'apprêtait à suggérer au reste du groupe de ne pas s'aventurer dans les champs de vulpin, près de l'école, là où les autorités avaient trouvé des traces d'ours. Cependant, en voyant le visage assombri d'Esméralda, elle décide plutôt de la tranquilliser.

— Normalement, l'ours s'enfuit lorsqu'il voit des humains. Puisque c'est la saison des mûres sauvages, il s'est aventuré là où se trouvaient les petits fruits, c'est-à-dire à flanc de montagne, derrière la maison des Grain-de-Blé et des Poutch.

Esméralda comprend aussitôt qu'Isory, Matt et Aristophane ont eux aussi entendu des cris effrayants.

— J'apprécie ta sollicitude, Isory, mais depuis que j'ai entendu cette chose crier, un mauvais pressentiment grandit en moi et…

— Tu n'as rien à craindre, l'interrompt Matt. Nous sommes là et nous te protégerons, Esméralda. Aurais-tu déjà oublié ce que Dim a dit, hier, à propos de l'ours ? Le garde-chasse et les policiers se chargent de l'affaire.

— Et s'il s'agissait d'un autre animal ?

— Ils vont le capturer, affirme Isory. Parlons d'autre chose, tu veux bien ?

— Oui, c'est une bonne idée ! dit Nil. Et de quoi veux-tu qu'on cause ?

Les yeux remplis d'espoir, Matt demande à

Esméralda :

– Saurais-tu à quoi fait référence le guide dont parle le texte du dernier panneau ?

– J'y pensais justement ce matin, lorsque nous étions dans la grange. La phrase « Je suis votre guide » est écrite, en grosses lettres, autour de l'œil qui est gravé sur la table de cristal.

– Elle a raison, Matt ! s'exclame Nil en même temps que retentissent des cris de freins.

L'autobus ralentit, sans toutefois s'arrêter complètement. Par réflexe, tout le monde regarde par les fenêtres du véhicule. Gédéon et Cahius se trouvent au bord de la route. S'apprêtant à monter dans le véhicule, Gédéon s'avance. À son grand étonnement, les portes restent fermées. Faisant sursauter les élèves, Périard lui lance, de sa voix profonde :

– La direction m'a donné l'ordre de ne pas te prendre, Gédéon. Je suis désolé.

Le nez collé aux fenêtres, Isory et les autres s'attendent à ce que le chef de gang réagisse. De fait, celui-ci frappe les portes pliantes du plat de la main. Aussitôt, Périard appuie fortement sur la pédale de l'accélérateur et l'autobus s'ébranle. Frustré, Gédéon, qui a les poings serrés, se résigne et bat en retraite. Toujours le nez collé à la vitre, Isory l'observe s'éloigner jusqu'à ce qu'il se retourne et pose sur elle un regard froid comme de l'acier. Du coup, elle se redresse et tourne la tête en direction du chauffeur.

– Il n'est pas très intelligent, ce Gédéon, murmure-t-elle d'une voix lasse.

Bien qu'elle soit soulagée de ne pas avoir affaire à lui, ce matin-là, elle sait que ce n'est que partie remise : ce n'est qu'une question de temps avant qu'il prenne sa revanche. « S'il n'a pas pu monter dans l'autobus à cause de moi, je ne perds rien pour attendre », pense-t-elle. Voulant chasser les idées noires de sa tête, elle entame une conversation avec Matt. Pendant ce temps, Nil réussit à faire sourire Esméralda avec ses pitreries.

Arrivé dans le stationnement de l'école, Périard gare son véhicule près des autres autobus et ouvre les portes pliantes. Les élèves sortent avec empressement et, puisque la cloche sonne déjà, tous entrent dans l'immeuble sans flâner dans la cour. Ne souhaitant pas attendre que le jeune Gédéon vienne rôder dans les parages, le chauffeur redémarre aussitôt et prend la direction de son domicile.

Miranda est calme en ce début de journée étant donné l'absence de Gédéon et des membres de son gang. Et elle n'est pas la seule : les élèves sont souriants et alertes. Aussi, puisqu'ils auront congé dans l'après-midi, elle ne perd pas une minute et commence le cours de mathématique.

Tranquille dans son coin, Matt regarde la grande aiguille de l'horloge trotter autour du cadran, tout en élaborant dans sa tête un plan qui devrait le conduire au guide puis au kamu. Soudainement, ses paupières deviennent lourdes et il tombe dans un demi-sommeil. Après un certain temps, un bruit perçant retentit et le fait sursauter. Ouvrant les yeux, Matt voit les élèves qui défilent devant le bureau de l'enseignante et y déposent à tour de rôle une feuille de papier.

– Ceux qui ne me remettent pas leur devoir aujourd'hui ont jusqu'à demain pour le faire, dit Miranda.

Isory, l'air taquin, s'approche de Matt qui comprend alors qu'elle l'observe depuis un bon moment.

– Dis-moi, Isory, de quoi Miranda a-t-elle parlé ?

– D'une notion passionnante : la division. Allez, viens, c'est la période de récréation.

– Chacun ses passions ! murmure Matt qui, en se levant, ouvre son livre de mathématique à la page 100 et y prend la feuille sur laquelle sont écrites les phrases énigmatiques.

Il va ensuite rejoindre Isory qui, avec Esméralda, attend patiemment son tour pour sortir de la salle de classe. Certains des élèves ont remarqué la mèche blanche de Matt et lui adressent des signes approbateurs, comme pour lui dire qu'ils le trouvent « cool ».

Déjà dans la cour d'école où ils attendent impatiemment leurs amis, Nil et Aristophane ont l'idée de faire quelque chose d'à la fois drôle et stupide. Ils ont repéré Gédéon et comptent bien se payer sa tête. Le chef de gang, accompagné de ses acolytes, flâne près du talus devant les champs de vulpin. N'en pouvant plus d'attendre, ils décident de mettre leur plan à exécution. Nil ferme les yeux pour se concentrer, puis lance d'une voix puissante :

– Dénoue-toi, et rattache-toi.

Tout à coup, Gédéon tombe tête première sur le talus. Étourdi, il se relève, mais retombe aussi vite. En apercevant les lacets de ses bottes attachés ensemble, un tour qu'il attribue à Cahius, il les dénoue et se relève brusquement. Au loin, Nil et Aristophane l'observent tout en ricanant. Le visage déformé par la colère, le chef de gang est sur le point d'exploser. Quant à Cahius, il hausse les épaules et ouvre les mains pour exprimer son incompréhension.

– La vengeance est douce au cœur de l'Indien, glousse Nil.

– Allez, Nil, allons rejoindre les autres, lui propose Aristophane tout en lui prodiguant des petites tapes amicales sur l'épaule en signe d'approbation.

– Oh, oui ! Ils doivent nous chercher.

En essayant de lever la jambe, Nil a l'impression que son pied est coulé dans le ciment et tombe, à son tour, tête première. Médusé, il ne parvient qu'à marmonner :

– Oupelaï !

Aristophane n'en revient tout simplement pas et éclate de rire. À quelques mètres d'eux, Isory, Matt et Esméralda viennent d'assister au spectacle et se demandent bien ce qui a pu arriver à Nil. Matt émet son hypothèse :

– Dis donc, quelqu'un t'aurait-il lancé un mauvais sort ?

– Très drôle !

Nil délace ses chaussures, dont les lacets étaient attachés ensemble, et, pendant que ses amis se gaussent, il essaie d'analyser ce qui vient de se produire. Voulant s'amuser, Aristophane le félicite :

– Bravo, mon ami. Tu contrôles bien tes pouvoirs. Je te donne la note… A.

– Tu as raison, Aristote. Je contrôle bien mes pouvoirs, répond Nil sur un ton solennel.

Devant les regards d'incompréhension de ses amis, Nil explique :

– En utilisant les pouvoirs dont nous avons hérité, je suis parvenu, malgré la grande distance qui me séparait de Gédéon, à défaire ses lacets et à les rattacher ensemble. Au fond de moi, je pensais à Isory et au mal que cet échevelé lui a fait. Mais le geste que j'ai posé aurait très bien pu le blesser. Ce que j'essaie de vous dire, c'est que nos pouvoirs fonctionnent exactement comme les popofongues : si nous posons un geste pouvant causer du tort à une personne, la situation se retournera contre nous. Même s'il y a une bonne intention derrière le geste.

– Lorsque Édouard nous parlait des règles qu'il nous fallait découvrir pour apprendre à utiliser nos pouvoirs convenablement, eh bien… je crois qu'il faisait allusion à des expériences de ce genre.

Driiing ! Driiing !

– Chacun de vous sait ce qu'il a à faire cet après-midi ? demande Matt.

– Ne t'en fais pas, le rassure Aristophane. Nil et Esméralda vont garder l'œil ouvert sur Gédéon au bazar. Moi, je me charge de faire le guet à la bibliothèque pour qu'Ambre ne vous surprenne pas, toi et Isory.

– Parfait ! Alors, dès que le cours sera terminé, nous nous séparerons discrètement. Pour l'instant, retournons en classe, chers initiés. Autrement, nous risquons d'attirer l'attention de Miranda.

C'était la première fois, depuis leur retour du château d'Édouard Vulshtock, qu'un des cinq amis prononçaient le mot « initié », qui désignait les jeunes dotés de pouvoirs. Sans le savoir, Matt venait de raviver un sentiment de fierté chez ses amis : celui d'avoir hérité de pouvoirs surnaturels. C'est donc avec assurance que Nil prend le devant et que les autres lui emboîtent le pas. La seule ombre au tableau, dans le plan d'action devant les amener à élucider l'énigme des écritures sacrées, c'est Gédéon. Périard l'avait peut-être empêché de monter dans l'autobus, mais le gardien chargé de surveiller l'entrée de l'école n'était pas à son poste ce matin-là. Les initiés ne craignent toutefois pas une intervention de Gédéon dans l'avant-midi, puisqu'il est peu probable qu'il s'aventure dans la classe.

Heureusement, en effet, aucune visite impromptue ne vient perturber le cours jusqu'à ce que la cloche sonne à midi.

DRIIING ! DRIIING !

– Attendez ! dit aussitôt Miranda à ses élèves. S'il vous plaît ! Je vous demande quelques minutes d'attention. C'est votre dernière chance de trouver le tissu nécessaire à la confection de votre costume d'Halloween puisque, dès demain, le bazar laissera la place aux manèges. Alors, profitez de cette occasion.

Pendant que l'enseignante donne ses dernières recommandations, Isory ouvre discrètement son livre de mathématique et en retire une feuille de papier toute chiffonnée, où sont inscrites les phrases énigmatiques. Elle tourne la tête en direction de Matt qui, lui aussi, sort une feuille de son manuel. Leurs regards se croisent. Voyant Matt sourire, Isory comprend qu'il avait eu la même idée qu'elle : apporter sa feuille avec lui.

En un rien de temps, les longs couloirs de l'école deviennent déserts. Les élèves et les professeurs examinent déjà les stands qui bordent la rue Saint-Flasque, complètement transformée : on se croirait facilement au Moyen-Orient. Sandwich à la main, Nil et Esméralda se font plutôt discrets et surveillent les lieux en se faufilant entre les magasins de fortune.

À la bibliothèque, Isory et Matt se dirigent directement vers le premier panneau, pendant qu'Aristophane, qui a pris place à une table tout près de la porte d'entrée, joue à la sentinelle en faisant semblant de lire la biographie de Vincent Van Gogh.

— Voyons voir ! fait Isory. Tu veux bien relire les phrases sacrées, Matt ? lui demande-t-elle sur un ton ouaté. À mon avis, chacun des panneaux contient une partie de la réponse à l'énigme. J'en suis certaine.

Sans rien ajouter aux commentaires d'Isory, Matt enlève ses lunettes et les essuie longuement, puis les remet et lit la phrase associée au premier panneau :

— *Parfois les apparences sont trompeuses.*

Isory et Matt restent silencieux quelques secondes devant la représentation du sphinx au regard foudroyant.

— Je crois qu'il est le messager, avance enfin Isory. Qu'en dis-tu ?

— Je suis de ton avis. Néanmoins, cet animal ne me dit rien qui vaille. C'est comme si, dans mon for intérieur, une petite voix me disait de rester sur mes gardes... C'est bizarre. Quoi qu'il en soit, ce n'est pas lui qui pourra répondre à la première question de l'énigme.

— Qu'est-ce que tu veux dire ?

— Suis-moi !

En s'approchant de la table de cristal, Matt observe les éclats de lumière colorée qui dansent sur le sol. Derrière lui, Isory est fascinée par les rayons multicolores qui lui caressent les bras et les jambes.

— Regarde, Isory. Lis ce qui est écrit autour de l'œil.

— *Je suis votre guide.* Et alors, qu'est-ce que ça peut

bien vouloir dire ?

– Rappelle-toi ce qu'Esméralda m'a répondu dans l'autobus au sujet du guide.

– Je crois qu'elle t'a dit que ce mot était écrit en grosses lettres sur la table de cristal.

– C'est exact. Maintenant, lis le texte du dernier panneau.

Sans même regarder sa feuille, Isory récite les paroles qu'elle connaît par cœur :

– *Dans les lieux où les secrets sont plus profonds que le savoir, le guide vous conduira jusqu'au « kamu », lequel vous dévoilera ses pouvoirs.*

Soudain, tout s'éclaircit dans sa tête et elle s'exclame :

– Oh ! je vois ! L'œil de cristal serait, en quelque sorte, le guide qui nous conduira au kamu, c'est ça ?

– Tu y es presque. Mais je crois plutôt que le guide, c'est le sphinx. Souviens-toi de la première phrase : *Parfois les apparences sont trompeuses.* L'œil serait un intermédiaire servant seulement à nous montrer quelque chose… peut-être un endroit sacré… Je ne sais pas trop pour l'instant.

À pas de tortue, Isory retourne près des panneaux et les observe attentivement. Au bout d'un certain temps, elle en fait la description, comme s'il s'agissait du prologue d'un roman fantastique :

– Le sphinx, dont le regard est foudroyant, se fait attaquer par une chauve-souris. Dans sa fuite, il trouve une clé ancienne, en forme de trèfle, ainsi qu'un livre sacré dont le titre est en lettres dorées. Lorsqu'il ouvre le livre, quelque chose d'horrible se produit. L'animal connaît un triste sort, car il subit une transformation affreuse. Le pauvre !

Sans quitter des yeux la gargouille du dernier panneau, elle s'éloigne en relatant le dénouement de son histoire.

– Pour le reste de l'éternité, la créature est condamnée à rester enfermée dans une chambre funeste… Trève de plaisanterie… Selon toi, Matt, le sphinx serait donc le guide et l'œil, lui, nous indiquerait la voie ?

Matt, à quelques pas de la table de cristal, voyant qu'Isory se dirige tout droit sur lui, se voit forcé de reculer un peu et appuie son derrière sur le bord de la vitre. Aussitôt, la table se met à osciller et fait danser les rayons lumineux sur les panneaux.

– Oups ! Je m'excuse, Matt… Alors, dis-moi, comment trouves-tu mon récit ? Pas mal, non ! Malheureusement, ça ne nous dit rien au sujet du kamu.

À cet instant précis, un des rayons illumine le visage aux yeux en pierres précieuses. Ceux-ci réfléchissent le rayon, guidant le regard des deux amis dans la direction de la plaque dorée sur la porte de la salle de consultation Connaissance. Matt et Isory, ahuris, restent là, cloués sur le bord de la table en cristal qui oscille toujours.

– La voilà, la réponse, Isory. Le guide nous conduit au kamu : la salle de consultation. J'aurais dû le deviner. L'inscription au bas du troisième panneau le dit clairement : *La connaissance est une des clés du pouvoir.* C'est une référence à la salle de consultation. Allons-y ! On va certainement y trouver des réponses.

– Mis à part des centaines de livres, que veux-tu y trouver ?

– Zeugme et son escalier, ma chère.

7

La porte secrète

En ouvrant la porte de la salle de consultation Connaissance, Isory aperçoit Zeugme, étendu sur la table de tout son long. Le félin la regarde avec nonchalance. Doucement, il se lève et s'étire, en courbant le dos et la queue, de sorte qu'il a la forme d'une théière. Ensuite, il ouvre sa gueule, laissant entrevoir ses crocs, et bâille. Matt pénètre dans la salle, en jetant un regard circulaire sur les rayons. Isory l'imite sans trop savoir pourquoi.

– Dis-moi, Matt, qu'est-ce qu'on cherche ?

– Un livre.

– Ça, je m'en doute, mais tu dois certainement avoir une bonne idée de quel livre en particulier on cherche, non ?

– Ooooh oui ! Souviens-toi de l'inscription au bas du quatrième panneau, où un sphinx regarde la couverture d'un livre aux lettres dorées.

– *La liberté n'est pas un rêve, elle est là, derrière les clôtures que nous érigeons tout autour de nous...* Ouais ! Je vois où tu veux en venir. Ces écritures sont symboliques : les clôtures érigées tout autour de nous pourraient être en fait les rayons. Crois-tu qu'il y a une pièce dissimulée derrière ces murs ?

– Tu as mis dans le mille. Et la clé qui nous permettra d'ouvrir la porte, cachée quelque part dans cette pièce, se trouve dans un des livres.

Soudain, Zeugme bondit sur le sol avec un bruit sourd, faisant sursauter Isory. En voyant le chat trottiner vers l'espèce d'escalier, celle-ci tapote l'épaule de Matt, certaine que quelque chose d'important va se produire. Le félin monte toutes les marches, puis miaule, tout en fixant les rayons derrière eux, comme s'il voulait leur indiquer la voie. Matt empoigne l'échelle mobile et la glisse devant les rayons en question jusqu'à ce qu'elle se trouve vis-à-vis de Zeugme. Puis, il regarde Isory et lui fait signe de grimper.

– Moi ! Pourquoi n'y vas-tu pas, toi ? lui demande-t-elle.

– Parce que je vais t'indiquer quel livre tu devras prendre.

Matt remarque l'inquiétude sur le visage d'Isory qui, en regardant l'échelle, une véritable antiquité, avance à pas comptés.

– N'aie pas peur, elle est peut-être ancienne, mais

encore très solide. Allez, grimpe ! Je la tiens.

Hésitante, elle monte les marches sans quitter des yeux les livres qui se trouvent à quelques centimètres de son visage.

– J'y suis, Matt, lance-t-elle la voix tremblotante, perchée au bout de l'échelle.

Matt regarde alors Zeugme, puis les rayons que le félin fixe. Quand il s'apprête à faire une suggestion à Isory, celle-ci s'exclame :

– Ha ! Le voilà ! Je l'ai trouvé, Matt.

Perplexe, il la regarde.

– Je vois le mot « kamu » sur le dos du livre. C'est fantastique, non ?

– En effet. Dépêche-toi de redescendre.

D'accord ! ne nous énervons pas !

Au moment où Isory essaie de retirer le livre du rayon, l'échelle commence à bouger. Sur le coup, elle croit à un tremblement de terre et s'agrippe prestement aux montants de l'échelle, croyant qu'elle va tomber. Étonnamment, aucun livre ne bouge dans les rayons. Elle jette alors un coup d'œil sur Matt, qui a le sourire fendu jusqu'aux oreilles.

– T'as fini de me faire peur ? le houspille-t-elle. Essaie encore une fois… et je te transforme en crapaud.

– Ça va, ça va ! ne t'énerve pas, répond Matt, l'air taquin.

Avec peine, Isory retire le livre du rayon. Elle le

tient nerveusement entre ses mains et regarde le titre : il est en langue étrangère. Quelque chose d'ahurissant se produit alors : les lettres du titre deviennent floues pour ensuite disparaître complètement. Elle assiste bouche bée à ce phénomène, qui ne s'arrête pas là puisque la couverture devient un miroir. Matt, pendant ce temps, observe le chat qui s'affole sans raison apparente, enfonçant ses griffes, effilées comme des aiguilles, dans les livres. Isory, toujours hypnotisée par le phénomène, ouvre grands les yeux d'étonnement en voyant le reflet de Zeugme apparaître dans le miroir et sa fourrure devenir aussi blanche que la neige tombant au clair de lune.

Sans crier gare, Zeugme bondit et atterrit sur la table. Le félin, qui semble possédé par une force extérieure, vacille, puis se laisse tomber sur le sol. L'espace de quelques secondes, il reste étendu sur le plancher, inanimé. En voyant l'état de Zeugme, Matt est saisi d'angoisse. Du coup, mille pensées se bousculent dans son esprit : « Et s'il s'agissait de Mo ? » Cependant, Isory est là, perchée tout en haut de l'échelle et il ne veut pas l'effrayer. Même s'il a une trouille bleue et n'a qu'une seule envie, quitter la salle rapidement, il ne bronche pas. Malgré lui, cependant, sa voix trahit son désarroi.

– Isory, regarde Zeugme ! Il ne va pas très bien et je crois…

Les paroles de Matt résonnent dans la tête d'Isory

comme l'écho d'une voix, répercuté par les montagnes. Au bout d'un certain temps, elle lui répond, presque dans un murmure :

– Zeugme ?…

Soudain, elle entend une voix douce s'adressant à elle : c'est le visage aux yeux en pierres précieuses qui lui parle. Alors, d'un air rêveur, elle répète ses paroles :

– Lorsque tu tiendras le livre des anciens entre tes mains, sa couverture deviendra un miroir, lequel te dévoilera alors ses pouvoirs. Le reflet de ton guide t'apparaîtra aussi blanc que la neige tombant au clair de lune.

Matt, saisi par ce qu'il voit, n'entend plus Isory parler : Zeugme, tremblant, toujours couché sur le plancher, perd sa fourrure, devenue douce comme le duvet d'un oisillon et qui flotte à présent dans la pièce. Soudain, le sol se met à trembler. Les livres claquent fortement sur les rayons, au point que certains d'entre eux tombent. Presque aussitôt, Isory sort de son état hypnotique et croise les yeux de Matt, qui lui lance un regard apeuré. À cet instant précis, un faisceau de lumière perce le mur, leur dévoilant enfin l'emplacement de la porte secrète.

Aristophane, campé depuis un bon moment près de l'entrée de la bibliothèque, commence à s'impatienter quand le vacarme éclate. Il se doute bien que la bibliothécaire l'a également entendu. Il se lève prestement et, en courant, va rejoindre Isory et Matt pour les prévenir. Arrivé à la salle de consultation, il passe la tête dans l'entrebâillement de la porte et s'écrie :

– Que faites-vous là ?

La voix d'Aristophane fait sursauter si violemment Isory qu'elle perd l'équilibre sur l'échelle. Voulant se retenir dans sa chute, elle tente de s'agripper à tous les livres qui lui tombent sous la main. Instinctivement, Aristophane amortit sa chute en utilisant ses pouvoirs. C'est à ce moment-là qu'il aperçoit le chat qui, désormais, n'a presque plus l'allure d'un félin. Matt, Isory et Aristophane regardent Zeugme, les yeux exorbités, les sourcils relevés et la bouche grande ouverte.

Évidemment, le bruit est parvenu jusqu'à la réception où Ambre, mouchoir à la main, lit paisiblement un roman d'amour. Se doutant bien qui sont les auteurs de ce tumulte, elle sort sèchement de derrière son comptoir et s'empresse d'aller à la bibliothèque. En s'approchant de la salle de consultation, elle marmonne des mots de protestation. Matt reconnaît aussitôt sa voix.

– Dépêche-toi, Isory ! Ambre approche. Remets le livre à sa place. Vite !

Un peu vaseuse, elle prend le livre des anciens, qui gît sur le sol à deux pas d'elle, et se lève en titubant.

– Encore plus vite, Isory ! Elle arrive, reprend Matt.

Voyant qu'elle n'y parviendrait pas, Aristophane court lui arracher le livre des mains et monte l'échelle mobile à toute vitesse. Guidé par Matt, il range le livre à la bonne place. Presque aussitôt, la porte secrète se referme. Par chance ! À peine quelques secondes plus tard, la silhouette de la bibliothécaire apparaît dans l'embrasure de la porte. Ambre reste là, immobile, fusillant les jeunes du regard. Mais, lorsqu'elle aperçoit les livres de grande valeur épars sur le sol, la colère éclate sur son visage et sa réaction est virulente :

– Je me moque de savoir comment, je me moque du temps que ça va vous prendre, mais nettoyez-moi ce bazar au plus vite ! leur commande-t-elle d'une voix coupante.

Puis, les mains levées, comme quelqu'un qui ne veut pas savoir ce qui vient de se produire, elle poursuit :

– Je me décarcasse pour garder cet endroit impeccable, alors GROUILLEZ-VOUS !

Matt, Isory et Aristophane n'osent pas regarder Zeugme, mais ils s'étonnent de l'absence de réaction, chez Ambre, par rapport au chat. Ils s'imaginaient qu'elle allait faire une crise d'apoplexie en voyant son état horrible. Aristophane, toujours perché en haut de l'échelle, tente d'attirer son attention pour qu'elle ne pose pas les yeux sur la pauvre bête.

– Nous sommes sincèrement désolés, madame Ambre.

– Laissez tomber les excuses et ramassez-moi tout ça. Allez, Zeugme, sortons d'ici.

Aucun des trois amis ne veut voir le chat : Aristophane ferme les yeux ; Isory reste clouée sur place, tête baissée ; quant à Matt, il se détourne, de peur que la créature soit encore plus laide que quelques secondes auparavant.

– Ah, te voilà, petit coquin ! s'exclame Ambre, qui s'empresse de prendre Zeugme dans ses bras.

Isory braque aussitôt les yeux sur le chat. À sa grande surprise, il est tout à fait normal : il a retrouvé sa fourrure. Tout en lui prodiguant des caresses, Ambre sort de la salle de consultation et marmonne des insultes à l'égard des jeunes. Du haut de son perchoir, Aristophane, qui a entrouvert les yeux, a tout vu ; il est pantois. Matt, lui, a toujours le dos tourné. Pendant un moment, personne ne bouge. Les trois amis prennent quelques minutes pour se remettre de leurs émotions à la suite des événements, à la fois étranges et déterminants, auxquels ils viennent d'assister. Puis, Aristophane brise le silence accablant.

– À ce que je vois, vous avez découvert le pot aux roses.

– Tu ne pourrais pas dire mieux, Aristote, confirme Matt tout en se retournant. Le sphinx auquel on fait allusion dans les textes sacrés s'avère être, en réalité, Zeugme. Parlant de Zeugme, je me demande pourquoi Ambre n'a pas crié en le voyant.

Pendant qu'Aristophane explique à Matt comment le chat a repris son allure normale, Isory, ingénieuse, a trouvé une façon très efficace de ranger les livres sur les rayons : elle utilise ses pouvoirs. Elle pointe l'index vers les livres qui jonchent le sol, et aussitôt ils se mettent à planer, les uns derrière les autres, jusqu'aux tablettes. Les bras croisés, ses amis la regardent exécuter sa manœuvre tout en poursuivant leur discussion.

– Il me semble me souvenir, dit Aristophane, que le texte du cinquième panneau parlait de la transformation du sphinx. Te rappelles-tu les mots exacts, Matt ?

– Si ma mémoire est bonne, c'est quelque chose comme : « Derrière sa transformation, une révélation vous attend. »

Isory les écoute parler malgré toute la concentration que lui demande son opération de rangement. Soudain, une inquiétude s'empare d'elle. Au même moment, les quelques livres qui planent encore tombent au sol comme des briques. Matt et Aristophane ferment les yeux pour ne pas voir le désastre : de grande valeur, les ouvrages de référence sont pour la plupart anciens et fragiles.

– Et si Zeugme était Mo ? lance Isory. L'arrivée soudaine d'Ambre a peut-être inhibé le processus de transformation du chat. Je veux dire… que la créature qui se cache à l'intérieur… Nous pourrions subir le même sort que lui et…

La voix tremblante, elle n'arrive pas à compléter ses phrases tellement l'idée que Mo soit en fait le chat lui fait peur. Matt et Aristophane, qui lisent la terreur sur son visage, s'empressent de la rassurer.

– Souviens-toi des paroles qu'Édouard a prononcées au sujet de Mo, lui dit Aristophane.

Isory se rappelle très bien les paroles auxquelles il fait allusion : « Ne vous souciez pas de Mo. Il restera tranquille un bon moment. » Cependant, elle n'était jamais vraiment parvenue à y croire. L'air résigné, elle répond :

– Je présume que nous ne sommes pas en danger.

– C'est exactement ça, confirme Matt d'une voix douce. Sois logique, Isory. Zeugme ne peut pas s'en prendre à nous, puisqu'il est notre guide ; les textes le confirment. Il a certainement un message à nous livrer. Qui sait, il pourrait peut-être nous aider à délivrer Tommy des griffes de Mo. Qu'en penses-tu ?

Comme pour aider Matt à la rassurer, Aristophane s'exclame :

– Ouais ! C'est géant !

– D'accord, les gars, je me calme.

– À la bonne heure ! s'exclame Matt, à son tour, en glissant sa main sur l'épaule d'Isory. Maintenant, finissons de ramasser ce fouillis.

La méthode d'Isory ayant fait ses preuves, Matt et Aristophane décident de l'employer et s'affairent à la tâche de ranger les livres encore sur le sol. Quant à Isory, bien malgré elle, elle se perd dans ses pensées : elle se demande ce qu'est devenu Tommy.

À ce propos, à plusieurs kilomètres de là, au château d'Édouard Vulshtock, tout un bras de fer se prépare : le chancelier sirien est venu rendre visite à Édouard non seulement pour lui annoncer une triste nouvelle, mais aussi pour qu'ils préparent ensemble leur défense. Un escadron sirien a retracé l'endroit où se cache Mo : de vraies catacombes. Malheureusement, tout ce qu'on y a découvert, ce sont les vêtements et le petit sac de cuir de Tommy. Il n'y avait aucune trace de lui. Le chancelier a donné l'ordre à la délégation de sonner l'alarme sur Sirius puisqu'il se doute que Mo essayera d'y pénétrer d'ici peu. Après tout, il s'agit là de sa terre natale.

En deux temps, trois mouvements, Matt et Aristophane achèvent de ranger tous les livres. Tout d'abord, ils croient qu'Isory a contribué à la tâche, étant donné la vitesse d'exécution, mais lorsqu'ils constatent son état lunatique, ils comprennent qu'il n'en est rien. Matt s'approche d'elle et pose doucement sa main sur son bras.

– Isory… Isory !

Isory sursaute et le regarde droit dans les yeux. Matt ajoute alors :

– Apparemment, tu étais perdue dans tes pensées.

– C'est vrai. Je pensais à Tommy. Je me demandais s'il était encore en vie.

Soudain, les sons cristallins de l'immense horloge de la bibliothèque parviennent jusqu'à la salle de consultation. Du coup, Aristophane pense à Nil et à Esméralda : « Ils doivent se poser des questions.

Ça fait plus d'une heure que nous sommes là. »

– À mon avis, nous devrions partir, maintenant, suggère-t-il. Esméralda et Nil doivent se faire un sang d'encre.

– Tu as raison, répond Matt. J'espère seulement qu'ils n'ont pas croisé Gédéon et son gang.

Le commentaire de Matt fait naître l'inquiétude chez Isory et Aristophane. Sans plus attendre, les trois mousquetaires quittent de concert les lieux et se dirigent d'un bon pas vers la réception.

Malheureusement, il est déjà trop tard. Dans le bazar grouillant d'élèves et d'enseignants, c'est la cohue. Nil a Gédéon à ses trousses pendant qu'Esméralda, qui a pris une direction opposée à celle de son partenaire, cherche à tenir à distance les autres membres du clan. À vrai dire, elle les a attirés dans un guet-apens. « La situation est idéale pour m'exercer à utiliser mes pouvoirs, se dit-elle. Cependant, je dois penser à un truc qui sort de l'ordinaire. Rien de trop dangereux, mais assez épeurant pour leur donner une bonne frousse. Après tout, ils le méritent bien ! » se convainc-t-elle en les regardant s'énerver puisqu'ils croient qu'elle leur a échappé. Pourtant, elle n'est qu'à deux pas d'eux, camouflée dans une énorme citrouille sur laquelle un artiste a peint un magnifique visage.

– Il ne reste qu'un endroit où elle peut se cacher, affirme Cahius. Derrière la grande tente. Allons-y !

Aussitôt le champ libre, Esméralda sort de sa

cachette et met son plan à exécution. En prenant un raccourci, elle va attendre Cahius derrière la tente. Quand il arrive, celui-ci se réjouit de la voir là, comme il s'y attendait. Bien qu'ils la trouvent un peu trop sûre d'elle, avec son sourire arrogant, Cahius et ses acolytes s'approchent doucement. Étonnamment, elle ne bronche pas. L'espace de quelques secondes, ils hésitent et s'immobilisent. « Au fond, ce n'est qu'une fille, et elle a l'air inoffensive », se dit Cahius, qui avance alors d'un pas sûr. Cette fois, comme pour le provoquer, Esméralda croise les bras.

— Toi et tes fidèles, vous devriez arrêter votre petit jeu, autrement il risque de vous arriver des bricoles.

Les jeunes délinquants poussent des rires étouffés et accélèrent le pas. Au moment où ils s'apprêtent à l'attraper, le sable s'enfonce sous leurs pieds. Paniqué, Cahius ne comprend pas ce qui leur arrive. En voyant leurs visages blancs comme de la craie, Esméralda leur lance :

— Hé bien ! C'est ce qu'on appelle se mettre les pieds dans des sables mouvants.

— Sors-nous de là immédiatement ! crie Cahius.

— Soyez sans crainte, les gars. Les sables mouvants ne vous engloutiront pas complètement. Mais pas la peine d'essayer de vous tirer de là. Vous en avez pour, disons, hum !… un peu plus d'une heure à patauger dans votre carré de sable. Bon ! notre entretien est très agréable, mais je dois vous laisser. On m'attend. Allez !

À la prochaine.

D'un pas allègre, Esméralda s'éloigne de Cahius et de ses compagnons. En s'approchant des stands qui bordent les trottoirs, elle entend des cris. Les gens semblent acclamer Nil, l'encourager à se battre. Arrivée sur les lieux, elle aperçoit Matt, Isory et Aristophane. Curieusement, aucun d'eux n'intervient, ce qui la surprend.

– Enfin vous voilà! dit-elle d'une voix haletante. Mais… pourquoi est-ce que personne n'intervient, Isory?

– Nil doit se tirer d'affaire tout seul. Sinon Gédéon reviendra à la charge. Dans le fond, notre aide ne ferait que lui nuire. Tu comprends? Aie confiance en lui, Esméralda.

Les initiés arrivent difficilement à voir Nil, tant les élèves autour de lui sont nombreux, des élèves qui, pour la plupart, détestent le chef de gang. Néanmoins, ils parviennent à se faufiler dans la foule et se retrouvent aux premières loges. Nil semble être en train de perdre la première manche : Gédéon, le visage crispé de rage, lui donne de petits coups sur le torse avec son index. Chaque fois, Nil recule, encaissant les coups sans répliquer. Devant son absence de réaction, Gédéon se sent ridicule sous le regard de la foule.

– Tu veux que j'aie l'air épais? siffle-t-il entre les dents.

Ne connaissant pas d'autre moyen que de se battre

ou de faire des mauvais coups pour attirer l'attention de ses parents, Gédéon reprend de plus belle. Cette fois, il utilise la paume de ses mains et frappe Nil avec une telle force qu'il tombe sur le sol comme une poupée de chiffon. Aussitôt, un grand silence s'abat sur la foule. Les secondes s'égrènent. Satisfait, le chef de gang arbore un sourire carnassier et, les poings serrés, fait signe à Nil de se relever. Celui-ci reprend son souffle. Encore sous le choc, il vacille en se relevant. Pendant quelques secondes, le temps de reprendre ses esprits, une tentation l'envahit : « Si j'utilisais mes pouvoirs, je pourrais lui en faire voir de toutes les couleurs. » Bien qu'elle soit courte, son expérience fait son œuvre : il chasse aussitôt cette idée de sa tête et lance plutôt à Gédéon le plus méprisant des regards. Puis, sans s'occuper des spectateurs, qui ont les yeux braqués sur lui, Nil s'adresse à son adversaire en vociférant :

– Tu ne ressens pas l'ombre d'un sentiment, Gédéon, et c'est la raison pour laquelle tu t'en prends à des plus faibles que toi, que tu les humilies. Dis-moi, c'est pour te sentir important et pour te faire respecter par les autres que tu fais ça ?

Gédéon est scié par les paroles de Nil : il a l'impression d'entendre sa mère crier contre son père lorsqu'il quittait la maison pour une longue période. « Tu ne ressens pas l'ombre d'un sentiment, Armand », répétait-elle alors qu'il franchissait la porte, valise à la main. Les yeux de Gédéon s'emplissent de larmes, et il n'arrive plus à étouffer ses émotions. Les admirateurs de Nil, impressionnés par son courage, s'approchent pour le protéger. Nil vient de percer l'armure derrière laquelle se cachait Gédéon afin que personne ne puisse l'atteindre comme son père et sa mère l'avaient fait, si souvent, dans le passé. Frustré par l'attitude de la foule, Gédéon se résigne à battre en retraite, encore une fois. Il tourne les talons et quitte les lieux à grands pas. Toutefois, la partie est loin d'être gagnée pour les initiés, qui le craignent plus que jamais.

Pendant ce temps, à l'autre bout du bazar, les complices de Gédéon se libèrent de leur fâcheuse position. Le sang bout dans les veines de Cahius qui, sorti des sables mouvants, aide ses acolytes à en faire autant, en maugréant.

– Elle n'est pas normale, cette Indienne. Quelque chose cloche chez elle. Il faut vite aller rejoindre Gédéon. Allez, les gars, partons !

Cahius, qui a maintenant des soupçons au sujet d'Esméralda et de ses amis, se rend avec ses compagnons à leur quartier général, une masure que leur chef a découverte derrière les champs de vulpin et où, depuis, ils ont l'habitude de se réunir. Le jour de sa découverte, Gédéon, jugeant l'endroit idéal pour préparer leurs mauvais coups, avait trouvé les mots justes pour convaincre Cahius et le reste du clan de l'aider à rafistoler le toit décrépit : « Une manne de jeunes fourmille tous les jours dans la cour d'école… là, tout juste de l'autre côté des champs. Il ne reste plus qu'à les piéger, mes frères. »

Comme Cahius l'avait deviné, Gédéon se trouve dans la masure. En ouvrant la porte, il l'aperçoit, silencieux, faisant rouler son couteau de poche entre les doigts. Du coup, Cahius n'ose pas parler ; il sait que son chef est déçu. Après quelques minutes de silence, lequel pèse sur lui comme une chape de plomb sur ses épaules, il amorce la conversation :

– Je suis désolé, chef. Cette fois, notre plan n'a pas fonctionné. Mais nous n'avons pas complètement perdu la bataille.

À ces derniers mots de Cahius, Gédéon réagit, sans toutefois lui adresser la parole. Tout d'abord, le chef de gang regarde ses acolytes qui, intimidés, haussent les épaules en ouvrant les mains pour signifier leur incompréhension. Puis, d'un regard dur, il fixe Cahius. Celui-ci peut lire le message sur son visage : « J'espère pour toi que tu as quelque chose d'intéressant à m'annoncer, sinon… » Puis, d'un vague hochement de tête, Gédéon lui donne la permission de parler. Cahius s'empresse alors de lui raconter l'histoire de l'« Indienne » et des sables mouvants. Gédéon entretient lui aussi des soupçons au sujet des nouveaux amis d'Isory, et ce, depuis la première fois où il les a vus. Et bien qu'il soit encore très frustré par la tournure des événements, il y voit là une excellente raison pour les espionner de plus près. Son sourire carnassier réapparaît sur ses lèvres. Voulant faire savoir à son fidèle compagnon qu'il comprend la situation, Gédéon s'approche de lui et pose fortement ses mains sur ses épaules. Cahius, dont le regard est éteint, est surpris par la force de son chef.

– C'est du beau travail, mon frère. Ce que tu viens de me dire nous sera d'une grande utilité. Isory et ses camarades cachent quelque chose d'important. À présent, j'en suis certain...

Pendant que Gédéon et les autres membres du gang concoctent un plan machiavélique, Isory, Matt et Esméralda se dépêchent à compléter leurs achats au bazar. Nil et Aristophane, qui ont terminé les leurs, attendent dans l'autobus scolaire qui est sur le point de partir.

– Qu'est-ce qu'ils fabriquent ? marmonne Nil.

– Ne t'en fais pas, insiste Aristophane, étendu de tout son long sur un banc. À mon avis, ils vont arriver d'une minute à l'autre.

Pas très rassuré, Nil regarde nerveusement par la fenêtre, dans l'espoir d'apercevoir Isory et les autres.

– On n'y voit rien avec ces vitres embuées, éclate-t-il.

Sans plus attendre, M. Périard met le moteur en marche. À son tour, Aristophane s'inquiète. Il se redresse vivement sur son siège et jette lui aussi un coup d'œil dehors. Il a beau chercher la chevelure en bataille d'Isory, il ne la voit pas parmi les élèves qui courent de tous bords, tous côtés. Soudain, l'autobus s'ébranle et recule tranquillement. Au même moment, Aristophane reconnaît Matt au loin, plus grand d'une tête que tout le monde. « Il doit être accompagné d'Isory et d'Esméralda », espère-t-il puisqu'il ne les voit pas.

— Hé, monsieur le chauffeur ! s'écrie-t-il. Attendez !

Faisant la sourde oreille, Périard augmente le volume de sa radio, qui crachote encore les mêmes vieilles chansons western.

— Espèce de vieux schnock, marmotte Aristophane. Je vais te montrer comment on arrête un autobus.

Il ferme les yeux et, à l'aide de ses pouvoirs, prend le contrôle des commandes : aussitôt, un coup de frein stoppe brusquement l'autobus. Le chauffeur, qui n'a même pas le temps de réagir, se sent soulevé de son siège et se retrouve face contre le pare-brise. Les élèves, eux, n'ont presque rien ressenti, à leur grand étonnement. Alors qu'il reprend ses esprits, le vieil homme voit Isory et ses amis devant les portes pliantes, qu'il s'empresse d'ouvrir. Étonnée que le chauffeur les ait laissés entrer, Isory le remercie en montant dans l'autobus.

— C'est extra, monsieur Périard. Je m'étais trompée sur votre compte. Je suis…

— C'est assez, mam'selle Poutch ! l'interrompt Périard. Allez vous asseoir, toi et tes amis !

Le vieil homme, le cœur endurci, fait comme s'il ne l'avait pas entendue et, dans son rétroviseur, observe

Aristophane qui le regarde, tout sourire.

Au cours du voyage, Isory, Matt et Aristophane racontent à Esméralda et à Nil, dans les moindres détails, ce qui s'est produit dans la bibliothèque. Lorsque l'autobus s'engage dans la courbe la plus dangereuse du rang des Mains sales, Matt, assis près d'une fenêtre, aperçoit, dans la voie inverse, la jeep de Dim, qui semble accompagné de Paulo.

– Hé! c'est Dim! s'écrie-t-il spontanément tout en suivant la jeep du doigt.

Isory se retourne aussitôt et voit la jeep filer à vive allure. Du coup, elle se demande si la maison hantée que son grand-père devait ériger avec Paulo était la seule raison pour laquelle il allait à la ville : lorsqu'elle les avait vus dans l'étable, le matin même, elle leur avait trouvé un air suspect.

– C'est bien Paulo qui accompagne Dim, Matt? demande-t-elle. Je n'ai pas eu le temps de le voir.

– J'en suis presque certain.

Enquêteuse à ses heures, Isory émet une hypothèse : « À mon avis, grand-père, Paulo et Piquetout préparent quelque chose. Et la maison hantée n'a rien à voir dans cette affaire… Hum! »

Isory n'avait pas tout faux : son grand-père avait effectivement donné rendez-vous à Piquetout chez Nestelle. Seulement, la raison principale pour laquelle les trois hommes se réunissaient était liée au grizzly qui, étonnamment, se faisait discret. Heureusement pour les écoliers !

En cette belle fin d'après-midi, les clients sont plutôt rares au café, au grand bonheur de Nestelle qui en profite pour s'accorder une pause. En fait, elle se réjouit de cette accalmie avant tout parce que Piquetout est là, à la table du fond où il a pris l'habitude de s'asseoir. Elle est parfaitement heureuse, jusqu'à ce qu'elle aperçoive le maire, à l'entrée du café, qui annonce son arrivée par un raclement de gorge. Celui-ci choisit la table la plus éloignée de celle où le quêteux s'est installé pour travailler, sans pour autant le perdre de vue. Puis, sans aucune gêne, il fixe d'un regard dédaigneux l'étranger qu'il considère comme un pouilleux. M. Winberger, dont la mémoire est aussi précise et cruelle qu'un piège d'acier, a l'impression de l'avoir déjà vu : le regard du quêteux, sa manière de parler, sa gestuelle, tout cela lui semble familier. Cependant, il n'arrive pas à mettre un nom sur le personnage. Piquetout, qui vérifie ses plans des réverbères enfin terminés, est si concentré qu'il ne se rend même pas compte de la présence du nouvel arrivant, qui, lui, tellement occupé à l'espionner, n'entend pas Nestelle s'approcher.

– Alors, monsieur le maire, que puis-je vous servir aujourd'hui ?

– Je vais prendre un expresso et un biscuit aux amandes, bredouille-t-il.

Le timbre de voix de Winberger attire l'attention de

Piquetout qui lève aussitôt la tête. Son regard croise celui du maire. À son tour, il observe l'homme, rondouillard et trapu, supposé respectable. « Tu as vieilli, Winberger. Je suis heureux de constater que tu ne me reconnais pas. Enfin… pour l'instant. » Feignant la politesse, mais ne réussissant pas à cacher son mépris, Winberger effleure son chapeau pour le saluer. Piquetout hoche à peine la tête et tourne son regard vers Nestelle, maintenant derrière le comptoir. Offusqué par la réponse discrète du quêteux, le maire prend sèchement le journal et fait semblant de lire.

Nestelle, qui prépare l'expresso du maire, sent ses joues s'empourprer : elle sait que Piquetout l'observe. Elle ne veut pas poser son regard sur lui, mais c'est plus fort qu'elle. Quand elle le regarde enfin, Piquetout se lève et, après avoir fait une vaine tentative pour défroisser son imperméable, va vers elle. En le voyant approcher, Nestelle baisse les yeux. Quelques secondes s'égrènent sans qu'elle réagisse. Mais l'attirance qu'elle a pour lui a raison de sa gêne : elle relève la tête pour le regarder. Piquetout plonge aussitôt ses yeux perçants jusqu'au plus profond de l'âme de la belle et laisse tomber de ses lèvres quelques mots de velours :

– J'ai voyagé longtemps pour vous trouver, belle gitane.

Nestelle reste là sans mot dire : elle ne veut pas que sa voix trahisse ses sentiments pour lui. Son cœur lui paraît léger comme de la fumée. Piquetout, en voyant sa conquête rougir à vue d'œil, reprend :

– Oh ! pardonnez-moi ! Je ne voulais pas vous intimider. Je n'ai pas pu empêcher les mots de s'échapper de ma bouche.

En observant les deux tourtereaux, Winberger enlève son chapeau et passe une main dans ses cheveux hirsutes, un geste de coquetterie familier. Soudain, une idée lui traverse l'esprit. Égal à lui-même, il se dit qu'une occasion en or s'offre peut-être à lui, qui convoite le magasin général depuis longtemps : « La propriétaire pourrait très bien quitter la ville avec le quêteux. Ensuite, il ne me resterait plus qu'à prendre possession des lieux pour… presque rien. »

Sur ces entrefaites, Dim et Paulo arrivent. En les voyant, Piquetout sourit et les accueille avec une accolade chaleureuse. Le maire les espionne maladroitement derrière son journal. Nestelle, qui s'en rend compte, s'empresse de terminer la préparation de son expresso. « Quel homme indélicat ! » se dit-elle.

– Dim, allez vous asseoir, toi et Paulo. Je viens vous voir dans quelques minutes, le temps de servir monsieur le maire.

Dim et Paulo se tournent alors dans la direction de Winberger qui, en baissant son journal, les salue d'un signe de tête. Les deux hommes vont ensuite s'asseoir à la table de Piquetout et aborde aussitôt le sujet de l'heure, la capture du grizzly.

Pendant ce temps, les initiés tiennent eux aussi une

rencontre, dans la grange des Poutch, pour préparer un plan d'intervention.

– Demain, pendant l'heure du dîner, dit Isory, nous devons retourner dans la salle de consultation et pénétrer dans la pièce secrète, laquelle, selon le texte au bas du sixième panneau, porte le nom de « kamu ». Le plus difficile, ce sera de détourner l'attention d'Ambre. Elle ne doit pas nous voir. Sinon, je suis certaine qu'elle nous espionnera.

– Et… comment comptes-tu t'y prendre ? demande Esméralda.

8

Le kamu

– Ton plan est astucieux, Isory, dit Esméralda. Mais je te rappelle que nous avons à peine une heure pour l'exécuter. Sans parler de Gédéon et de ses clowns qui seront certainement sur nos talons.

– Qu'est-ce que tu veux dire ? demande prestement Matt.

Isory, qui devine ce à quoi Esméralda fait allusion, répond à sa place.

– Ils ne sont pas prêts d'oublier l'expérience qu'elle leur a fait vivre dans les sables mouvants. Gédéon et ses acolytes savent à présent que nous cachons quelque chose et ils feront tout pour le découvrir.

Toujours pas convaincue de la réussite du plan d'Isory, Esméralda pose une question.

– Qu'allons-nous faire s'ils nous suivent ?

Le regard narquois, Nil répond :

– On attire une abeille davantage avec du miel qu'avec du vinaigre, non ?

Étonnamment, personne ne fait de commentaire. Isory et les autres, qui ne comprennent pas où Nil veut en venir, ont un froncement de sourcils perplexe. Sans tarder, il leur explique son plan. Lorsqu'il se tait, Isory, Matt et Aristophane, qui l'ont écouté avec attention, saluent son intervention d'un murmure approbateur. Esméralda, elle, ne réagit pas. Exaspérée, Isory se retourne et lui jette un regard insistant. Nil, lui, pousse un soupir agacé.

– D'accord ! Ça peut marcher, affirme-t-elle d'un ton résigné.

Sans perdre de temps, les initiés mettent au point les détails du plan de Nil. Une heure plus tard, chacun sait ce qu'il a à faire. Du moins, c'est ce que tous espèrent.

Mis à part l'interrogatoire auquel Dim a droit à son retour à la ferme, la soirée se passe dans un calme surprenant, au grand bonheur des jeunes qui sont particulièrement épuisés ce soir-là aussi. Isory, qui, comme les garçons, cognent des clous, ne tarde pas à tirer sa révérence et à monter se coucher. Presque aussitôt, Matt et Aristophane l'imitent.

Meg a trouvé les jeunes bien silencieux tout au long du souper. En réalité, elle a une opinion sur ce qui a pu les rendre si calmes. Tout en se dirigeant vers le poêle à bois, elle engage la conversation avec Dim, qui lui paraît peu loquace.

– Tu sembles perdu dans tes pensées, papa.

– Quoi ? Tu disais ?… Ah oui ! En fait, je suis un peu soucieux. Les jeunes me semblent très fatigués ce soir.

– Moi, j'ai ma petite idée à ce sujet.

En voyant sa fille chercher la bouilloire à tâtons, Dim se lève.

– Laisse-moi faire, Meg. Je vais m'occuper de la bouilloire. Assieds-toi et parle-moi plutôt de cette idée.

En préparant le café, Dim écoute sa fille. Meg prétend que l'insouciance des jeunes les a probablement conduits à faire des faux pas, et ce, malgré la grande responsabilité qui leur incombe depuis qu'ils ont hérité de pouvoirs.

– Je crois que des lois régissent leurs pouvoirs, dit-elle. Un peu comme celles qui régissent les saisons et les marées. Ils finiront, malgré leur maladresse, par apprendre ces lois.

– Tu as certainement raison, Meg. Cependant, trouveront-ils la force d'y parvenir ?

Le lendemain, Isory se réveille dès l'aube. Elle s'habille d'une salopette et, pour s'assurer de ne rien oublier, jette un coup d'œil sur sa liste de choses nécessaires à l'exécution du plan élaboré la veille. Puis elle ferme son sac à dos, tellement rempli qu'il en est gonflé. Ensuite, elle marche de long en large dans la chambre en attendant que les garçons se lèvent. Une demi-heure plus tard, la tête d'Aristophane apparaît dans l'entrebâillement de la porte. Isory sursaute.

– Ah ! Tu m'as fait une de ces peurs. Entre. Est-ce que Matt est levé ?

– Oh oui ! Il vérifie sa liste. C'est seulement la troisième fois qu'il le fait. Sans compter qu'il a inspecté mon sac à dos. Il m'étonnera toujours, celui-là. Je ne l'aurais jamais cru aussi craintif.

– Consciencieux, Aristote, réplique Matt, appuyé au montant de la porte. Et ça donne toujours des résultats, de se préparer consciencieusement. La preuve… tu as oublié ça, reprend-t-il en lui tendant sa casquette noire. Heureusement que j'ai vérifié ton sac, autrement tu aurais mis notre plan en péril…

À sept heures et demie, Isory, Matt et Aristophane sont assis dans l'autobus, qui prend la direction de la ville de Cacouna après que M. Périard a laissé monter Nil et Esméralda. À peine une demi-heure plus tard, ils sont déjà dans la ville, où il ne reste plus que deux élèves à prendre, ceux que redoutent tant Isory et ses compagnons : Gédéon et Cahius. L'interdiction de les laisser monter dans l'autobus a été levée. Mais aujourd'hui, au grand soulagement de tous, ils ne se sont pas pointés à l'arrêt d'autobus.

Le soulagement est cependant de courte durée. En arrivant dans la cour d'école, Isory aperçoit Gédéon et les membres de son gang, à sa grande déception. Ils rôdent près des grandes portes d'entrée de l'école. Elle fronce les sourcils et prévient Nil en lui donnant des coups de coude dans les côtes.

– C'était trop beau pour être vrai, lui dit-elle d'un ton résigné.

– Ne t'en fais pas, Isory, nous sommes préparés. Ces clowns n'y verront que du feu, la rassure Nil en lui prodiguant quelques petites tapes d'encouragement sur l'épaule.

En l'espace de quelques secondes, une flopée d'élèves engorgent les portes de l'école, de sorte qu'Isory perd de vue Gédéon et ses complices. Matt, Aristophane et Nil sont déjà dans la foule qui, en moins de deux, les entraîne à l'intérieur de l'école. Silencieuses comme des ombres, Isory et Esméralda se faufilent entre les enseignantes qui avancent à pas comptés. Soudain, une voix rauque s'impose. Du coup, Isory et Esméralda se regardent et, de manière presque inaudible, prononcent le nom de Gédéon.

– Bonjour, mesdames! fait le chef de gang avec bonne humeur en s'adressant aux enseignantes. Quelle belle journée, ne trouvez-vous pas?

Miranda déteste l'arrogance et l'hypocrisie de Gédéon. Spontanément, elle lui répond, sur un ton exaspéré :

– Ne gaspille pas ta salive à nous amadouer. Dis-nous plutôt ce que tu veux.

Gédéon, affichant un sourire grossier, hausse les épaules et ouvre les mains en signe d'incompréhension. Miranda reconnaît bien là l'attitude de celui dont elle craint tant l'intention : qu'il s'en prenne à la petite Poutch. Aussi, elle s'arrête de marcher et laisse ses consœurs s'éloigner. Puis, sans tarder, elle dit :

– Maintenant que nous sommes seuls, je vais être directe avec toi. À la moindre tentative d'intimidation, à la moindre menace que tu proféreras à un seul des élèves de cette école, tu seras en retenue après les heures de cours, et cela, un mois durant... Je sais ce qui se passe dans ta famille, Gédéon, et j'en suis sincèrement désolée. Crois-moi, je sais de quoi je parle.

Une lueur d'étonnement passe dans les yeux de Gédéon qui, pour une fois, se tait et écoute Miranda avec attention.

– À peine quelques jours après mon dixième anniversaire, mes parents m'annonçaient qu'ils divorçaient. Malgré la douleur et la révolte qui grandissaient à l'intérieur de moi, j'ai survécu. Je m'en suis sortie parce que j'ai appris à gérer ma souffrance sans tout saccager autour de moi. C'est le défi qui t'attend, mon garçon. Et j'espère que ces quelques paroles t'aideront à traverser cette dure épreuve.

Les yeux noyés de larmes, la bouche déformée par des pleurs réprimés, Gédéon la regarde, sans dire un seul mot, le temps de se ressaisir. Puis, il remet son masque de chef de gang : les yeux brûlants d'hostilité, il marmonne quelques mots accusateurs au sujet de ses parents et tourne les talons. Miranda reste un moment dans la cour d'école et, avec compassion, regarde Gédéon qui, en s'éloignant, ferme les mains et serre les poings.

DRIIING ! DRIIING !

Au son de la cloche, Miranda s'empresse d'aller rejoindre ses élèves, déjà installés à leurs pupitres. Une demi-heure plus tard, Gédéon et ses acolytes entrent en trombe dans la salle de classe. Délibérément, ils se rendent à leur place d'un pas lourd et se laissent tomber sur leurs chaises. Miranda, concentrée à écrire une règle de grammaire au tableau, s'arrête un instant et prend une grande respiration pour garder son calme. Elle sait que Gédéon l'a fait exprès : il cherche à la provoquer. Bien que la tentation soit grande, elle ne réagit pas à sa provocation et finit d'écrire sa phrase. Étonnamment, la suite du cours se déroule sans incident, ce qui ne rassure pas pour autant Miranda. « C'est le calme avant la tempête », se dit-elle.

Miranda était dans le vrai. Lorsque Gédéon et les membres de son gang sont silencieux, c'est qu'ils complotent un plan machiavélique. Isory jette un regard furtif en direction de l'horloge qui indique presque midi. Discrètement, elle prend ses livres et les met dans son sac à dos, d'où elle sort une casquette. Prêts à mettre leur plan à exécution, Nil, Matt et Aristophane, casquette à la main, fixent l'horloge. Esméralda, quant à elle, fait semblant d'écrire.

Driiing ! Driiing !

Dès le premier « driiing », Isory se lève et se faufile entre les élèves qui se dirigent vers la sortie. Gédéon se dresse brusquement, renversant sa chaise, et échange un regard complice avec Cahius : il lui fait signe de s'occuper des amis de la Poutch. D'un pas lourd, il s'engage dans la cohue en cherchant du regard l'épaisse chevelure d'Isory. Prêts à accomplir leur partie du plan, Nil, Matt et Aristophane se lèvent à leur tour et se glissent entre les élèves, tassés comme des sardines à la porte de la classe. Cahius commande au reste du clan de surveiller Esméralda et part à leur poursuite.

Le plan se déroule comme prévu : Nil, Matt et Aristophane se trouvent dans le couloir le temps de le dire et vont rejoindre Isory, à moins de dix mètres devant eux. Pas très loin derrière, Gédéon cherche toujours Isory qui semble s'être volatilisée. N'y comprenant plus rien et surpris de voir Cahius à quelques pas de lui, il l'agrippe par la manche de son blouson et l'attire vers lui.

— Qu'est ce que tu fais là, espèce de vieille cloche ?

— À ton avis ?… Je cherche Matt, Nil et Aristophane. Ils sont sortis après que tu as quitté la classe. Mais où est Isory ? Tu ne l'as pas rattrapée ?

— Ne te mêle pas de ça, Cahius, et va plutôt rejoindre le reste du clan.

Gédéon pousse brusquement son fidèle ami et poursuit ses recherches au pas de charge. Frustré, Cahius retourne aussitôt dans la classe où, à son grand étonnement, ses amis se trouvent toujours, avec Esméralda et l'enseignante. Redoutant les acolytes de Gédéon, Miranda presse Esméralda. Celle-ci fourre ses livres dans son sac à dos et, tout juste avant de le fermer, en sort une casquette et lance un clin d'œil à Cahius. Puis, Miranda et elle sortent de la classe d'un pas décidé.

Sur le moment, Cahius ne comprend pas le signe d'Esméralda, mais, après quelques secondes de réflexion, tout s'éclaircit dans sa tête. Sortant rapidement de la classe, il aperçoit, au bout du couloir, quatre silhouettes. Il comprend aussitôt que ses complices et lui viennent d'être victimes d'une supercherie. Sur ces entrefaites, Gédéon, qui vient de croiser Miranda et Esméralda, arrive. Le sang bout dans ses veines et il est à deux doigts d'éclater de rage. Sèchement, il demande des explications à Cahius qui, cette fois, n'a pas l'intention de se laisser intimider.

– Tu veux bien m'expliquer ce qui se passe, Cahius ?

– Ils nous ont trompés.

– Comment !

– Tu viens tout juste de les croiser au bout du couloir, Gédéon. Ils étaient vêtus d'une longue chemise et portaient une casquette.

– J'en ai plus qu'assez de ces habitants !

Enfin réunis, les initiés traversent la rue Saint-Flasque d'un pas vif et gagnent la bibliothèque, à quelques minutes de marche. Arrivés au portail du manoir, ils mettent à exécution le plan suggéré par Isory. Esméralda, qui se prépare à vivre sa première expérience avec le fruit magique, sort de la poche de son pantalon un petit sac de cuir et l'ouvre. Elle en tire un petit fruit et le pose dans le creux de sa main. En un clin d'œil, celui-ci change de couleur : il passe du orangé au jaune, au vert et au bleu, pour finalement devenir aussi lumineux qu'un diamant. Gardant les yeux fermés, elle répète le souhait dans sa tête. Les quelques secondes qui passent paraissent une éternité pour ses amis qui la regardent. Du coup, Isory s'inquiète : « Si Esméralda a peur de se transformer, le popofongue n'aura aucun effet sur elle et notre plan tombera à l'eau. »

Tout à coup, Esméralda rompt le silence en prononçant les mots *carpe diem*. Presque instantanément, elle ressent l'effet du popofongue : son corps se rétrécit. Sa peau se recouvre d'un duvet noir et ses bras deviennent de longues baguettes frêles et flexibles. Chacune d'elles, qui se prolongent jusqu'à ses mains, désormais très longues, est recouverte d'une aile membraneuse, qui ressemble à l'étoffe d'un parapluie tendue sur des baleines. Ses oreilles sont petites et pointues, et ses yeux, globuleux. Transformée en chauve-souris, Esméralda s'envole et fait quelques cabrioles imprudentes sans, heureusement, rencontrer un obstacle.

– Allez, Isory, sors la baguette de ton sac, la presse Nil à mi-voix.

D'un geste sec, Isory ouvre son sac à dos et en sort une baguette. Esméralda vient immédiatement s'y agripper et s'y suspend par les pattes. Prenant soin de ne pas la faire tomber, Isory passe sous le porche du manoir et entrouvre une des portes de l'entrée principale. Aussitôt, la chauve-souris s'y faufile. Les ailes partiellement repliées et soulevées au-dessus du dos, elle vole en exécutant de brusques changements de direction.

Ambre, fidèle à son poste, est bien là. Somnolente, elle profite de l'heure du dîner, d'habitude tranquille. Elle s'est assise dans un fauteuil aussi confortablement qu'un chat qui ronronne sur un radiateur. Rapide comme l'éclair, Esméralda passe à quelques centimètres de la tête de la bibliothécaire qui, surprise par le vrombissement d'ailes, sursaute. Nerveusement, elle remet ses lunettes sur le bout de son nez et regarde dans tous les sens. Six mètres au-dessus de sa tête, Esméralda, fascinée par ses nouvelles facultés, exécute quelques tournoiements, puis, les ailes rétractées, amorce une descente en flèche.

– Mais qu'est-ce qu'elle fabrique ? demande impatiemment Nil, l'air renfrogné.

Presque aussitôt, un terrible cri retentit dans le hall, suivi de pas de course.

– HAAAAAAA !

Puis, plus rien. On aurait entendu une souris trotter dans le hall tellement c'était devenu silencieux. Voulant s'assurer que la voie est bien libre, Isory passe la tête dans l'entrebâillement de l'immense porte quand, tout à coup, elle sent un courant d'air à quelques centimètres au-dessus d'elle. Se retournant, elle aperçoit la chauve-souris qui, éblouie par la lumière du jour, vole dangereusement près du bâtiment. L'inévitable se produit : la chauve-souris perd le contrôle et fonce tout droit sur la façade du manoir, drapée de lierre. Aussitôt, Isory se précipite vers l'endroit où elle s'attend à la retrouver. Matt, Nil et Aristophane, qui n'ont rien vu, échangent un regard interrogateur et vont la rejoindre.

En s'approchant d'Isory, ils aperçoivent Esméralda qui, la tête pleine de feuilles, se relève ; elle est redevenue elle-même.

– Est-ce que ça va, Esméralda ? demande timidement Aristophane.

Vacillante, elle ébauche un soupçon de sourire et lui répond en bougeant à peine ses lèvres, décolorées :

– Ça pourrait aller mieux… Je crois… je crois que je vais vomir…

Esméralda se sent si étourdie qu'elle tombe sur les genoux. Il lui faut quelques secondes avant de reprendre complètement ses esprits.

– Nous devons y aller, Esméralda, lui dit Isory. Laisse-moi t'aider à te relever.

– D'accord, allons-y… Profitons de l'absence d'Ambre. La pauvre ! Je crois qu'elle ne reviendra pas de sitôt. Si tu avais vu la tête qu'elle faisait lorsqu'elle m'a aperçue. Elle a paniqué et a pris ses jambes à son cou.

Impressionné par les propos d'Esméralda, Nil, qui la suit comme son ombre, la félicite.

– T'es géante, Esméralda ! Tu es mon idole. Raconte ! On se sent comment dans la peau d'une chauve-souris ?

– On en reparlera plus tard, Nil. Là, on doit être aussi silencieux qu'un courant d'air.

À pas de loup, les initiés entrent dans le manoir. Comme ils l'espéraient, il n'y a personne dans le hall. Sans perdre un instant, à la file indienne, ils s'engagent dans le couloir menant à la bibliothèque. Isory, qui ferme la marche, ressent soudainement une présence et, tout en s'approchant des grandes portes de la bibliothèque, lance un bref regard circulaire. Arrivés au bout du couloir, les initiés s'arrêtent un instant : personne n'ose ouvrir une des portes. Nerveusement, Matt enlève ses lunettes et les essuie longuement. Aristophane, qui l'examine, s'approche et lui murmure à l'oreille :

– Je te souligne que tes verres sont propres, Matt.

Doucement, celui-ci remet ses lunettes et ouvre enfin une des portes. Les initiés restent de nouveau pantois devant la beauté de la bibliothèque, comme s'ils y pénétraient pour la première fois. Isory se dirige vers les visages de bois qui, de toute évidence, attendaient leur visite puisqu'ils sont déjà animés. D'une voix suave et douce comme du miel, le visage dans l'écoinçon du cinquième panneau leur adresse la parole.

– Zeuuugme !… Connaissaaance… !

Le visage fait une pause et sourit timidement. Puis il poursuit :

– *Post conversionem suam, revelatio vobis exspectat.*

Presque aussitôt, Aristophane, qui se souvient de la traduction, reprend les paroles :

– *Derrière sa transformation, une révélation vous attend…* J'ignore ce que le visage essaie de nous dire, mais une chose est sûre, il y a un rapport entre la salle de consultation et Zeugme. Nous devrions aller y jeter un coup d'œil.

Matt et Isory se regardent, l'air embarrassé. Certes, ils avaient élucidé une partie de l'énigme en émettant l'hypothèse que le sphinx était le guide et en découvrant que le kamu se trouvait dans la salle de consultation Connaissance. Toutefois, ils n'avaient pas considéré, jusqu'à présent, le lien entre ces éléments et l'inscription du cinquième panneau... Qui ou quoi allait donc se transformer ? Isory pressent qu'ils vont assister à un événement surprenant.

À pas feutrés, tous s'approchent de la salle Connaissance, dont la porte s'ouvre comme par enchantement. Zeugme est là, étalé de tout son long sur la table ronde. Nonchalamment, il se lève, puis saute par terre et se dirige vers l'escalier en forme d'empreintes de pattes de chat. Sans même se parler, Isory et Matt s'approchent de l'échelle mobile. Ce dernier regarde son amie et lui fait signe de grimper. Cette fois, Isory sait où se trouve le livre. Tout en grimpant, elle cherche du regard le dos du livre dont le titre est en lettres dorées. Perchée au bout de l'échelle, elle l'aperçoit enfin et brise le silence.

– Je l'ai !

Sans savoir pourquoi, elle hésite à sortir le livre du rayon et montre sa réticence en l'effleurant du doigt comme s'il s'agissait d'une braise ardente.

– Dépêche-toi, Isory, la presse Matt. Nous n'avons pas beaucoup de temps.

L'intervention de Matt est juste. Sans plus attendre, elle prend le livre et le tient avec précaution entre ses mains. Presque aussitôt, les lettres de la couverture deviennent floues pour ensuite disparaître complètement. Aussi fascinée que la première fois, Isory assiste à la transformation de la couverture en miroir. Pendant ce temps, Zeugme, perché tout en haut de l'escalier, s'affole, possédé par la force extérieure qui enclenche en lui le processus de transformation. Sa fourrure change alors de couleur, devenant blanche comme de la porcelaine. Zeugme bondit ensuite sur la table et, en vacillant, regarde un instant ses observateurs avant de se laisser tomber par terre.

Dans la salle de consultation, c'est le silence absolu. Les yeux braqués sur le félin inerte, les initiés retiennent leur respiration. Soudain, ils décèlent un mouvement. Puis, plus rien. L'espace de quelques secondes, ils croient que le félin est mort et s'approchent timidement de lui. Mais tout à coup, l'animal est secoué par une vague de convulsions et sa fourrure commence à se détacher de sa peau et à se disperser comme le duvet cotonneux des fleurs de pissenlit. Zeugme se tord dans tous les sens dans un effroyable bruit d'os brisés. Son corps s'allonge et ses pattes deviennent des bras et des mains.

Puis subitement, le félin, qui à présent n'a plus du tout la même apparence, cesse de bouger. Couché à plat ventre, il respire avec difficulté. C'est alors que se produit un phénomène plus étrange encore. Sur chaque omoplate de la créature, les initiés distinguent une tache bleutée – d'environ dix centimètres de diamètre – à travers sa peau opaline qui s'amincit au point de se fendre et de révéler un os massif, recouvert d'un duvet noir, qui grossit à vue d'œil. Sous le regard sidéré des initiés, les os deviennent aussi long que ses jambes. Presque en même temps, au bout de ses doigts poussent d'énormes griffes acérées capables de transformer un madrier en copeaux. Chose encore plus étonnante, cinq longues cicatrices profondes zèbrent, en diagonale, le dos de la créature. Le nouveau corps de Zeugme se relâche l'espace d'un instant. Les initiés sont figés. Estomaqués par l'état du dos tailladé de la créature, ils devinent que quelque chose d'horrible lui est arrivé.

Isory commence à descendre de l'échelle, quand elle distingue un son caverneux qui semble s'échapper de la créature.

– Avez-vous entendu ? dit-elle la voix tremblotante.

Matt tend l'oreille. Quand il se penche au-dessus de Zeugme, les os recouverts de duvet éclatent et de longues ailes en émergent. En s'ouvrant, elles ressemblent à celles d'une énorme chauve-souris. La créature ailée se lève doucement, rendant les cinq jeunes très nerveux. Presque au ralenti, Zeugme, dont la respiration est saccadée, se retourne et montre son nouveau visage aux initiés. En l'apercevant, ils reculent de quelques pas, apeurés par son aspect hideux, et pour cause. Désormais, le félin a les traits d'un sphinx. Pour Isory et Matt, l'énigme vient d'être élucidée : le sphinx sculpté sur les panneaux est en vérité Zeugme. Il est le guide. Son espèce de sourire lui découvre les canines et lui donne un air démoniaque. Une balafre traverse sa joue droite et descend le long du cou jusqu'à l'épaule gauche. Tout cela n'a rien de bien rassurant pour les initiés.

Soudain, à la fois proche et lointain, un grondement s'élève et le sol se met à trembler si fort que tous les livres tombent des rayons. Isory, surprise par l'intensité du tremblement, a tout juste le temps de s'agripper à l'échelle. À quelques centimètres de son nez, elle voit la bibliothèque bouger et croit que, cette fois, tout va s'écrouler. Presque aussitôt, un pan de mur pivote, dévoilant enfin la pièce secrète, le kamu. Puis, tout s'arrête. Le tremblement cesse et l'espèce de porte qui vient de s'ouvrir s'immobilise. Un épais nuage de poussière émerge de l'endroit mystérieux et se répand dans la salle de consultation. Tous les initiés sont médusés, enfin presque tous : la tête entre deux barreaux de l'échelle, Isory a les yeux fermés. Quand elle les ouvre enfin, elle voit la pièce secrète, remplie de toiles d'araignée, à travers lesquelles elle entrevoit une torche suspendue. Doucement, elle se retourne et croise alors le regard de Zeugme qui se tient à l'écart des initiés, lesquels semblent avoir oublié sa présence. Le dos voûté, la tête légèrement penchée vers l'avant, il baisse les yeux, comme s'il avait peur d'elle. Cependant, il jette un regard furtif sur son sac de popo-fongues. Isory, qui s'en aperçoit, fait mine de rien, mais, tout en finissant de redescendre de l'échelle, elle cache son sac de cuir. En s'approchant de ses amis, elle leur demande :

— Est-ce que tout le monde va bien ?

C'est plutôt Zeugme qui répond.

— J'attendais votre arrivée avec impatience, lance-t-il.

En entendant la voix de la créature ailée, les initiés braquent leurs yeux sur elle. Ils peuvent lire la crainte sur son visage, et s'en étonnent. Isory, elle, considère la bête avec stupeur et reste à l'affût du moindre signe suspect. S'avançant vers les initiés, qui reprennent assurance peu à peu, Zcugme poursuit après une légère hésitation :

– Je suis votre guide. Celui qui vous conduira à votre destinée.

Zeugme, tout en se caressant les mains, jette un autre regard furtif sur une poche de cuir, celle de Matt, cette fois. Celui-ci s'en aperçoit aussitôt et ne sait plus trop quoi penser. À son tour, il épie les moindres gestes de la créature qui affiche un sourire tantôt craintif, tantôt narquois. Matt devient nerveux, mais ne le laisse pas voir.

Sans plus attendre, Zeugme poursuit son discours :

– Vous devez réussir l'épreuve du kamu : *In locis absconditis ubi secreta altiora sunt quam eruditione rector ducet vos usque ad kamu qui vobis potestates suas revelabit.*

La créature fait une nouvelle pause. Elle peut lire la complicité sur les visages des initiés qui, à voix base, traduisent les paroles latines. Aristophane, le plus expérimenté en la matière, s'adresse ensuite à Zeugme :

– *Dans les lieux où les secrets sont plus profonds que le savoir, le guide vous conduira jusqu'au kamu, lequel vous dévoilera ses pouvoirs.* Est-ce bien là la traduction des paroles latines ?

– Oui. Le kamu vous dévoilera en effet ses pouvoirs, mais seulement si vous réussissez l'épreuve. Maintenant, il est temps pour vous de pénétrer dans le cœur du kamu.

D'un pas incertain, les initiés s'engagent dans la mystérieuse pièce dont les murs sont en blocs de pierre et où le sol est recouvert de sable.

– Personne ne semble avoir pénétré dans cette pièce depuis très longtemps, murmure Isory.

– Quelle odeur infecte! proteste Nil. On dirait une odeur de chien mouillé. Ma foi, il fait noir comme dans un four ici! Est-ce que, par hasard, quelqu'un aurait une allumette?

Malheureusement, personne ne lui répond. Frustré, Nil poursuit :

– Est-ce que quelqu'un aurait une idée lumineuse, alors? Eh! Zeugme, fais quelque chose. Après tout, tu es le guide.

La créature ne lui répond pas. Matt saisit l'occasion pour maîtriser davantage ses pouvoirs : il ouvre sa main gauche et, en utilisant sa main droite, fait apparaître une boule de feu qui tourbillonne dans les airs. Surpris de voir le kamu soudainement éclairé, Isory, Esméralda, Aristophane et Nil se retournent et s'approchent de Matt. La boule de feu se met à tourbillonner de plus en plus vite, au point que son créateur en perd le contrôle : elle se jette sur un mur tapissé de toiles d'araignée qui s'enflamment instantanément.

Comme une balle de caoutchouc, elle rebondit sur le sol, sur le plafond, passant à quelques centimètres au-dessus des têtes des initiés qui se jettent aussitôt par terre. À son passage effréné, la boule de feu allume la torche suspendue, puis s'éteint au grand soulagement de tous. Pendant quelques secondes, personne ne bouge. Zeugme, resté sur le seuil de la porte, fait un pas en avant et s'arrête.

En secouant ses vêtements couverts de sable, Isory se relève et examine la pièce secrète. Au plafond, quelque chose d'étrange attire son attention. À leur tour, Matt, Nil et Aristophane se relèvent. Tout comme Isory, ils remarquent la chose bizarre et s'approchent pour mieux l'observer; il semble s'agir de deux empreintes de main. Esméralda, elle, n'a rien vu. L'air renfrogné, elle s'applique à se dépoussiérer et peste contre Matt.

– Alors dis-moi, Matt, je suppose que c'était un accident? dit-elle d'une voix coupante. Tu as presque réussi à nous mettre le feu au derrière.

En entendant Esméralda se plaindre, Isory, Nil et Matt se retournent. Pantois, Matt agrippe un bout du chandail d'Aristophane, qui a les yeux rivés au plafond, et le tire sèchement vers lui. Malgré cela, Aristophane ne se retourne pas. Pour l'y obliger, Matt lui saisit le bras, puis le menton et fait pivoter sa tête. Aristophane se fige devant la scène qui se passe tout juste à quelques pas derrière Esméralda. Isory s'approche de son amie et, comme Matt vient de le faire avec Aristophane, lui prend le menton et fait pivoter sa tête. En voyant Zeugme qui se déplace sur les murs aussi naturellement qu'une araignée, Esméralda se tait, au grand soulagement de tous. À présent, la créature se trouve au plafond et se dirige vers les empreintes, dans lesquelles elle place ses deux mains. Aussitôt, au centre du kamu, le sol s'enfonce et dévoile un escalier en pierre. La lueur un peu sautillante de la flamme empêche les initiés de voir clairement l'entrée, si bien qu'ils s'avancent jusqu'à son bord. Un vent soudain surgit alors de l'ouverture dans le sol. Matt se demande d'où peut bien provenir ce violent courant d'air. Au hurlement du vent, Isory, elle, sait qu'ils s'apprêtent à pénétrer dans une zone périlleuse. En voyant le grand nombre de marches, Nil se rappelle quelque chose.

— Cet escalier me fait penser à l'histoire de Gutenberg, dit-il la voix tremblotante. J'espère que nous ne connaîtrons pas la même fin que ses ouvriers…

Nil fait une pause quelques secondes. Après avoir respiré profondément, il reprend d'un ton abattu.

— Qui sait… nous allons peut-être découvrir des ossements et des flèches ?

— Ça suffit, Nil ! grogne Aristophane. Ça ne sert à rien de nous foutre les jetons. Je te rappelle que nous devons descendre là-dedans.

Zeugme, qui se déplaçait tranquillement sur les murs, redescend. Le temps est venu pour lui de faire ses mises en garde.

– À présent, vous devez continuer seuls et pénétrer dans le cœur du kamu. Dans ce lieu vous attendent des épreuves initiatiques que vous devez accomplir sans mon aide.

Frustré, Nil l'interrompt.

– Ah oui ? Et à quoi tu sers, alors ? Tu prétends être notre guide, mais tu ne fais rien pour nous aider. Tout ce que tu sais faire, c'est nous donner des ordres et jouer à l'homme-araignée. Il n'y a pas de doute, tu es vraiment un chat : un minimum d'effort, voilà ta devise.

Isory s'approche d'Esméralda, que les propos de Nil ont fait trembler comme une feuille, et pose sa main sur son épaule pour la rassurer.

– Nous sommes là, Esméralda… Souviens-toi des paroles d'Édouard à propos de la peur.

Esméralda prend quelques secondes pour réfléchir, puis elle récite :

– Ne laisse pas la haine et la peur dominer ton esprit, car elles te conduiront vers l'obscurité.

– C'est ça. Maintenant, tu dois nous faire confiance et être courageuse. Nous allons tous descendre dans le cœur du kamu et réussir cette épreuve ensemble. D'accord ?

Isory se tourne en direction de Zeugme et s'adresse à lui une dernière fois :

– Avant de poursuivre notre route, y a-t-il autre

chose que nous devrions savoir ?

En regardant le long visage osseux de la créature ailée, Isory a l'impression que Zeugme tente de cacher quelque chose, comme s'il savait déjà le sort qui les attend. L'horrible idée qu'elle avait eue la veille lui traverse de nouveau l'esprit : « Et si Zeugme était Mo ? » Pour chasser ses mauvaises pensées, elle lui pose de nouveau sa question. Avant même qu'elle ait le temps de la terminer, il lui répond :

– Il y a, en effet, une autre chose à laquelle vous devrez prendre garde. Dès l'instant où vous descendrez ces marches, la puissance de vos pouvoirs sera diminuée à un point tel que vous seriez incapables de changer de la crème en beurre. Il vous sera également impossible d'utiliser vos popofongues puisqu'ils auront perdu leurs vertus.

En écoutant les propos de Zeugme, les initiés froncent les sourcils : ils se demandent comment il a été mis au courant de l'existence du fruit magique. Pour Isory, la réponse semble évidente : la créature ailée en a déjà fait usage. Du coup, elle ne peut s'empêcher de penser encore une fois à Mo, ce monstre obsédé par les popofongues au point de vouloir tuer l'individu qui en possède. Malgré l'air perplexe des initiés, Zeugme poursuit :

– Je suis votre guide. Maintenant, allez !

Sachant qu'ils n'ont pas le choix, Matt prend la torche et descend le premier dans le cœur du kamu.

Isory le suit, Esméralda sur ses talons. Derrière eux, Nil et Aristophane traînent le pas. Dans leur pénible progression, tous gardent le silence, à l'affût du moindre bruit suspect. Seul leur souffle trahit leur fébrilité. Comme guide, ils n'ont plus, à présent, que la lueur de la flamme qui tremblote dans l'obscurité de l'escalier, particulièrement étroit. Les immenses toiles d'araignée, qui se prennent dans leurs cheveux, donnent à l'endroit une ambiance lugubre. Arrivés au bas de l'escalier, ils suivent la descenderie, lorsqu'un soudain tremblement les surprend.

– Qu'est-ce que c'était? demande Esméralda, la voix crispée.

– Le plancher de la pièce secrète, Esméralda, lui répond nerveusement Aristophane. L'ouverture dans le sol vient de se refermer. J'espère qu'il y a une sortie au bout de la descenderie. Autrement…

– Autrement les scorpions auront de quoi se nourrir pour… disons quelques mois, l'interrompt Nil.

– Et je m'assurerai que tu sois le premier à leur servir de repas, commente Aristophane d'un ton presque sentencieux.

– Ça va, Aristote! Ce n'est pas la peine de monter sur tes grands chevaux.

Courageusement, les initiés poursuivent leur descente. Tout au bout, le passage tourne à droite, puis plus rien. Ils aboutissent à un mur. Torche à la main, Matt se retourne et regarde Isory sans rien dire. Même si ça lui paraît impossible, Isory a l'impression de se trouver devant l'entrée scellée que Gutenberg avait découverte. En ébauchant un soupçon de sourire, elle lance :

– C'est assurément une porte, Matt. Tu n'as qu'à la pousser. Attends ! Donne-moi la torche… On ne sait jamais.

Perplexe, Matt fronce les sourcils. Il s'approche du mur et réfléchit quelques instants, espérant trouver une solution à cette impasse. À court d'idées, et sans vraiment croire à l'hypothèse d'Isory, il lève les bras et pousse sur le mur avec ses mains. Quelque chose d'incroyable se produit alors : il est aspiré par le mur qui – Isory avait raison – est bel et bien une porte, dont le mécanisme vient d'être involontairement déclenché. La porte glisse alors à l'intérieur des parois de la descenderie, révélant une pièce sombre et silencieuse. Voyant à peine devant elle, Isory balance la torche de gauche à droite et pénètre dans la pièce, suivie de Nil et d'Esméralda. Pas très loin derrière, Aristophane entre à son tour. Une sensation étrange l'envahit dès qu'il met les pieds dans le lieu. Il a l'impression que quelqu'un les surveille. Soudain, la voix de Matt retentit :

– EH ! JE SUIS LÀ !

Esméralda et Aristophane poussent aussitôt un cri d'épouvante. Isory, elle, sursaute et laisse échapper la torche, qui s'éteint. Privé de lumière, Nil heurte du pied un objet et tombe face contre terre.

– C'EST MOI ! MATT !… JE SUIS PRISONNIER DANS LE MUR.

– Je ne vois rien, Matt, crie Isory. La torche est éteinte.

– QUE L'UN DE VOUS FASSE APPARAÎTRE UNE BOULE DE FEU. ET GROUILLEZ-VOUS, J'ÉTOUFFE ICI !

Surmontant sa peur, Esméralda réussit à faire apparaître une toute petite flamme. Soudain, une douleur fulgurante lui traverse le bras : la flamme lui brûle cruellement la main.

– Ça brûle ! Vite, la torche !

Étendu de tout son long, Nil aperçoit la torche à quelques centimètres de lui, de même qu'un crâne et des os humains. Rapidement, il prend la torche et se tourne du côté d'Esméralda. N'arrivant plus à supporter la douleur, Esméralda se frotte vigoureusement la main. Immédiatement la flamme diminue et, après être restée en suspension quelques secondes, elle monte doucement jusqu'au plafond. En moins de deux, Nil se précipite dans les airs, tend le bras et touche le feu avec la torche ; une petite flamme jaillit.

– Ça y est ! crie-t-il.

Dans la pénombre, Isory parvient à distinguer Matt, emprisonné dans le mur, son visage est tordu de douleur. Elle s'approche de lui en ne sachant trop que faire. Malgré la douleur qu'il ressent dans tout son corps, Matt parvient à lui parler. La voix grave, comme alourdie, il dit :

– Tu dois trouver les inscriptions, Isory. Elles sont

sûrement sur le mur dans lequel je suis prisonnier.

– Donne-moi la torche, Nil, exige Isory.

Torche à la main, elle s'avance plus près du mur et essaie de découvrir des inscriptions sur les blocs de pierre. Cependant, elle est si angoissée qu'à chacune de ses respirations la flamme vacille, si bien qu'elle ne trouve rien.

– Je ne vois rien, Matt... Matt !... Réponds-moi. Est-ce que ça va ? s'inquiète-t-elle.

« Je dois faire quelque chose, se dit Aristophane en constatant l'état d'Isory. Autrement Matt va mourir. »

Une idée brillante lui traverse aussitôt l'esprit : il prend une poignée de sable dans le creux de ses mains, puis, tout en marchant le long du mur, souffle si fort que les grains de sable s'éparpillent sur les blocs de pierre. Alors, comme par magie, les inscriptions apparaissent. Matt surgit aussitôt du mur et tombe dans ses bras. Ses camarades laissent échapper des soupirs de soulagement et lui prodiguent des marques d'affection. Encore un peu faible et la voix haletante, Matt s'adresse à ses amis :

– Alors que je commençais à manquer d'air, une voix s'est fait entendre. Instinctivement, je lui ai demandé de m'aider. C'est à ce moment-là qu'elle m'a parlé des inscriptions.

Exténué par les événements, Matt garde le silence quelques instants. Puis, tout en désignant du doigt les inscriptions, à présent visibles grâce à l'ingéniosité d'Aristophane, il reprend :

– La voix m'a dit que seules ces inscriptions pouvaient nous guider. Le problème, c'est que nous devons découvrir leur signification. Elle a ajouté quelque chose comme : « Voici un indice : elle se trouve dans cette pièce. »

Matt fait de nouveau une pause. Il serre la main d'Aristophane et dit :

– Merci, mon vieux, tu m'as sauvé la vie !

– Tu en aurais fait autant pour moi, Matt. C'est à toi, mon ami, qu'il faut rendre hommage. Tu as fait preuve d'un courage et d'un sang-froid remarquables.

Dans la pièce, maintenant, il fait presque noir, car la flamme faiblit. Sans perdre une minute de plus, Isory lit à voix haute le texte sur le mur :

– *La mort te guidera.*

Alignés comme une bande de scouts, les initiés cherchent la réponse à l'énigme. Soudain, Nil brise le silence :

– La mort te guidera… Elle est dans cette pièce… C'est bien ce que la voix t'a dit, Matt ?

– Oui, c'est bien ça.

– Il y a fort à parier que le guide est la mort. Et elle se trouve dans ce lieu, tout juste derrière vous.

Les autres se retournent aussitôt. Impressionné par la sagacité de Nil, Matt le félicite.

– Tu es brillant, mon ami, dit-il.

Matt s'empare de la torche, presque éteinte dans les

mains d'Isory, et, en la promenant lentement de gauche à droite, cherche les ossements humains dans la pièce plongée dans le clair-obscur. Tout juste à quelques pas de lui, il les aperçoit. Ils reposent sur le sable autour d'une longue caisse qui, en fait, est un cercueil, dont le couvercle est ouvert. À sa grande surprise, le cercueil est vide. D'un signe de la main, Matt invite ses amis à s'approcher et montre du doigt l'inscription sur le couvercle. En voyant le nom « Atylas », les initiés restent pantois : le sort du jeune garçon à l'origine de la légende de Cacouna vient de leur être dévoilé. Cependant, une question reste sans réponse : pourquoi et comment s'est-il retrouvé à cet endroit ? Matt tend la torche à Nil, puis s'agenouille et prend dans ses mains le crâne craquelé et aussi blanc que de la craie. Prenant une voix théâtrale, il s'adresse à lui :

– Parle-nous, Atylas. Livre-nous tes secrets.

L'écho de ses paroles résonne dans la pièce. Les yeux rivés sur le crâne, tous les initiés, muets comme des tombes, souhaitent une réplique de la part d'Atylas. Impatient, Matt passe un doigt dans l'orifice du nez et menace le crâne :

– Si tu crois que je vais perdre mon temps avec un paquet d'os insignifiant, tu te mets le doigt dans l'œil.

– Toi, dit le crâne, tu as mis le doigt dans mon nez.

Ébahis, les initiés émettent des petits sons d'étonnement. Isory, Nil, Aristophane et Esméralda se regroupent autour de Matt et, le dos courbé, les mains sur les genoux, ils regardent le crâne s'animer.

– Tu veux bien me redéposer sur le sable ? Je ne voudrais pas tomber et perdre la tête. C'est la seule chose qui me reste.

Matt, sérieux cette fois, dépose doucement le crâne sur le sable.

Ému de voir des êtres vivants, Atylas fait une pause avant de reprendre.

– Il y a près d'un siècle que je n'ai pas eu de visiteurs. Je suis très honoré de faire votre connaissance... Je vous félicite. Vous avez réussi, jusqu'ici, à rester en vie. Mais... comme vous devez certainement vous en douter, la partie est loin d'être gagnée, chers initiés. Les épreuves les plus dangereuses sont là, derrière la porte.

Au même instant, un bruit sourd se fait entendre. Isory prend la torche des mains de Nil et s'avance dans la direction d'où provient le bruit.

– Je vois la porte ! s'exclame-t-elle. Elle vient de s'ouvrir et il y a un passage.

Voulant mieux voir, Isory brandit la torche devant elle, mais, au moment où elle s'apprête à entrer dans le passage, Matt intervient :

– Arrête ! N'avance plus. Reste où tu es, Isory. Il nous manque des informations. N'est-ce pas, Atylas ?

D'une voix douce, le crâne confirme :

– Tu as raison. Pour traverser le passage, vous devez trouver le mot sacré. Il est composé de cinq lettres. Observez la phrase écrite sur un des murs du passage. Un indice s'y trouve. C'est seulement quand vous aurez découvert le mot que vous pourrez emprunter le passage. Mais attention ! Prenez garde où vous mettrez les pieds. Chacun des blocs de pierre sur le sol est buriné d'une lettre. Repérez celles qui composent le mot, puis, prudemment, avancez dans le passage en marchant uniquement sur les blocs de pierre où elles figurent. Sinon vous feriez une chute mortelle.

– Ma foi ! On se croirait dans un film d'Indiana Jones, commente Nil, amusé malgré lui.

Après avoir obtenu ces précisions du crâne, Matt prend le premier os qui lui tombe sous la main, ainsi qu'une guenille qu'il trouve dans le cercueil. Puis, voulant être poli, il remercie son interlocuteur à sa façon, pour le moins particulière :

– C'est très généreux de ta part, Atylas, de nous offrir ton tibia et ta chemise.

Sans perdre de temps, il enroule la guenille autour de l'os et fait jaillir de sa main une petite boule de feu pour allumer la torche de fortune.

– Enfin nous avons de la lumière ! s'exclame-t-il en laissant échapper un soupir de satisfaction.

Amusé, Nil lui lance :

– Plutôt ingénieux, le truc de la torche. On a dû voir le même film.

Sans plus tarder, Matt va rejoindre Isory, restée sur

le seuil du passage. Comme l'avait annoncé le crâne, ils aperçoivent du texte sur un mur. Derrière eux, Aristophane et Esméralda émettent des sons d'étonnement. Expressif de nature, Nil s'exclame :

— Wow ! Ce passage est hallucinant.

— C'est le moins qu'on puisse dire, ajoute Isory. Voyons voir… Matt, tu veux bien lever la torche un peu plus haut ?

Lorsque Matt approche la torche du mur, Isory distingue mieux les mots qui y sont inscrits, et qu'elle s'empresse de lire.

— *Prends garde au côté obscur de l'esprit.*

— La peur…, dit aussitôt Esméralda d'un ton calme. Ces paroles ressemblent beaucoup à celles qu'Édouard avait prononcées au sujet de la peur. Tu viens tout juste de me les faire rappeler, Isory, quand les propos de Nil me foutaient les jetons.

Sans réfléchir, Isory pose le pied sur le bloc de pierre où la lettre P est gravée. Au même moment, Matt crie à tue-tête :

— Noooon !

Le bloc craque et s'enfonce instantanément, ne laissant aucune chance à Isory, qui tombe. Miraculeusement, dans sa chute, elle réussit à s'agripper au rebord du trou. Malheureusement, personne ne peut venir à son secours et elle le sait. Matt s'agenouille et l'encourage :

— Tu peux remonter, Isory ! Tu en as la force. Je sais

que tu peux le faire.

Pendue à bout de bras, Isory penche la tête vers le bas. Elle ne voit pas le sol tellement le précipice est profond.

– Ne regarde pas en bas ! s'écrie Matt. Surtout ne regarde pas en bas.

L'instant de quelques secondes, Isory croit que c'est la fin. Elle ne trouve pas la force nécessaire pour se tirer d'affaire et, malheureusement, ses pouvoirs ne lui sont d'aucune utilité. Comme si quelqu'un l'avait muselée, elle n'arrive pas à prononcer un seul mot.

9
Tout ce qui brille n'est pas or

Soudain, Esméralda brise le silence, intervenant à son tour.

– La victoire se remporte par le désir, Isory. Tu peux y arriver.

Ces paroles ont l'effet d'une montée d'adrénaline pour Isory : les palpitations de son cœur s'accélèrent et résonnent dans sa tête comme les battements d'un tambour. De toutes ses forces, elle contracte les muscles de ses bras et réussit à se remonter le torse au-dessus de l'ouverture. En la voyant apparaître, ses amis poussent des cris d'enthousiasme.

– Tu peux y arriver, Isory ! claironnent-ils tous en chœur.

À présent, une douleur insupportable envahit ses bras : gorgés d'acide lactique, ses muscles brûlent au point qu'elle pense abandonner la lutte. En voyant une larme couler sur sa joue et en lisant l'angoisse dans ses yeux, Matt craint qu'elle lâche prise. Il décide de tenter autre chose : la provoquer.

– Gédéon se démène pour arriver à ses fins : il attend avec impatience l'occasion d'assouvir sa vengeance. Tu ne vas tout de même pas lui apporter ce plaisir sur un plateau d'argent en disparaissant dans le gouffre ? Je t'en prie, Isory, ne jette pas l'éponge.

En entendant le nom du chef de gang, Isory se ressaisit et sort du trou en moins de deux. Matt l'agrippe par les bretelles de sa salopette, la tire vers lui et la prend dans ses bras. Soulagés, Nil, Esméralda et Aristophane s'approchent d'eux et leur font l'accolade.

– Pardonne-moi, Isory, l'implore Esméralda. Par ma faute, tu y as presque laissé ta peau.

– Ne dis pas de sottises, répond son amie, la voix tremblotante.

– C'est de ma faute, Isory. Souviens-toi, le crâne a dit que le mot recherché est composé de cinq lettres. Si je sais encore bien compter, le mot « peur » n'en comprend que quatre. Je crois qu'il faisait plutôt allusion au mot « haine ».

– Mais oui ! C'est évident ! s'exclame Matt.

Matt se relève vivement, torche à la main, et pose le pied droit sur le bloc de pierre portant la lettre H. Derrière lui, ses amis retiennent leur souffle… Le bloc de pierre ne se fissure pas. Suant d'angoisse, Matt continue d'avancer. Il pose le pied gauche sur la lettre A, puis de nouveau le droit sur le I... En le voyant marcher sur les blocs qui demeurent solides comme du roc, Isory comprend qu'il vient de réussir l'épreuve. Vacillante, elle s'engage à son tour dans le passage, mettant un pied sur chacune des lettres qui composent le mot « haine ». Aristophane, Nil et Esméralda la suivent. Soudain, un tremblement secoue le sol. Les initiés tentent de garder leur équilibre, tant bien que mal. Puis, les secousses cessent. Prudemment, ils gagnent l'autre bout du passage où, comme précédemment, une porte glisse dans les murs du kamu, leur dévoilant une autre pièce. En découvrant la scène désolante qui s'offre à eux, les initiés comprennent que plusieurs individus avaient raté l'épreuve qu'ils souhaitent ardemment découvrir et réussir : des crânes et des os gisent sur le sable qui recouvre le sol. Ils remarquent aussi des livres, éparpillés un peu partout dans la pièce circulaire. Tout au fond, Isory croit voir des mots écrits sur la paroi sombre.

– Matt, passe-moi la torche.

Prenant garde où elle met les pieds, Isory fait quelques pas timides et éclaire la paroi.

– *Suis ton intuition. Elle te guidera*, lit-elle. Alors là ! ça ne sera pas facile.

Elle dirige ensuite la torche du côté des livres, espérant pouvoir établir un lien entre eux et le texte. Quelque chose d'horrible la frappe alors : des ossements de main reposent sur certains des livres, qui sont tous des grimoires. Pendant quelques secondes, elle se questionne. Soudain, tout devient clair dans sa tête.

– J'ai compris ! Nous devons choisir un livre. Mais attention, ce choix devra être judicieux. Dans le cas contraire, nous risquons d'y laisser notre peau.

Les initiés observent attentivement les livres. Certaines couvertures, recouvertes de feuilles d'or ou de bois précieux, sont de vrais trésors. Presque enfoui dans le sable, un livre dépenaillé, plus petit que les autres, attire l'attention de Nil. En le voyant, il se rappelle un vieux proverbe avec lequel sa mère lui rebattait les oreilles.

– *Tout ce qui brille n'est pas or*, lance-t-il.

Sans réfléchir, il prend le livre. N'ayant pas eu le temps de réagir, ses amis se figent comme des statues, redoutant qu'un événement tragique se produise. Heureusement, Nil a fait un choix judicieux en se laissant guider par son instinct. Presque aussitôt, une lumière vive émerge du grimoire et éblouit les initiés. Le phénomène persiste pendant près d'une minute, puis s'estompe. Stupéfait, Nil contemple le livre, dont les lettres dorées sont écaillées. Il lit le sous-titre : *Le livre des anciens*. Comme il s'apprête à l'ouvrir, Matt pose vivement ses mains sur la sienne.

– Attends ! Es-tu bien certain de vouloir l'ouvrir, Nil ?

– Ce n'est qu'un livre. Quel mal y a-t-il à lire un

livre ? Qui sait, les anciens y ont peut-être écrit des incantations.

Impatient, Nil jette un regard insistant sur Matt, qui comprend et retire ses mains. Puis Nil ouvre le grimoire et commence à lire à haute voix :

– *La malédiction s'abattra sur les hommes de mauvaise foi qui auront l'impudence d'ouvrir le livre des anciens.*

Rapide comme l'éclair, Matt ferme le grimoire.

– Maintenant, dépose-le, ordonne-t-il à Nil. Nous devons poursuivre notre route.

– Et où veux-tu qu'on aille ? demande Esméralda.

– Regarde à ta gauche.

En tournant la tête, elle aperçoit un passage, où Isory et Aristophane les attendent déjà, et va les rejoindre. Matt la suit, en ne se doutant pas dans quel embarras se trouve Nil, qui n'arrive pas à se défaire du livre. Tout en marchant, Isory passe la torche près des murs à la recherche du moindre indice susceptible de les aider à poursuivre leur route. Soudain, elle s'arrête et s'empresse de lire la phrase devant elle.

– *Si tu y crois, tu le verras.* Qu'en dis-tu, Matt ?... Matt !

Davantage intrigué par la lumière qu'il voit au bout du long passage, il lui répond n'importe quoi et va y jeter un coup d'œil.

– Mais... qu'est-ce qui lui prend ? lance Esméralda en le suivant du regard.

À quelques pas de l'ouverture, Matt s'arrête, ébloui par la lumière vive du soleil et ferme les yeux par réflexe. Il comprend alors qu'ils ont refait surface. En rouvrant les yeux, il voit une immense crevasse à flanc de montagne, qui lui barre le chemin. De l'autre côté, il y a une autre ouverture, elle aussi à flanc de montagne. « C'est la fin », pense-t-il. Les filles et Aristophane regardent eux aussi la crevasse, l'air résigné. Isory lance alors :

— Moi, je crois encore au père Noël, et là, j'attends qu'il passe me prendre avec son traîneau et ses rennes…

— Mais oui ! C'est ça ! s'exclame Esméralda.

Matt, Isory et Aristophane la regardent sans comprendre, impatients de savoir ce qu'elle veut dire.

— C'est évident ! reprend Esméralda. Aux yeux des enfants, le père Noël existe parce qu'ils croient en son existence. Ils ont la foi. Voilà !

Matt essuie ses lunettes longuement et se met à parler d'une voix profonde.

— Dis-moi, mon enfant, que veux-tu pour Noël ?

L'air frustré, Esméralda pousse un soupir agacé et poursuit :

— La foi, Matt ! *Si tu y crois, tu le verras*. Tu verras le passage. Tu piges ?

Matt, Isory et Aristophane reçoivent l'explication d'Esméralda comme une douche froide. Un silence pesant s'installe. Aucun pouvoir et aucune aide ne peuvent les sortir de cette voie à sens unique. Comme dans un film au ralenti, Isory baisse la tête un tantinet et regarde la crevasse qui lui paraît sans fin. Inconsciemment, les garçons l'imitent. Esméralda, en voyant leur réaction, prend conscience du sens de ses paroles. Aussi, toute trace de fierté disparaît sur son visage, à présent blafard. Courageusement, Matt s'approche du bord de la crevasse et se répète sans arrêt : « J'ai la foi… J'ai la foi… » Sa voix est aussi faible que celle d'un oisillon et, malgré lui, ses jambes tremblotent. Puis, il se lance et met un pied dans le vide. Au même moment, comme par magie, un pont étroit apparaît. Les initiés réalisent cependant qu'il était déjà là, devant eux, mais qu'il se confondait avec la crevasse, comme un caméléon. Étonnamment, il n'est pas pourvu de garde-fous. Un après l'autre, Esméralda, Isory et Aristophane traversent lentement le pont, en laissant échapper des rires de nervosité qui résonnent jusqu'au fond de la crevasse.

Pendant ce temps, Nil est toujours dans la pièce circulaire. Il n'arrive pas à se débarrasser du livre, qui semble collé à sa main. Soudain, la porte commence à se refermer, ce qui ne lui laisse plus le choix : il sort donc en courant avec le grimoire. Dès qu'il se trouve dans le passage, le livre tombe au sol comme une brique. Nil s'arrête brusquement et reprend le grimoire, qu'il cache dans la poche de son pantalon. Ne voyant pas ses amis, il se remet à courir et traverse le passage à toute vitesse.

Aristophane, qui vient tout juste d'arriver de l'autre côté de la passerelle, se retourne et l'aperçoit. Nil a un regard affolé : il a manqué la passerelle et tombe dans le vide. Un cri effroyable retentit dans la crevasse. Tétanisés, les amis de Nil le regardent tomber en chute libre ; à peine quelques secondes suffisent pour qu'il disparaisse dans les profondeurs de la crevasse. Isory, Matt, Aristophane et Esméralda sont atterrés. Ils n'arrivent pas à le croire. Matt a l'impression de se retrouver dans un mauvais rêve. L'impensable traverse l'esprit d'Isory : s'agit-il là de la malédiction promise ? Chacun est plongé dans ses pensées et le temps semble s'être arrêté, jusqu'à ce qu'un coup de vent soudain, d'une force incroyable, vienne briser le lugubre silence. Isory lève la tête et pousse un grand cri :

– OUAIS ! Niiil !

En l'entendant crier, Matt, Aristophane et Esméralda lèvent à leur tour la tête vers le ciel, où se déroule une scène surprenante et extraordinaire : Zeugme fait des cabrioles audacieuses dans les airs avec Nil agrippé sur son dos.

– HOURRA ! HOURRA ! s'exclament les initiés.

Un tonnerre de rires éclate et se répercute en écho dans la crevasse. Nil l'entend et tourne aussitôt la tête dans la direction des sons cacophoniques ; il aperçoit ses amis qui sautillent tout en agitant les mains. Entendant lui aussi les manifestations de joie des jeunes initiés, Zeugme engage sa descente ; ses ailes, en partie repliées, se dressent brusquement au-dessus de son dos. Surpris, Nil s'agrippe plus fort. Impatient de pouvoir enfin toucher le sol, il observe ses amis qui grossissent à vue d'œil tellement la descente est rapide. Le vent qui siffle sous les ailes de la créature lui gifle la peau. À présent, ils ne sont plus qu'à quelques mètres de la terre ferme. Zeugme déplie ses ailes et les abaisse. Doucement, ils atterrissent. Épuisé, Nil se laisse tomber par terre.

Les initiés profitent de ce moment pour reprendre leur souffle et se remettre de leurs émotions à la suite des épreuves qui leur ont été imposées et que, à leur plus grande satisfaction, ils ont réussies. Isory, qui surveille Zeugme du coin de l'œil, est troublée par son regard malicieux. Du coup, son imagination galope : est-il vraiment celui qu'il prétend être ? Dans le cas contraire, pourquoi a-t-il sauvé Nil d'une mort certaine ? Le guide sent les regards des jeunes se poser sur lui. Voulant cacher son malaise, il secoue ses ailes quelques secondes, puis les referme. Dans son for intérieur, Zeugme se dit que les initiés ne doivent surtout pas découvrir ses intentions réelles.

– J'avais cru comprendre que tu ne devais pas intervenir au cours de cette épreuve, lui lance Matt d'un ton inquisiteur.

– C'est vrai. Et j'ai respecté ma parole. Si je suis intervenu à ce moment-ci, c'est parce que vous avez réussi l'épreuve ultime, celle de la foi : *Si tu y crois, tu le verras*. Personne, jusqu'à présent, n'avait réussi à traverser la passerelle. J'avais ordre de vous accorder un sursis advenant l'accomplissement de cette épreuve. Maintenant, je dois vous conduire dans l'âme du kamu. Suivez-moi !

À la tête du peloton, Zeugme pénètre dans un passage. Sans faire le moindre bruit, les initiés le suivent. Au bout de quelques mètres, ils entrent dans une grotte où ils respirent une odeur suave. Dans l'obscurité du kamu, la lueur de la flamme tremblote au bout de la torche que Matt a reprise. Soudain, un cri retentit.

– Aïe ! Quelle saleté ! beugle Aristophane.

Une douleur fulgurante vient de lui traverser la tête. Instinctivement, il lève les yeux vers le plafond voûté de la grotte où il croit distinguer une pierre précieuse.

– Matt, passe-moi la torche, s'il te plaît.

Quand Matt la lui remet, il tend le bras vers le haut et aperçoit un saphir bleu, gros comme un pamplemousse, incrusté dans le plafond.

– Maintenant, vous avez complètement retrouvé vos pouvoirs, annonce Zeugme d'une voix sourde, pâteuse même.

Au timbre de sa voix, Isory pressent qu'il a peur, ce qui lui paraît insensé. Son attitude ambiguë qu'elle remarque alors l'incite à épier ses moindres gestes : Zeugme, le dos exagérément voûté, jette des regards furtifs sur les sacs de popofongues de ses amis. Après une pause, il reprend :

– Il vous reste encore une étape à franchir : celle du mystère du saphir. Pour arriver à percer le mystère, vous aurez besoin des vertus du popofongue.

– Un mystère ! fait Nil, piaffant d'impatience. Et… ça nous mènera où ?

– À découvrir la suite de votre destin.

– Là, j'en ai ras le pompon de tes paraboles, Zeugme, peste Nil. Tu ne pourrais pas parler plus simplement ?

Pendant quelques secondes, le guide reste cloué sur place, le regard étrangement vide. Puis, il se resaisit. Un sourire sournois apparaît sur son visage. Il s'approche d'Esméralda, qui recule en le voyant s'avancer vers elle. Tout en montrant du doigt son sac de popofongues, il lui dit :

– La lumière te guidera.

Même si elle le craint, Esméralda ouvre son sac de cuir et sort un fruit magique. La réaction de Zeugme est immédiate : à la vue du popofongue, son visage s'illumine. L'intensité de son regard rempli de convoitise inquiète Isory et Matt, qui s'avancent simultanément vers Esméralda. Presque aussitôt, un bruit suraigu semblant émaner du saphir a un effet étrange : comme si le fruit était en symbiose avec la pierre précieuse, un éclat de lumière aussi éblouissant que celui d'un diamant surgit du popofongue qui commence à vibrer dans le creux de la main d'Esméralda. Instinctivement, celle-ci tend le bras vers la pierre précieuse.

Quoique étonnant, le phénomène ne s'arrête pas là : une silhouette apparaît dans le spectre lumineux, comme un fantôme dans un film fantastique. Au bout de quelques secondes, les initiés parviennent à distinguer un homme vêtu d'une longue robe de lin. En apercevant les mains gantées du personnage, ils le reconnaissent : c'est Édouard Vulshtock, qui les observe un instant sans dire un mot. Sur le visage des initiés, il voit la fébrilité que leur inspirent leurs retrouvailles, mais il devine aussi la frayeur qui vient tout juste de les quitter.

Bien qu'Isory soit saisie par l'apparition d'Édouard, elle éprouve soudain une sensation étrange qui l'incite à se retourner : Zeugme a disparu. Son regard croise celui de Matt qui a déjà constaté son absence. En hochant légèrement la tête de haut en bas, elle fronce les sourcils pour lui faire comprendre que quelque chose cloche : la disparition soudaine du guide n'est pas le fruit du hasard, pense-t-elle.

La voix douce d'Édouard brise le silence. Il s'adresse à ses protégés :

– *Carpe diem*, chers initiés. Je suis heureux de vous revoir. Je tiens à souligner le courage dont vous venez de faire preuve. Vous devenez plus forts et plus sages… Je suis très fier de vous. Cependant, il vous reste encore plusieurs épreuves à affronter et elles seront aussi difficiles que les précédentes. Pour l'instant, profitez de ce moment de répit.

Aristophane s'approche du spectre lumineux. Le vieux sage peut lire sur le visage du jeune apprenti qu'il souhaite le questionner, alors il se tait.

– Parle-nous de Tommy, Édouard. Est-il vivant ? demande Aristophane, l'air inquiet.

Pendant quelques secondes, Édouard hésite ; néanmoins, il juge les initiés prêts à faire face à la réalité. Il répond donc :

– Nous croyons qu'il est mort.

Les initiés sont terrassés par la crudité de sa réplique. En entendant la réponse du grand maître, Aristophane revoit le visage terrifié de son ami quand Mo s'était emparé de lui comme s'il s'agissait d'une proie. Plus que jamais, il se sent responsable du triste sort de Tommy. Les yeux pleins de larmes, la gorge serrée par la peine qui l'envahit, il regarde Édouard sans même être capable d'exprimer son sentiment.

– Je suis désolé, Aristophane, reprend tristement Édouard. Je sais que tu te sens coupable… et je te comprends. Mais tu ne peux rien changer au passé… Bien que regarder la réalité en face soit difficile, chers initiés, il ne vous servira à rien de vous apitoyer sur le sort de Tommy. Et même s'il est mince, il reste toutefois un espoir : l'escadron sirien a retrouvé les vêtements ainsi que le sac de popofongues, vide, de Tommy dans une grotte, mais aucune trace de son corps. Votre ami est donc peut-être toujours en vie. Il s'agit là d'un bien frêle espoir, je l'avoue, mais c'est une possibilité à laquelle vous devez vous accrocher.

Une lueur d'espoir traverse les yeux des initiés, puis s'éteint. Pour les encourager, Édouard ajoute :

– Vous avez le droit de croire que Tommy est toujours en vie. Et c'est peut-être mieux ainsi. Je vois la tristesse sur vos visages et je la comprends. J'ai, moi aussi, connu des peines dont je croyais ne jamais guérir. Un jour, mon maître, voulant apaiser mes souffrances, m'a glissé à l'oreille ces quelques mots : « Le temps vient à bout des chagrins les plus profonds, apprenti initié. »

Édouard observe chacun des jeunes de son regard bien particulier. Même si ses paroles lui paraissent bien peu de chose, elles ont réussi à les calmer.

– Le temps me presse, chers initiés. Je vais donc être direct : l'un d'entre vous est en possession du livre des anciens. Que cette personne se nomme.

– C'est moi ! répond Nil aussitôt.

Surpris, Matt pivote vivement et le regarde : il croyait que Nil avait laissé le livre dans la pièce circulaire avant de quitter les lieux. Nil s'avance maladroitement près du spectre lumineux. Édouard esquisse un sourire pour rassurer le jeune apprenti qui transpire d'angoisse.

– Ta témérité t'a sauvé… cette fois ! Mais sache que ce n'est pas toujours le cas. Je tiens tout de même à te féliciter pour le sang-froid dont tu as fait preuve... Maintenant, je vous demande de m'écouter avec attention : ce livre contient des règles établies par les anciens. Vous devez en prendre connaissance et les appliquer. Quand vous comprendrez bien les principes, le texte disparaîtra. Toutefois, la dernière partie du livre restera scellée. La délégation sirienne en a décidé ainsi. À présent, nous devons nous dire au revoir. Bonne chance à chacun de vous. *Carpe diem*, chers initiés.

Aussitôt, la lumière faiblit et les jeunes voient moins bien Édouard. Isory vient vers son maître et tend la main. Édouard lui parle alors.

– Très bientôt, Félucine t'accordera une grâce qui t'apportera une joie intense. Tu dois savoir, cependant, qu'elle devra faire un très grand sacrifice. Celui de sa vie terrienne. À ce moment-là, tu verras un faisceau lumineux apparaître, lequel la conduira auprès de ses semblables. Allez, va !

Comme une étoile filante, le spectre disparaît et ne laisse plus que la lueur de la torche pour éclairer le kamu. Un lourd silence règne dans la grotte. Plein de détails reviennent à la mémoire d'Isory : sa rencontre avec le jeune Sirien Braco, un des invités au manoir d'Édouard Vulshtock ; leur dernier moment d'intimité... C'est Braco qui lui avait fait cadeau de Félucine. Isory espère bien que la petite coccinelle lui permettra de revoir son prince charmant venu d'ailleurs.

Sentant une présence derrière lui, Matt se retourne et voit Zeugme, qui détourne aussitôt son regard et annonce :

– C'est maintenant le temps de partir.

– Quelle heure est-il ? demande Esméralda, inquiète.

Un éclair de panique parcourt le visage d'Isory, qui prend le bras de Matt et regarde l'heure indiquée sur sa montre.

– Midi et quart ! Ce n'est pas possible ! Ta montre doit avoir un pro…

– Je ne comprends pas, l'interrompt Aristophane. La mienne aussi indique midi et quart.

Zeugme traverse le kamu et montre, tout au fond, une sortie complètement camouflée par des plantes grimpantes. D'une voix autoritaire, il interrompt les jeunes :

– J'ai arrêté le temps. Plus de deux heures se sont écoulées depuis votre entrée dans la salle de consultation Connaissance. Mais pour les gens au-dehors, seulement quinze minutes se sont écoulées. Maintenant, vous devez partir. Cette sortie vous sera accessible en tout temps. Cependant, personne ne doit vous voir l'utiliser.

L'un derrière l'autre comme des soldats, les initiés marchent vers la sortie. Isory, la dernière du peloton, s'arrête lorsqu'elle arrive vis-à-vis du guide, qui fuit son regard.

– Que t'est-il arrivé, Zeugme ?

Celui-ci se détourne sans répondre. Un silence pesant suit. Déterminée, Isory insiste :

– Tes cicatrices ?

Sans même se retourner, Zeugmc reprend sa forme de chat, puis, à pas de velours, se dirige vers le passage menant à la passerelle. Plus que jamais, Isory entretient des doutes sur ses intentions. Soudain, la voix de Nil se répercute dans la grotte.

– Isory !… Isory !…

– Oui, j'arrive !

En sortant de la grotte, elle est éblouie par la lumière vive du soleil et n'arrive pas à s'orienter. Nil, qui l'attend à dix pas de là, l'aide.

– Nous sommes aux abords du domaine des Marion, Isory, et les autres traversent déjà le champ. Viens, on doit y aller.

Encore éblouie par la lumière du jour, Isory s'approche du mur de feuillage devant elle, et comprend alors qu'il s'agit de la plantation de vulpin de M. Marion. Elle se retourne et jette un dernier regard à la sortie du kamu qui, camouflée par les plantes et pratiquement au ras du sol, ressemble à un abri pour les chasseurs de gibier d'eau.

– Bon… eh bien… j'espère que nous arriverons avant le début des cours de l'après-midi, dit-elle.

Puis elle s'engage dans l'allée qui traverse le champ de vulpin, suivie de Nil. Soudain, entendant un bruit de feuillage, ils s'immobilisent. Isory a aussitôt une pensée terrifiante : « Il s'agit peut-être de l'ours. Le garde-chasse n'a-t-il pas trouvé les traces de l'animal dans ce champ ? Du moins, c'est ce que Dim a prétendu. » Le feuillage s'agite de nouveau. Cette fois, deux corbeaux s'envolent à tire-d'aile en croassant. Rapidement, ils prennent de l'altitude et décrivent des cercles comme l'aigle guettant sa proie. Tout d'un coup, Aristophane surgit devant Isory, accompagné de Matt et d'Esméralda, et s'exclame :

– On dirait qu'ils veulent nous attaquer !

Comme de fait, les oiseaux piquent du nez et foncent tout droit sur eux.

– CACHEZ-VOUS DANS LE VULPIN ! s'écrie Isory.

Le temps de le dire, l'allée devient déserte. Pour exprimer leur colère de ne plus voir les intrus sur deux pattes, les oiseaux exécutent des cercles, en croassant de plus belle, à moins d'un mètre au-dessus des longues tiges de vulpin. Puis ils s'éloignent. L'un après l'autre, les initiés réapparaissent dans l'allée, à l'exception d'Isory. Attirée par une odeur nauséabonde, elle a découvert tout près d'elle la carcasse gigantesque d'un animal à plumes. Impossible à identifier, la bête ne lui dit rien qui vaille. « J'ignore quel est cet oiseau, mais ce ne sont certainement pas ces pauvres corbeaux qui l'ont tué. Sa carcasse les intéresse peut-être, mais seul un ours peut oser s'en prendre à un oiseau de cette taille. Tout ça n'a rien de bien rassurant », pense-t-elle. Aussi décide-t-elle de ne pas souffler mot de cette macabre découverte à ses amis. Pour éviter d'être questionnée, elle revient vite dans l'allée pour enfin reprendre le chemin du retour. Matt et Aristophane lui emboîtent le pas. Pas très loin derrière, Nil agace Esméralda qui, chaque fois, proteste : en utilisant ses pouvoirs, il fait lever ses tresses.

Au bout d'un quart d'heure de marche, ils sortent du champ et accélèrent la cadence, sans se soucier de ce qui les entoure. Ils auraient dû, cependant, car Gédéon et ses acolytes les observent.

Cahius, surpris de les voir là, pense tout haut :

– D'où viennent-ils ? Crois-tu qu'ils ont découvert notre quartier général, chef ?

– Je l'ignore. Mais on ne va pas tarder à le savoir. Venez ! Allons le leur demander.

Gédéon et ses acolytes s'approchent si près des initiés qu'ils parviennent à entendre Nil et Esméralda.

– Cet endroit est hallucinant !

– C'est le moins qu'on puisse dire.

Sentant une présence, Nil tourne la tête et aperçoit Gédéon, à peine à quelques mètres de lui. Il s'arrête sur-le-champ et, voulant avertir ses amis, demande froidement au chef de gang :

– Que veux-tu, le taon ?

Isory, Esméralda, Matt et Aristophane se retournent vivement. Gédéon, le regard mauvais, et faisant tourner une pièce de monnaie entre ses doigts, tente de les provoquer.

– Alors, les fermiers, on se promène dans les champs ? Que faisiez-vous là-bas ?

Les initiés le regardent sans broncher, le regard indifférent. Offusqué, Gédéon s'approche de Nil. Sans le quitter des yeux, il glisse sa pièce de monnaie dans la poche de son pantalon, puis le pousse avec ses mains. Isory et Matt se lancent un regard amusé, ce qui rend Gédéon fou de rage : il ne comprend pas leur attitude. Sans retenue, il écarte Nil de son chemin pour se diriger tout droit sur Isory. Une puissante pression au cou freine ses ardeurs : Gédéon a l'impression d'être pris dans un étau tant son agresseur est fort.

10

Le cauchemar d'Isory

Sans pouvoir se défendre, Gédéon sent qu'on le tire vers l'arrière. Il ne peut se libérer des mains puissantes de son agresseur. Paniqué, il réussit cependant à tourner légèrement la tête et reconnaît Dim. Le visage tordu par la douleur, le chef de gang regarde ses acolytes du coin de l'œil, en espérant qu'ils interviendront, mais la présence imposante du vieil homme les intimident tellement qu'ils battent en retraite, à l'exception de Cahius. Dim approche son visage à quelques centimètres de celui de Gédéon, qui lève les mains comme pour signifier son incompréhension.

– Alors, jeune homme, je suppose que tu as mis les pieds dans la même bottine et que c'est pourquoi tu as poussé Nil ?

– Oui, msieur Poutch !

– Et je présume que tu t'apprêtais à lui faire tes

excuses ?

– Oui, m'sieur ! Je m'excuse, Nil, de t'avoir bousculé.

Doucement, Dim relâche Gédéon, qui avale sa salive avec difficulté. Impressionné par la force du vieux fermier, mais furieux d'avoir été humilié, il ordonne d'une voix étouffée à Cahius de lever le camp. D'un pas lourd, ils s'éloignent.

– Que fais-tu ici, grand-père ? demande aussitôt Isory.

– Eh bien, ce matin, Paulo et moi avons érigé la maison hantée, lui répond-il faussement. Comme nous avons terminé les travaux plus tôt que prévu, j'ai pensé te faire une surprise en venant te voir.

Lorsque son grand-père lui cache quelque chose, Isory le devine presque tout le temps, et ça lui semble être le cas cette fois. Elle croise alors les bras et lui jette un regard perplexe. En voyant l'expression corporelle de sa petite-fille, Dim lui lance maladroitement :

– Bon, ça va ! À vrai dire, je suis passé prendre le costume d'Halloween de ta mère et le mien à la friperie, puis je suis allé chez Nestelle pour t'acheter des chocolats aux amandes.

Isory perçoit un malaise chez Dim. Elle pense que son grand-père est venu à la ville pour capturer le grizzly. Cependant, la cascade d'événements qu'elle et ses amis viennent de vivre l'ont exténuée. Elle décide donc de ne pas l'interroger.

Driiing ! Driiing !

Isory embrasse son grand-père et, accompagnée de ses amis, se précipite vers l'école. En peu de temps, les couloirs de l'établissement deviennent déserts, enfin presque. Gédéon et Cahius sont en retard. Ils font exprès de traîner dans le corridor. Leurs rots et leurs rires gras résonnent jusqu'à la salle de cours où Miranda, qui les entend s'approcher, tente de maîtriser ses émotions. Mine de rien, elle poursuit son cours et continue à écrire au tableau, lorsque le chef de gang ouvre la porte brusquement.

– Je m'excuse, madame Miranda, lui lance-t-il, jouant l'innocent. Ma montre n'indique pas la bonne heure, alors…

D'un pas lourd, il se rend à son bureau. Cahius, à quelques pas derrière lui, exécute un ordre qu'il lui a donné : en passant près d'Isory, il dépose une boule de papier sur son bureau. Ne faisant ni une ni deux, Isory la lance à la tête du colosse. La boule de papier termine sa course sur le bureau de Nil. Matt croise le regard de son ami et lui fait un signe de la tête comme pour lui dire de l'ouvrir. Ce qu'il fait sur-le-champ. Lorsqu'il lit « Tu ne paies rien pour attendre », Nil réagit aussitôt.

– Hé, le taon ! Au lieu de t'en prendre à une fille, viens me voir. On va régler cette affaire une fois pour toutes.

Là, c'en est trop. Miranda se retourne brusquement.

Elle lance sa craie dans les airs et s'approche de Nil, dont le visage est rouge écarlate. Sans dire un seul mot, Nil remet la feuille fripée à l'enseignante qui reconnaît aussitôt l'écriture de Gédéon.

– Dix sur dix, Gédéon! Tu n'as pas fait une seule faute. J'ai toujours pensé que tu avais des aptitudes pour l'écriture. Qui sait, un jour tu seras peut-être un bon écrivain. Réfléchis à cette idée, jeune homme, ajoute-t-elle avant de tourner les talons.

Étonnamment, Gédéon ne réplique pas. En fait, il pense aux paroles que Miranda lui avait dites au sujet de la souffrance : « Malgré la douleur et la révolte que je ressentais à l'intérieur de moi, j'ai survécu. Je m'en suis sortie parce que j'ai appris à gérer ma souffrance sans tout saccager autour de moi. » Cahius est médusé en voyant son chef dans un état qu'il qualifie de lamentable.

Miranda poursuit son cours sans que, à son grand soulagement, il y ait d'autres incidents.

Driiing !

– Je vous souhaite une joyeuse Halloween, dit Miranda à ses élèves qui quittent rapidement la salle de cours.

Le retour à la ferme s'effectue dans la plus grande tranquillité. Avant le repas, Isory monte à sa chambre retrouver Félucine qui l'attend avec impatience : l'heure du sacrifice de sa vie terrestre a sonné pour la petite coccinelle. Il lui tarde de retrouver les siens. En ouvrant la porte, Isory l'aperçoit. Couchée dans la boîte d'allumettes, Félucine semble dormir paisiblement. Tout près d'elle, étendu de tout son long, Cyclope monte la garde, comme s'il sentait déjà qu'un événement important était sur le point de se produire. Isory décide donc de les laisser faire leur sieste et profite de ce temps pour faire ses devoirs, qu'elle termine rapidement. Satisfaite, elle prend sa grammaire et s'affale sur son lit. Les yeux à demi fermés, elle tient tant bien que mal son livre dans ses mains. En un rien de temps, elle s'endort d'un sommeil profond, où un cauchemar terrifiant l'attend.

Les cheveux en bataille, pleins de feuilles mortes, Isory se tient debout, droite comme un jonc, devant les immenses portes d'une bibliothèque, autrefois une église. Le froid polaire traverse sa cape et, grelottante, elle fixe un arbre immense qu'agite un vent cinglant. Des éclairs zèbrent le ciel soudain ténébreux. Saisie par un sombre pressentiment, elle s'affole : brusquement, elle ouvre les portes.

Mystère : personne ne l'accueille. Le silence inexplicable l'inquiète. Un courant d'air hulule dans les rayons de livres et les quelques fenêtres, laissées ouvertes, claquent. Ces bruits résonnent dans la bibliothèque et font peur à Isory : son visage prend la couleur de la craie. Sur ses gardes, elle avance dans l'allée principale et s'empresse d'aller fermer les fenêtres qui tremblent.

Tout à coup, les lumières s'éteignent. Dans l'ombre pourpre, Isory, clouée sur place, distingue un son plaintif venant de l'ancien confessionnal, qui va en s'amplifiant. Terrifiée, elle respire avec difficulté, comme si une corde lui râpait la gorge. Une sensation étrange s'empare alors de son corps et ses pieds marchent tout seuls. Le visage en sueur, Isory, malgré elle, s'approche du confessionnal. Puis la porte s'ouvre d'un coup sec. Devant la scène effroyable, elle étouffe un cri d'horreur : c'est Gédéon, qui se transforme en créature monstrueuse. Il se tord dans tous les sens dans un terrible bruit d'os brisés. Sur son visage tuméfié, des lambeaux de peau tombent et laissent entrevoir une chair verdâtre, épaisse et crevassée. Ses mains, couvertes de verrues, s'allongent en griffes longues et acérées.

Dans son sommeil, affolée, Isory agite bras et jambes comme un insecte.

Soudain, d'un regard assassin, Gédéon fixe sa proie qui, glacée d'horreur, se fige, immobile comme une statue. La créature bondit sauvagement sur Isory.

À ce moment précis, Isory s'éveille brusquement : la sueur au front, l'air perdu, elle comprend alors qu'elle vient de faire un horrible cauchemar.

DRIIING !

Enfouie sous une montagne de draps, la tête cachée sous l'oreiller, elle sort un bras et, à tâtons, essaie de trouver son réveil. Un peu surprise d'entendre la sonnerie, elle se questionne : « Ça ne peut pas être l'alarme du matin. Je n'ai quand même pas dormi tout ce temps-là ! »

– Mais où est-il ? dit-elle tout haut avec impatience.

Elle retire l'oreiller sur sa tête et entrouvre les yeux, pour s'apercevoir qu'en effet elle a bien dormi plus de douze heures. Voyant que son réveil ne se trouve pas sur la table de chevet, elle tend l'oreille pour mieux écouter la sonnerie, qui lui semble inhabituelle. Le bruit sourd lui rappelle aussitôt qu'elle a pris l'habitude de cacher le réveil dans la garde-robe pour être obligée de se lever ; portée à flâner dans son lit, elle s'assure ainsi de ne pas manquer l'autobus. Comme une sauterelle, elle saute de son lit et s'approche de la garde-robe. La porte s'ouvre d'un coup sec, révélant Gédéon. Son aspect hideux terrorise Isory, qui reste là, tétanisée. La créature, le regard assassin, s'élance et bondit sur sa proie.

Isory se réveille en sursaut. Les yeux exorbités, le front couvert de sueur, elle comprend aussitôt qu'elle vient de faire un cauchemar dans lequel elle rêvait qu'elle faisait un cauchemar. Heureusement, la scène finale l'a arrachée à son sommeil. Elle s'assoit sur son lit, le temps de se calmer et de reprendre ses esprits. Lorsqu'elle aperçoit Cyclope, paisiblement endormi tout près de l'oreiller, un éclair de panique apparaît sur son visage et son cœur se met à battre à tout rompre : son chien est aussi grand qu'un édifice de douze étages ! Sur le moment, elle ferme les yeux et répète sans cesse : « C'est un rêve, c'est un rêve… C'est une certitude, c'est un rêve… » Puis elle se pince le bras et entrouvre un œil.

– AAAAAAAAH ! À L'AIDE ! hurle-t-elle.

En entendant le cri angoissé d'Isory, Félucine active aussitôt ses ailes et vole jusqu'à Cyclope. Quand elle se pose sur sa tête, il se remet vivement sur ses pattes et cherche du regard sa maîtresse en exécutant des mouvements circulaires puisque son œil unique restreint son champ de vision. Soudain, il croit entendre de curieux sons, presque humains, ressemblant à des cris d'alarme. Il tend l'oreille et, ayant découvert l'origine de ces bruits, s'approche de l'oreiller où il aperçoit une espèce d'insecte. Du moins, c'est ce qu'il croit. Le dos raide, il fixe l'intrus, prêt à l'attaquer. À ce moment précis, Félucine intervient : elle vole au-dessus d'Isory qui, en la voyant s'approcher, a l'impression de se trouver au pays des géants. Surpris par l'intervention de Félucine, Cyclope s'avance un peu plus près de l'oreiller, et, l'œil grand ouvert, reconnaît sa maîtresse qui, pas plus grosse qu'une mouche, tempête ; pourtant, sa voix lui paraît faible comme celle d'un oisillon. Ennuyé par les sons suraigus de sa voix, il se tord dans tous les sens et passe à deux cheveux d'écraser sa maîtresse. Témoin de la scène, Félucine se pose d'urgence à côté d'Isory qui, sans hésiter, s'assoit à cheval sur elle. Prestement, la coccinelle s'élève dans les airs et vole dans la chambre. Le bruit de ses ailes battant à vive allure retentit aux oreilles d'Isory comme le vrombissement d'un 747.

Comme si elle pouvait ressentir son état de fatigue extrême, Félucine se dirige tout droit vers le bureau de travail où se trouve le sac de popofongues. Isory est impressionnée par sa présence d'esprit. Heureusement que la coccinelle lui suggère ainsi d'utiliser la magie d'un popofongue, car la puissance de ses pouvoirs est réduite au point qu'il lui reste tout juste assez de force pour faire cuire un œuf. En repliant ses ailes, Félucine atterrit directement sur le sac de cuir, bien fermé. Immédiatement, Isory descend et essaie désespérément de dénouer le nœud du cordon. Soudain, un « WOOF » résonne si fort dans la chambre qu'elle se retourne et, en voyant la tête géante de Cyclope, tombe à plat ventre sur le bureau.

– Tu veux me faire mourir de peur, Cyclope ? tonne-t-elle.

Voulant aider sa maîtresse, il prend un crayon dans sa gueule et plante la mine au centre du nœud, qui se défait aussitôt. Sans perdre un instant, Isory grimpe sur le sac et se glisse à l'intérieur. Cyclope et Félucine observent la petite poche de cuir qui semble avoir pris vie. Au bout de quelques secondes, ils aperçoivent les cheveux en bataille d'Isory, puis sa tête et enfin son corps. Tenant avec peine un popofongue aussi gros qu'une boule de quille, elle ferme les yeux, se concentre et formule son souhait. Presque aussitôt, le fruit magique devient lumineux et passe par toutes les couleurs du spectre. Isory prononce alors les mots *carpe diem*, priant tous les saints du ciel que la magie du fruit opère.

À son très grand soulagement, elle sent son corps qui commence à s'étirer. Sous ses pieds, le bureau tremble tellement qu'elle perd l'équilibre et tombe à la renverse. En un éclair, elle reprend sa taille normale. Stupeur, incrédulité et incompréhension se succèdent sur son visage. Assise sur son bureau, comme Aladin sur son tapis, elle reste là et tente d'élucider le mystère en revoyant les scènes de son cauchemar qui se téles-copent dans sa tête. L'instant où Gédéon sort de la garde-robe retient son attention. Elle se souvient d'avoir de toutes ses forces souhaité disparaître. Malheureusement, son désir était teinté d'une peur si forte qu'il a été exaucé, pour ainsi dire, dans la réalité, puisqu'en rapetissant elle a presque disparu. Isory prend alors conscience que les sentiments destruc-teurs peuvent avoir de graves conséquences dans sa vie.

Pendant qu'elle tire une leçon de cette aventure, Félucine se pose sur un de ses genoux. Le temps est venu pour elle de retrouver les siens. L'espace de quelques secondes, elle fixe Isory d'un regard doux, puis ferme les yeux. Presque aussitôt, une lumière éblouissante jaillit de son corps. Surprise, Isory se sent impuissante devant le phénomène, mais remarque que la lumière ressemble étrangement à celle du saphir incrusté dans le plafond du kamu. Une silhouette se dessine lentement dans le faisceau de lumière. Du coup, Isory s'attend à voir apparaître Braco, son petit prince d'une autre planète. Mais quand la silhouette se précise, elle reconnaît son père, Joss. Une vague d'émotion l'envahie aussitôt et, le cœur rempli de joie, elle se met à pleurer sans bruit, laissant les larmes couler sur son visage.

— Bonjour, ma puce…, lui dit son père.

Le cœur d'Isory se met à battre à coups redoublés. Elle essuie ses larmes et lui répond, d'une voix chargée d'émotion :

— Bonjour, papa.

— Que tu es belle, ma chérie ! Tes yeux brillent comme une pièce de monnaie au soleil… Je sais que tu es triste depuis ce jour tragique où j'ai trouvé la mort. C'est pour cette raison que nous avons l'occasion de nous parler aujourd'hui. Je sais aussi que tu t'es posé des tas de questions, restées sans réponse ; je les ai toutes entendues. Tu ne pouvais pas me voir, mais j'étais là. Chaque fois où tu pleurais, j'étais à quelques pas de toi. Parfois, lorsque tu dormais, je caressais ton visage. Presque aussitôt tu souriais.

Joss fait une pause. Il contemple sa fille dont il est si fier. Mais le temps presse, alors il lui dit tout ce qu'elle a besoin de savoir pour enfin dormir en paix.

– Tu avais à peine trois ans lorsque j'ai fait une découverte fantastique. C'était au début du printemps et, comme chaque année, je débroussaillais le sentier que ton grand-père et moi avions déboisé, il y a fort longtemps. Tu sais, celui qui est dans la montagne derrière la ferme. J'adorais cette activité qui était devenue une habitude. Aussi, j'en profitais pour déboiser quelques mètres de plus chaque année. Ce printemps-là, j'ai aperçu deux êtres qui n'avaient pas la même physionomie que la nôtre. En fait, il s'agissait de Siriens. Caché derrière un rocher, alors que je les observais planter un arbre, j'ai ressenti une présence derrière moi. J'ai alors tourné la tête et aperçu un autre de ces petits êtres qui, à mon grand étonnement, parlait notre langue. Il m'a appris qu'ils faisaient partie d'une délégation sirienne chargée d'une mission. Celle-ci consistait à découvrir un enfant très spécial, unique même, puisqu'il possédait des dons particuliers, lesquels étaient latents à cette époque. Selon les Siriens, cet enfant habitait dans la région de Cacouna. Sans m'en dire davantage à son sujet, ils m'ont confié la responsabilité de protéger l'arbre. Ce que j'ai fait. Je suis devenu le gardien du popofongus. Avant de partir, ils m'ont mis en garde contre un être diabolique qu'ils espéraient ne jamais voir venir sur la Terre. Cependant, l'arbre, qui dégage une très grande énergie en croissant, a le pouvoir d'attirer cet être indésirable et ça, les Siriens n'y pouvaient rien.

Les yeux grands ouverts, Isory est suspendue aux lèvres de son père, buvant ses moindres paroles. Après une pause, celui-ci reprend :

– Je m'étais promis que tu ne verrais jamais cet endroit, mais je n'avais pas pensé que ton grand-père t'y amènerait.

Joss s'interrompt de nouveau. L'espace d'un instant, le souvenir d'une voix douce et suave lui résonne dans la tête. Alors qu'il quittait la vie terrestre, la voix lui avait dit : « Même le sacrifice de ta vie ne changera pas le cours du destin de ta fille, Joss. »

– Papa, l'homme monstrueux qui t'a attaqué dans la grange, est-ce celui dont parlaient les Siriens ?

– Je crois bien, Isory, répond-il d'une voix neutre.

En voyant la haine sur le visage de sa fille, Joss dit aussitôt :

– Tu ne dois pas garder la haine en toi, ma chérie, car elle changera ton cœur en pierre. Notre famille t'a peut-être parue s'envoler en éclats après ma mort, mais ce n'est pas le cas. Regarde, je suis là ! Ce qui est arrivé devait arriver. C'était mon destin. Un jour prochain, nous serons à nouveau réunis. Je te le promets, ma puce. Maintenant, il est l'heure pour moi de partir. Je suis toujours avec toi, Isory. Ne l'oublie jamais.

– Non, papa ! Pas maintenant ! le supplie-t-elle, la voix tremblotante.

– Tu dois être forte, ma puce, reprend Joss avec un

sourire bienveillant. Beaucoup de gens comptent sur toi. Je t'aime, Isory.

– Je t'aime, papa.

Comme une étoile filante, le spectre lumineux disparaît, emportant avec lui Félucine et son père, laissant Isory pantoise, le visage ruisselant de larmes.

Dans leur chambre, Matt et Aristophane, étendus sur leurs lits avec un livre à la main, entendent Isory parler seule. Ils pensent d'abord qu'elle fait un rêve, mais en entendant ensuite des reniflements, ils s'inquiètent et se lèvent brusquement pour aller jeter un coup d'œil. Par la porte entrouverte, ils observent leur amie. Assise sur le bureau, le dos voûté et le visage dans ses mains, elle pleure. Cyclope, monté sur la chaise, regarde sa maîtresse et gémit. Les garçons poussent la porte, faisant grincer les pentures. Isory redresse la tête et, les voyant, se lève d'un bond et va se jeter dans les bras de Matt, qui l'enlace.

En quelques mots, Isory met ses amis au courant de ce qui vient de se produire. En constatant la peine qui l'accable, Aristophane l'encourage :

– Tu dois faire confiance à ton destin, Isory. Tout va s'arranger. Mais là, tu dois arrêter de pleurer parce que… je vais me mettre… à pleurer si…

À son tour, Isory serre Aristophane dans ses bras et le console. Puis elle éclate de rire.

– C'est idiot… Il y a un instant, je pleurais, et là, je ris… Il y a quand même quelque chose qui me turlupine, ajoute-t-elle, la voix soudain étrangement grave.

Matt croit savoir à quoi elle pense.

– Tu crois que l'être diabolique auquel a fait allusion ton père est Mo ?

– Pourquoi pas ? Souviens-toi qu'il a tué Tommy. Nous pourrions très bien être les prochaines victi…

– Attends, Isory ! l'interrompt Aristophane. Tu sembles oublier un détail important. Édouard nous a dit que la délégation sirienne n'avait trouvé que les vêtements de Tommy. Tant et aussi longtemps que son corps n'aura pas été retracé, moi, je garde espoir. Tu devrais attendre avant de tirer des conclusions au sujet de Mo et de l'être diabolique.

– Il a raison, Isory, ajoute Matt.

À ce moment précis, le vrombissement d'un moteur, qui s'accroît en s'approchant, attire leur attention. Curieux, Aristophane jette un coup d'œil par la fenêtre et aperçoit la jeep qui roule dans l'entrée gravillonnée.

– C'est Dim !

«Je me demande ce qu'il fabriquait à Cacouna», s'interroge Isory.

– Nous devrions descendre à la cuisine, propose-t-elle. Grand-père a certainement des trucs intéressants à nous raconter… Et toutes ces aventures m'ont donné une faim de loup.

Comme de fait, au cours du souper, Dim raconte le déroulement de sa journée dans les moindres détails, ce qu'il n'avait pas l'habitude de faire. Il prétend toujours avoir érigé la maison hantée, avec l'aide de Paulo et de Piquetout. Croyant toujours qu'il lui cache quelque chose, Isory meurt d'envie de le confronter. Mais puisque la journée a été mouvementée, elle décide de se taire. Après le repas, les garçons et elle s'empressent de desservir la table pour aller se détendre chacun de leur côté. Même s'ils ont congé le lendemain, ils se couchent très tôt, ce soir-là, puisqu'ils ont donné rendez-vous à Esméralda et à Nil à l'angle des rues Saint-Flasque et Principale, d'où ils partiront pour se rendre au kamu.

Le lendemain, à la ferme des Grain-de-Blé, Nil se réveille à l'aube. Pour ne pas réveiller Esméralda, qu'il croit encore endormie, il s'habille sans faire de bruit. Puis, avant de descendre, il glisse la main sous le matelas où, la veille, il avait caché le livre des anciens. Curieusement, celui-ci ne s'y trouve plus. « Esméralda !… Elle l'a pris », se dit-il. Sur la pointe des pieds, il va la voir dans sa chambre, mais elle n'y est pas. Cette fois, il devient anxieux. En descendant l'escalier, il commence à imaginer le pire des scénarios : « Esméralda a essayé d'ouvrir la partie scellée du livre ! Qui sait, le grimoire lui a peut-être jeté un mauvais sort ou… »

– Bonjour, jeune homme, lui souhaite Samanta en l'apercevant.

– Bonjour, Samanta. Toujours aussi matinale, à ce

que je vois.

– Il le faut bien. Je dois rattraper le temps.

Intrigué par le commentaire de Samanta, Nil s'approche de la table et y prend place. Mine de rien, il se sert un grand verre de jus d'orange fraîchement pressé, et lui demande :

– Ah oui ? Et pourquoi dois-tu rattraper le temps ?

– Figure-toi qu'hier, pendant que tu nourrissais les animaux avec Paulo, je suis montée à ta chambre pour arroser les plantes. Distraite comme je suis, j'ai fait tomber de l'eau sur ton lit et j'ai donc dû changer les draps, essuyer le plancher…

En entendant le mot « lit », Nil s'étouffe. Samanta arrête aussitôt de pétrir la pâte à pain pour lui porter secours, en lui administrant quelques claques dans le dos.

– Nil, est-ce que ça va ?

– Euh, euh, oui !… Oui, ça va aller.

Le teint pourpre, Nil reprend sa respiration et tente de garder son calme. « C'est Samanta qui a trouvé le grimoire ! Et si elle l'avait mis dans la laveuse ?… » Parti dans ses histoires dramatiques, Nil ne l'écoute plus, jusqu'à ce qu'elle prononce le nom d'Esméralda.

– Esméralda ! la coupe-t-il sèchement. Qu'a-t-elle fait ?

– Le lavage.

À ces mots, Nil devient blanc comme un drap. Ne sachant trop que faire pour cacher ses émotions, il se racle la gorge quelques fois avant de poser une autre question.

– Parlant d'Esméralda, tu ne l'aurais pas vue, ce matin ? Elle n'est pas dans sa chambre.

– Bien sûr. Elle est dans l'étable avec Paulo. Selon moi, ils ont certainement fini de nourrir les animaux et vont bientôt rentrer… D'après ce que m'a dit Paulo, Esméralda et toi allez à la ville avec lui, ce matin.

– Oui. Et tout le monde y sera : Matt, Aristophane, Isory, moi et, évidemment, Esméralda. Comme nous n'avons pas eu le temps de regarder les décorations de l'Halloween dans la ville, Isory a accepté de jouer au guide pour nous. Après tout, elle n'en est pas à sa première fête.

– Tu as raison. La ville est magnifique en cette période de l'année. Seulement, vous auriez dû me faire part de vos intentions hier soir. J'aurais pris le temps de vous préparer quelques sandwichs. Parce que maintenant je suis un peu pressée par le temps. Je dois faire cuire les pains pour Nestelle et puis… Enfin, de toute manière, je lui ai téléphoné tout à l'heure et elle va vous préparer un goûter. Oh ! pendant que j'y pense, tu veux bien lui remettre les pains aux noix que je vais placer dans un gros sac, au bout du comptoir ? Avec les touristes qui sont encore plus nombreux cette année, elle en aura grandement besoin.

À l'instant où Nil s'approche de la porte pour sortir de la maison, Paulo l'ouvre. Surpris de le voir seul, Nil lui demande :

– Où est Esméralda ?

– Dans la grange, jeune homme. Elle est en train de terminer la besogne.

– Dans ce cas, je vais l'aider.

En vérité, Nil n'a pas vraiment l'intention d'aider Esméralda. Il s'inquiète plutôt de l'état du grimoire et veut le récupérer. Il court donc jusqu'à la grange et, au pied de l'échelle qui y mène, crie à tue-tête :

– Esméralda !… Esméralda !

Mystérieusement, il ne reçoit aucune réponse et, très vite, un sentiment de panique l'envahit.

– Où es-tu ? dit-il en grimpant l'échelle.

À première vue, elle ne semble pas être là, mais, après avoir jeté un regard circulaire, il l'aperçoit, assise sur la montagne de paille. À pas de géant, il va la retrouver.

– Mais qu'est-ce que tu fabriques, Esméralda ? Je crois qu'il est temps que nous ayons une conversation, tous les deux.

C'est alors qu'il remarque l'état dans lequel elle se trouve : l'air offusqué, Esméralda tient le livre des anciens entre ses mains qui sont attachées comme un jambon ficelé. Nil comprend aussitôt qu'elle a commis l'imprudence d'ouvrir la partie scellée du livre ; sa curiosité avait été plus forte que les conseils d'Édouard.

– À quoi tu joues, là ? lui demande-t-il en ricanant.

– À rien !

Nil est ensuite témoin d'un phénomène pour le moins inusité : comme si le sort s'acharnait sur Esméralda, la corde s'allonge et s'enroule autour de ses poignets.

– Je t'assure, Nil, je n'ai rien fait de mal.

À peine vient-elle de prononcer ces mots que la corde s'allonge encore une fois et s'enroule autour de ses bras. Nil devine ce qui lui arrive.

– Hon !... Ce n'est pas bien de mentir, Esméralda !

Rouge comme la crête d'un coq, elle piaffe d'impatience.

– Ça suffit, Nil ! Je ne t'ai pas menti.

En voyant la corde s'allonger de nouveau, elle croit savoir ce à quoi son ami fait allusion : l'histoire de Pinocchio. Alors elle abdique et décide enfin de lui dire la vérité.

– D'accord ! J'ai voulu ouvrir la partie scellée du livre, et j'en suis sincèrement désolée.

Comme dans l'histoire de Pinocchio, le mauvais sort est neutralisé : la corde se dénoue aussitôt, libérant Esméralda. Au même moment, la voix de Paulo se répercute en écho dans la grange.

– Les jeunes !... nous partons dans quinze minutes.

Nil arrache le livre des anciens des mains d'Esméralda et le glisse dans la poche de son pantalon.

– Il faut y aller, Esméralda.

Sans perdre une seconde, il se précipite à l'extérieur

où il aperçoit, sur la route gravillonnée, un épais manteau de poussière derrière la jeep de Dim qui vient de passer à vive allure devant la maison des Grain-de-Blé. Aussi, il presse Esméralda :

– Dépêche-toi ! Isory et les autres sont déjà en route pour Cacouna.

Tout en frottant ses poignets endoloris, elle le suit à pas de souris.

Nil entre dans la maison en coup de vent et trouve Samanta assise près du poêle à bois, prenant une pause le temps que la fournée de pain cuise.

– Où est Paulo, Samanta ? lui demande-t-il.

– Dans la salle de bain, je crois.

Pendant ce temps, en route vers Cacouna, Dim chante, à s'époumoner, des airs western d'autrefois tout en négociant les virages périlleux du rang. Assis derrière, Matt et Aristophane, qui n'en sont pas à leur premier concert, ont prévu le coup. Un peu gênée parce que son grand-père chante terriblement faux, Isory se retourne et constate que ses amis, tout sourire, ont enfoncé dans leurs oreilles des morceaux de papier-mouchoir en guise de bouchons. Pour la première fois depuis leur arrivée dans la région, ils peuvent jouir pleinement du paysage splendide qui défile sous leurs yeux comme s'il s'agissait d'un film.

À huit heures et demie, la jeep s'arrête à l'angle des rues Saint-Flasque et Principale. Impatients de retrouver leurs amis, Isory, Matt et Aristophane descendent rapidement du véhicule.

– Merci, grand-père.

– Il n'y a pas de quoi, ma chérie. Soyez prudent, les jeunes.

Fidèle à lui-même, Dim appuie sèchement sur l'accélérateur et se rend chez Nestelle, où il gare son véhicule devant la vitrine. Dès qu'il ouvre la porte du commerce, le carillon tintinnabule. Même à cette heure matinale, mêlée à un arôme de café à l'orange, une musique de jazz flotte dans l'air. Étonnamment, il n'y a personne derrière le comptoir, enfin, personne du genre humain, puisque Nesbit, elle, y est. La chèvre se montre la barbichette et, apercevant son client préféré, elle s'excite et exécute sa petite danse, sachant très bien ce qui l'attend.

Katac, katac, katac. Bê-ê-ê-ê-ê-ê.

Emballé par sa prestation, Dim danse avec Nesbit. Puis, respectant leur rituel, il sort quelques carrés de sucre de sa poche et les lui offre. La petite chèvre les avale avidement. À cet instant précis, une voix masculine commente :

– Tu vas la pourrir de sucrerie, grand-père Poutch !

Dim reconnaît aussitôt la voix de Piquetout. En levant la tête, il est agréablement surpris par sa tenue. Vêtu d'une superbe chemise de lin et d'un jean, lequel met en évidence sa silhouette athlétique, il tient dans ses bras un paquet de journaux fraîchement sortis des presses, qu'il dépose sur le comptoir avec une aisance remarquable, comme s'il s'agissait d'une boîte de carton vide. Impressionné par la transformation de son nouvel ami, Dim le scrute du regard.

– Comment aimes-tu mon nouveau look, Dim ? demande Piquetout, l'air rayonnant, sur le ton de la plaisanterie.

En pouffant de rire, Dim lui serre la main.

– À ce que je vois, tu sembles avoir conquis Nestelle.

– Je dirais plutôt que c'est elle qui m'a ensorcelé. Est-ce que Paulo vient nous rejoindre ici ?

– Oui. Il ne devrait pas tarder. Il devait d'abord laisser les jeunes au coin des rues Saint-Flasque et Principale.

– Je vois… Puisqu'il ne nous reste plus qu'à l'attendre, que dirais-tu d'un bon café à l'orange et du *Pika Pioche* de ce matin ?

Piquetout tend un exemplaire du journal à Dim, qui affiche un sourire de satisfaction et de soulagement en lisant l'article à la une.

– Nous avons réussi, Piquetout ! s'exclame-t-il en regardant la photo au-dessus de l'article. Ce n'est pas trop tôt ! Tu sais, hier, lorsque je suis passé voir Isory dans la cour d'école, j'ai cru qu'elle allait me soumettre à un interrogatoire. Si tu avais vu ses yeux lorsque je lui ai dit que j'étais venu en ville pour terminer la construction de la maison hantée… J'aurais juré qu'elle pouvait lire sur mon visage la partie cachée de mon discours. « Tu n'as pas oublié de me dire quelque chose d'important, grand-père ? » avait-elle l'air de penser.

— Laisse-la s'imaginer ses propres scénarios, Dim. Toute vérité n'est pas bonne à dire. Tu n'allais tout de même pas lui annoncer, là, devant ses amis, qu'un mangeur d'homme rôdait près de l'école. De toute façon, elle l'apprendra assez vite. Heureusement, toute cette histoire d'horreur a connu une fin sans effusion de sang. Allez, viens ! Oh ! Dim, fais-moi penser, tout à l'heure, de prendre mon coffre à outils. Je l'ai laissé près de la porte du magasin. Il nous sera utile pour la dernière inspection de la maison hantée et pour l'installation des réverbères.

Pendant ce temps, Isory, Matt et Aristophane attendent avec impatience Esméralda et Nil. Soudain, un vrombissement attire leur attention : c'est le camion de Paulo qui s'approche d'eux.

— Ce n'est pas trop tôt ! se plaint Aristophane.

Le véhicule à peine immobilisé, Nil ouvre la porte et descend, suivi d'Esméralda.

— Et voilà, les jeunes, lance Paulo. Je m'occupe de remettre les pains à Nestelle, Nil. Allez, amusez-vous bien.

Heureux de se trouver enfin dans la ville, Matt, Aristophane, Nil et Esméralda sont stupéfaits de voir les lumières par milliers qui illuminent, encore à cette heure de la journée, les décorations de l'Halloween : la coutume veut que, quelques jours avant les festivités, les Cacounois gardent leurs lumières allumées vingt-quatre heures durant. Chaque année, Isory reste toujours étonnée de l'effet des décors sur elle : aussi surprenants d'une maison à l'autre, ils lui donnent l'impression de se trouver au beau milieu du plateau de tournage d'un film fantastique.

— Bon, on y va ? suggère-t-elle en commençant à marcher dans la rue Saint-Flasque.

— Attends, Isory ! fait Nil. Esméralda et moi devons passer chez Nestelle. Elle nous a préparé un goûter.

— Je peux y aller seule, dit Esméralda. Va avec les autres, toi. Je vous rejoindrai.

— Es-tu bien certaine de vouloir traverser seule les champs ?

— Qu'est-ce qui se passe, Nil ? Tu ne me fais pas confiance ?

Étonné de la réaction d'Esméralda, Nil se tait. Après quelques secondes de réflexion, tout s'éclaircit dans sa tête. « Elle est honteuse d'avoir menti », pense-t-il.

— Très bien ! Tu te souviens où se trouve le sentier qui conduit au kamu ?

— Oui, Nil ! Dans les champs de vulpin. Va ! Je vous rejoindrai rapidement.

Nil avait raison : encore embarrassée de lui avoir menti, Esméralda préférait être seule. En se dirigeant vers le magasin général, elle observe les décors impressionnants. De l'autre côté de la rue, le terrain du *Pika Pioche* est couvert de pierres tombales, et la façade de l'édifice est si bien décorée qu'elle ressemble en tous points à un sépulcre. La boucherie, le commerce voisin, a quant à elle l'apparence d'une immense chauve-souris. Esméralda jette ensuite un coup d'œil à droite et pousse des petits sons d'étonnement en apercevant, sur le parterre du fleuriste, une magnifique citrouille – peinte à la main –, si énorme qu'elle empiète sur le terrain de la friperie, où le propriétaire a installé une immense toile d'araignée ainsi qu'une gigantesque mygale. Couturier de métier, il a confectionné cette magnifique araignée brune et poilue en utilisant de vieux manteaux de fourrure synthétique. Arrivée devant le magasin général, Esméralda sourit en voyant la devanture. La façade a pris l'allure d'une vieille chaumière et deux écriteaux ont été installés dans la vitrine : sur l'un, faisant office d'enseigne, on peut lire *Bienvenue chez l'apothicaire*, et l'autre annonce un tout nouveau remède contre la « ritouffe », une allergie qui sévit tout particulièrement à Cacouna. Ce remède, y est-il précisé, est à base de sang de crapaud et de fleur de lotus. « Ouf ! se dit Esméralda, je suis bien heureuse de ne pas être aux prises avec cette allergie. »

Des rires en cascade, venant de l'intérieur du magasin, parviennent jusqu'à ses oreilles. Sans plus tarder, elle entre. Au son du carillon, Nestelle, Dim et Piquetout se retournent et la regardent. En la voyant, Paulo la questionne :

– Qu'est-ce que tu fais là ? Tu n'es pas avec tes amis ?

– Elle vient chercher son goûter, répond Nestelle à sa place.

– Où avais-je la tête ? Samanta m'avait pourtant prévenu. Je suis désolé, Esméralda. Bon ! eh bien, on y va, les gars ? Merci de t'occuper d'elle, Nestelle.

Pendant que Dim et Paulo sortent du magasin les bras chargés d'outils, Piquetout, avant de quitter sa douce, lui donne un baiser sur la joue, puis salue Esméralda et va rejoindre ses amis.

Intriguée par la photo qui couvre presque entièrement la une du Pika Pioche, Esméralda s'approche du comptoir pour en prendre un exemplaire et se met aussitôt à lire l'article.

Le Pika Pioche LE JOURNAL DES GENS CURIEUX
JEUDI 29 OCTOBRE   **48ᵉ année / n° 67**

Le quêteux sauve la ville de Cacouna d'une catastrophe certaine

À la veille des grandes festivités de l'Halloween, Piquetout capture le grizzly. L'animal rôdait près des champs de vulpin des Marion. Selon les autorités, il s'agirait d'une énorme bête mangeuse d'homme.

Depuis bon nombre d'années, les ours sont pratiquement absents dans la région. Les gardes-chasses ont donc été très surpris de découvrir, la semaine dernière, des traces d'un tel animal dans la ville de Cacouna. Inquiets, ils ont prévenu le maire du danger que représentait pour la population la présence de cette bête et lui ont conseillé d'annuler les festivités de l'Halloween, lesquelles auraient très certainement attiré l'animal affamé. Ils ont également prévenu les autorités policières et leur avaient suggéré d'établir un plan d'action pour capturer la bête.

En apprenant la nouvelle, Piquetout, avec l'aide des fermiers Poutch et Grain-de-Blé, eut l'idée de fabriquer un piège redoutable dont il a brillamment dessiné les plans, lesquels il a généreusement remis aux gardes-chasses. Hier, les trois hommes ont placé à l'intérieur du piège un appât qui a eu raison de la bête. N'hésitant pas une seule seconde en le voyant, le grizzly est en effet tombé dans le guet-apens. Les gardes-chasses ont endormi l'ours pour le transporter dans un endroit où, à présent, il ne présente aucun danger pour les Cacounois.

La prochaine fois que vous apercevrez un quêteux, méfiez-vous des jugements que vous pourriez porter à son égard et invitez-le plutôt à prendre un café. Qui sait, derrière ses haillons vous découvrirez peut-être un être exceptionnel qui autrefois était un architecte. Après tout, l'habit ne fait pas le moine !

Cameron R.

« Heureusement qu'elle lit l'article », se dit Nestelle qui, tout en s'affairant à préparer le goûter des jeunes, sent ses joues s'empourprer : c'était la première fois que son prince charmant l'embrassait en public. En voulant prendre quelques chocolats aux amandes dans un bocal sur le comptoir, Nestelle remarque le visage d'Esméralda, devenu blême.

– Est-ce que ça va, Esméralda ?

Les yeux rivés sur le journal, celle-ci lui répond à peine.

– Euh…

Comme un automate, elle lève la tête et regarde Nestelle, qui lui répète sa question.

– Est-ce que tu vas bien ?

– Oui, je crois. Je suis seulement un peu secouée par l'article à la une du *Pika Pioche*. Hier, mes amis et moi étions dans les champs de vulpin. Ça me donne des frissons dans le dos de penser qu'à ce moment-là l'ours mangeur d'homme y était peut-être aussi… Parlant de mes amis, je dois partir, Nestelle, autrement Isory et les autres vont s'inquiéter.

Au même moment, le carillon tintinnabule de nouveau : cette fois, c'est M. Winberger qui entre dans le magasin. Après avoir effleuré son chapeau en guise de salutation, il prend un exemplaire du *Pika Pioche*. Appréhendant sa réaction, Nestelle l'observe du coin de l'œil et voit son visage déformé par la colère qu'il n'arrive pas à contenir. Dans tous ses états, le maire déchire sèchement le journal. « Le quêteux est à présent l'homme le plus en vue de la contrée, se dit-il. Cet individu m'empoisonne l'existence ! » Ennuyée par son comportement, Esméralda prend le sac que lui remet Nestelle, la remercie et quitte les lieux en douce. Fumant de rage, le maire s'approche de la commerçante et tempête :

– J'exige que tous les exemplaires de cette édition soient livrés à mon bureau dès cet après-midi.

– Et pourquoi donc ? demande une voix d'homme derrière lui.

En se retournant, Winberger se trouve face à face avec Cameron. Le journaliste, qui attendait patiemment son cappuccino dans le café, a reconnu sa voix et s'est empressé de venir le confronter.

– Vous n'aimez pas mon article, monsieur le maire ? Parce que, si vous le désirez, je peux en écrire un qui décrirait vos exploits et votre contribution à la communauté.

À ces mots, le maire, si prévisible pour le journaliste, se calme : Cameron savait en effet qu'il l'écouterait avec grande attention s'il lui tenait des propos flatteurs. Son regard malicieux croise celui de Nestelle qui attend avec impatience la suite des événements. Aussi le journaliste reprend-il :

– Je crois qu'il serait intéressant de faire connaître aux Cacounois vos origines, votre cheminement sur le plan des études, tout le tralala, quoi !

– C'est une très bonne idée, Cameron.

Nestelle peut sentir la vanité sortir par tous les pores du maire, tellement il prend de grands airs. Du coup, elle pense à la fable de La Fontaine *Le corbeau et le renard*. Comme pour apporter un peu plus de ridicule à la situation, elle sort de son comptoir le plus coûteux des fromages et en coupe quelques tranches qu'elle offre au maire. Ravi, Winberger en prend une avec le bout des doigts. Fin goûteur, il ferme les yeux et savoure le Pied-de-Vent, un fromage exquis venu tout droit des îles de la Madeleine. Perspicace, Cameron devine le petit jeu de Nestelle, ce à quoi elle fait allusion. « Il ne manque plus au maire que les plumes et le bec du corbeau », se dit-il. Profitant des moments d'extase de Winberger pour jouer le rôle du renard, Cameron poursuit :

— Vous savez ce qui serait encore plus éclatant, monsieur le maire ?

— Non...

— Nous devrions raconter aux lecteurs combien vous êtes un homme dévoué à votre ville et parfois astucieux.

— C'est bien. Mais encore ?...

À présent, Nestelle voit une tête de corbeau à la place de celle de Winberger, tellement celui-ci est hypnotisé par les flatteries de Cameron, qui passe maintenant à la dernière partie de sa version de la fable.

— Souvenez-vous de la jouissance que vous avez ressentie quand vous avez réussi votre coup magistral lorsque... lorsque...

Cette fois, le maire, qui marmonne des « oui... oui... oui », est dans un état d'exaltation. Alors, Cameron l'achève :

— Lorsque vous avez pris possession de la maison

des Smith pour une bouchée de pain.

– Huuum… Ouiiii…

Le maire met quelques secondes avant de comprendre ce que Cameron vient de dire. Puis tout s'éclaircit dans sa tête. Il pâlit de honte en réalisant que sa vanité l'avait rendu sourd et qu'il n'avait pas vraiment écouté les paroles du journaliste. Il se sent humilié. Puis une question surgit dans son esprit : comment ce journaliste avait-il été mis au courant de l'affaire Smith ? Jouant l'innocent, il tient tête à Cameron.

– Je ne sais pas de quoi vous parlez, mais je vous somme d'arrêter ces insultes sur-le-champ.

Winberger vient de se dévoiler et Cameron en rajoute.

– Je vous ai insulté, moi ? Mais pas du tout ! J'ai simplement laissé entendre que vous aviez eu de la chance. C'est tout !

Immédiatement, un silence de glace s'abat sur le magasin général. Cameron regarde le maire qui, muet comme une tombe, affiche son visage des mauvais jours. Soupesant les arguments du journaliste, Winberger cherche une réplique appropriée.

– Très bien ! Je vais penser à votre offre, Cameron… Je vous appellerai à ce sujet. Maintenant, je dois vous quitter.

– Que dois-je faire des journaux, monsieur le maire ? demande Nestelle avec un air soumis.

Vite sur la gâchette, Cameron répond à la place de

Winberger.

– Rien ! Ils restent là. Nos lecteurs seront heureux de lire l'article en première page. Après tout, M. les Doigts longs nous a sauvés d'une catastrophe ; ce serait terrible pour l'économie de la ville si la fête de l'Halloween n'avait pas lieu. Imaginez ! Des milliers de profits seraient perdus. Ce n'est pas rien ! Je suis certain que notre cher maire se fera un honneur de lire l'article lui aussi. D'ailleurs, il aurait avantage à se renseigner au sujet du quêteux, dont l'histoire le concerne plus qu'il ne le pense.

Ces mots donnent des sueurs froides au maire, qui se pose toutes sortes de questions. « Et si le quêteux était au courant de l'affaire Smith ? C'est peut-être un agent secret, engagé par ce journaliste trop curieux. Ou, pire encore, c'est peut-être la famille Gutenberg qui a fait appel à ses services dans l'espoir de me piéger. Si c'est le cas, elle me poursuivra pour escroquerie. Qu'adviendra-t-il alors de ma réputation ?... De mon domaine ?... » À présent, le maire ne tient plus en place et il n'a qu'une seule idée en tête, s'éclipser. Sans plus attendre, il se dirige vers la porte et, tout juste avant de sortir, répond à la question de Nestelle :

– Laissez les journaux là où ils sont, Nestelle, comme l'a suggéré le journaliste.

Pendant ce temps, Esméralda s'engage dans le sentier, éclairé par les fraîches lueurs matinales de l'automne. Elle distingue à peine les troncs des arbres centenaires au-delà desquels se déploient des nappes de brume. Soudain, sans comprendre pourquoi, elle a un sombre pressentiment et elle se fige comme un glaçon. Avalant difficilement sa salive et retenant sa respiration, elle tend l'oreille comme si elle avait détecté une présence menaçante. Un frisson de crainte lui traverse le corps. Tout à coup, elle entend un mugissement plus effrayant que le bruit de la glace qui se casse au printemps. Elle se retourne dans la direction du bruit assourdissant et aperçoit, dans le champ de vulpin, à moins de trois mètres d'elle, une forme qui ondule. Sans se poser de question, elle se met aussitôt à courir. Malgré les longues tiges qui lui cinglent le visage, Esméralda accélère le pas, mais en gardant la tête tournée vers l'arrière. Ce qui n'est pas une très bonne idée puisqu'elle trébuche sur une grosse pierre et fait une mauvaise chute.

11

Le livre des anciens

Esméralda se relève à toute vitesse et se cache dans un fourré, le temps de reprendre ses esprits. « Ça ne peut pas être l'ours mangeur d'homme, puisqu'on l'a capturé. Mais si ce n'est pas lui, quelle était cette forme que j'ai aperçue ? » À la pensée qu'il lui reste encore un demi-kilomètre à parcourir pour rejoindre ses amis, la panique s'empare d'elle.

– Je dois poursuivre mon chemin ! dit-elle tout haut. Si je ne bouge pas maintenant, je vais rester là, à la merci de la créature.

À cet instant précis, elle entend un bruit de feuilles derrière elle et son cœur se met à battre à un rythme précipité. Sa réaction est immédiate : comme une sauterelle, elle bondit sur ses pieds, puis court dans le sentier à perdre haleine. Le trajet lui semble interminable et, après un certain temps, les muscles de ses jambes brûlent au point que celles-ci faiblissent. À présent, Esméralda a l'impression de courir avec des blocs de ciment aux pieds. Ce qui n'a rien de très rassurant puisque la chose qui mugit s'approche dangereusement. Malgré le découragement et la fatigue qui la gagnent, Esméralda se surprend en déployant une énergie insoupçonnée : elle se sent projetée vers l'avant et se met à courir comme le vent. Ses cris – « AU SECOURS ! AIDEZ-MOI ! » – retentissent dans les champs.

Dans l'entrée du kamu, un bruit sourd attire l'attention de Nil. Il interrompt aussitôt ses amis qui discutent.

– Chut !… Avez-vous entendu ? Dehors ! Je crois que c'est Esméralda.

Matt met le nez dehors et aperçoit Esméralda qui, hors d'haleine, vient se jeter dans ses bras. La sueur coule sur son visage tailladé par les tiges de vulpin. Voulant parler, elle cherche son souffle, mais même après avoir pris quelques secondes pour se calmer, elle ne parvient pas à s'exprimer convenablement.

– Il y avait… derrière moi… des… des… mugissements… et… et…

– Doucement, Esméralda ! lui suggère Isory qui, en s'approchant, l'examine rapidement de la tête aux pieds.

En voyant sa chemise déchirée et son pantalon couvert de brindilles et de terre, Isory comprend qu'elle a été prise en chasse. Elle brosse ses vêtements de la main. Pendant ce temps, Matt, lui, regarde le visage d'Esméralda, qui plisse le front et se mord machinalement la lèvre inférieure, comme si elle souffrait. Inquiet, il l'interroge.

– Es-tu blessée ?

Reprenant son souffle peu à peu, Esméralda lui répond :

– Non. Je… je me suis seulement égratigné le genou en tombant, lui dit-elle, la voix haletante.

Brusquement, un tumulte infernal s'élève. Les initiés, apeurés, se figent un instant. Les bruits ressemblent à ceux d'une lutte ; la chose semble se bagarrer avec un adversaire de taille, dont les mugissements sont encore plus effrayants que ceux qu'avait entendus Esméralda. Les créatures ont le souffle rauque et haletant, comme celui de loups prêts à se disputer une carcasse de chevreuil.

– Entrons dans le kamu, propose Matt en aidant Esméralda à marcher.

Après être entrés dans la grotte, Isory et Nil replacent les lierres grimpants de manière à bien cacher l'ouverture. En se retournant, Isory ne voit plus Aristophane.

– Aristote !… Où est-il, celui-là ? Non ! Ce n'est pas vrai… il est sorti !

– Je vais le chercher, dit Nil en se dirigeant vers l'extérieur.

Aussitôt, Isory l'agrippe par le bras et le tire à l'intérieur, puis elle tente de le raisonner.

– Qu'est-ce que tu fais, Nil ? Es-tu cinglé ? C'est beaucoup trop dangereux. Si notre ami a pris la décision de sortir, c'est qu'il devait avoir un plan. Enfin… je l'espère ! Nous devons rester unis et attendre que ça se calme, dehors. S'il était parmi nous, c'est ce qu'Édouard nous suggérerait, j'en suis certaine. Qu'en penses-tu, Matt ?

– Elle a raison, Nil. Faisons confiance à Aristote.

Les bruits de dispute s'atténuent, puis s'éteignent complètement. Nil, qui ne tient plus en place, marche de long en large tout en tortillant nerveusement son chandail. Le silence pèse comme une chape de plomb sur ses épaules.

– Je n'en peux plus d'attendre ! éclate-t-il.

Au moment où il s'engage dans la sortie, Aristophane apparaît enfin.

À cet instant précis, une voix profonde surgit dans la pénombre, tout au fond de la grotte : c'est Zeugme.

– Tu as pris de très grands risques, Aristote, en voulant jouer au guerrier. Tu aurais pu être gravement blessé ou même tué.

– Et pourquoi donc ? lui répond le jeune initié du tac au tac. Tu sembles être bien informé au sujet de l'animal qui nous guette et nous traque comme des proies.

Zeugme, resté dans l'ombre, conserve le silence. Une lueur d'angoisse passe brièvement dans les yeux d'Isory. « Et si c'était lui, la chose ? » se demande-t-elle. Elle prend ensuite la torche et s'approche de lui. Quand le halo de la flamme éclaire son visage, Zeugme détourne les yeux. Alors, Isory le questionne.

– Qui es-tu ? Es-tu vraiment ce que tu prétends être ?

Nil et les autres saluent son intervention d'un murmure approbateur. Cela ne semble pas impressionner Zeugme, qui fait quelques pas et pose son regard sur Isory. Un regard froid comme l'acier. Étrangement, il fait comme s'il n'avait pas entendu ses questions et répond plutôt au commentaire d'Aristophane.

– J'ai éloigné la chose… ça devrait vous suffire. Je crois que c'était une de ces bêtes que vous appelez ours. L'animal ne vous ennuiera plus jamais.

– Ce n'est pas possible, dit Esméralda. L'ours a été capturé hier. Je l'ai lu dans le *Pika Pioche*, tout à l'heure, chez Nestelle. Les autorités prétendent que l'animal rôdait autour des champs de vulpin et les gardes-chasses affirment qu'il s'agissait d'un grizzly. Ils l'appellent le mangeur d'homme.

– Alors, il s'agit d'un autre ours, réplique Zeugme.

Un silence oppressant suit cette explication. « La créature est-elle vraiment un ours ? » ne peuvent s'empêcher de penser les jeunes. Soudain, aussi régulier que le tic-tac d'une montre, un bruit de gouttes résonne dans le kamu, mais, puisqu'ils se trouvent dans une grotte, les initiés n'y prêtent pas attention. À l'exception d'Isory qui, discrètement, dirige la torche vers le bas et regarde par terre : les pieds de Zeugme sont couverts d'un liquide rouge. Au bout des ongles de ses doigts, des traînées de même couleur coulent abondamment. « Il saigne ! » se dit-elle. L'espace de quelques instants, Isory hésite, puis elle s'approche du guide, qui recule aussitôt pour complètement se fondre dans l'ombre. Décidée à en avoir le cœur net sur ses intentions réelles, elle s'avance vers Zeugme jusqu'à ce qu'elle aperçoive son visage. Le redoutant, elle s'immobilise et le fixe. « On dirait qu'il sort directement du réfrigérateur », pense-t-elle. Le guide est raide et blanc comme s'il était sur le point de perdre connaissance. Pendant que les secondes s'égrènent, Zeugme, malgré lui, jette un coup d'œil à la pochette de popofongues d'Isory, solidement accrochée au ceinturon de sa salopette.

Plus que jamais, Isory entretient des doutes sur sa véritable identité. Néanmoins, un fait est indiscutable : Zeugme est blessé. Pourrait-il s'être infligé lui-même ces blessures pour gagner la confiance des initiés ? Remarquant l'inquiétude sur le visage d'Isory, Matt s'approche et lui presse les épaules, comme pour la rassurer.

– Nous devons lui accorder le bénéfice du doute, Isory. Dehors, tout semble être redevenu tranquille. Quant à toi, Aristote, la prochaine fois qu'un danger se présente, je crois qu'il serait préférable que tu restes près de nous. Il ne faudrait pas qu'un malheur se produise. Notre guide a raison, tu as été très imprudent... Je te remercie d'avoir chassé l'ours, Zeugme.

Le guide ne répond pas. Dans le kamu, le silence s'installe de nouveau, aucun des initiés n'osant parler. Excepté Matt, qui interpelle le guide.

– Zeugme ! dit-il.

En balançant la torche de gauche à droite dans la grotte, Isory cherche le guide. Seulement, il n'y est plus.

– Il saigne, annonce-t-elle froidement à ses amis. Zeugme est blessé.

Ne voulant pas être questionné davantage, Zeugme a effectivement quitté les lieux, au grand étonnement de tous. Sérieusement blessé, il sent l'étau se resserrer autour de lui : à présent, il sait qu'Isory se méfie. Ce qui ne va pas lui faciliter la tâche puisqu'il ne doit surtout pas être démasqué. Du moins, pas pour l'instant. Les traits creusés par les élancements de ses blessures, il se dirige vers la passerelle invisible. En lui assenant des coups dans le dos, son adversaire savait où frapper : le passage du temps avait peut-être adouci l'apparence de ses vilaines cicatrices, désormais à vif, mais celles-ci étaient toujours restées sensibles au toucher.

Brisant le silence, Nil s'adresse à ses amis sur un ton léger :

– Je propose que nous jetions un coup d'œil dans le

livre des anciens. Qui sait, peut-être y trouverons-nous des informations au sujet de Zeugme. Qu'en dites-vous ?

– C'est une bonne idée, réplique aussitôt Aristophane.

Isory s'approche de Nil qui s'est assis tout près de Matt et d'Esméralda. À son tour, Aristophane se joint à eux. Nil ouvre le livre et commence à faire la lecture de la première page, signée par nul autre qu'Atylas :

La peur ne profite en rien à un initié.

Ne laissez pas la haine dominer votre esprit, car elle vous conduira à l'obscurité.

Certains comportements, comme la paresse ou encore la vengeance, entraînent l'effet contraire de ce que l'on souhaite quand on utilise nos pouvoirs ou les popofongues.

Atylas, apprenti initié

Sidérés, les initiés comprennent qu'Atylas avait dû passer par les mêmes étapes qu'eux avant de devenir un initié accompli. Aussi, Aristophane commente-t-il :

– À la lumière de ces phrases, nous pouvons conclure que nous ne sommes pas les seuls à avoir rencontré certaines difficultés par rapport à l'utilisation adéquate de nos pouvoirs. Sans parler des mésaventures que le fruit magique nous a occasionnées.

– Comme lorsqu'on veut utiliser ses pouvoirs pour accomplir une besogne qui nous répugne, dit

Esméralda qui, l'air taquin, regarde Nil. En faisant planer, par exemple, des ballots de foin pour ensuite les diriger vers l'étable.

— Ou encore, ajoute Aristophane, l'œil moqueur, en regardant à son tour Nil, quand on utilise la puissance de sa pensée pour se payer la tête du chef de gang. Le truc des lacets, ce n'était pas trop mal, vieux frère !

Pas très susceptible, Nil répond, tout en hochant la tête en direction d'Aristophane :

— Oui, mais… personne parmi nous n'a battu ta transformation en corbeau. Tu n'as pas oublié, Aristote ? Au château, tu avais accepté d'être le cobaye d'Édouard pour l'expérience du popofongue. C'était géant ! Tu sais, ton plumage t'allait à merveille.

Un tonnerre de rires éclate dans la grotte. Les initiés apprécient l'atmosphère plus détendue qui y règne maintenant, du moins jusqu'à ce que Nil tourne la page du livre et commence à lire pour lui-même. Sur son visage, toute trace de joie disparaît. Matt l'interroge alors :

— Qu'y a-t-il, Nil ?

Aristophane arrache sèchement le livre des mains de Nil, dont le teint est à présent blafard, et lit à voix haute :

— *Une force maléfique donne toute la puissance à mon guide, lequel prétendait être là pour m'aider, alors que sa présence, en fait, m'affaiblissait.*

Après un court silence, il ajoute :

– Je n'arrive pas à y croire ! Ça veut dire que Zeugme est un imposteur.

Presque aussitôt, tous les initiés se mettent à parler en même temps. Avec l'écho, on aurait dit une foule en délire.

– Ça suffit ! intervient Matt.

Saisis par la puissance de sa voix, les autres se taisent instantanément. Matt se lève et, avec assurance, prend la parole.

– Si c'est à Zeugme qu'Atylas fait allusion dans le livre des anciens, est-ce que quelqu'un peut m'expliquer pourquoi il a sauvé Esméralda et Aristophane des griffes de la chose ? Sans parler qu'il t'a sauvé la vie, Nil. Appelez-le comme vous voulez, mais, tout à l'heure, un être indésirable a voulu s'en prendre à nous.

– Je ne voudrais pas ralentir tes ardeurs, Matt, dit Aristophane d'un ton froid, mais si j'en crois la suite des écritures d'Atylas, la réponse se trouve là. Écoutez bien ce qui suit : *Le guide utilise une stratégie bien particulière pour piéger un initié. Sa technique, qui consiste à le mettre en confiance, se base sur la constatation suivante : n'importe qui peut évaluer la force d'un vis-à-vis, mais, si cette personne ne se méfie pas, elle ne tiendra pas compte de ce que l'autre peut lui cacher.*

Nil hausse les épaules et ouvre les mains en signe d'incompréhension. Commençant à perdre patience, il se lève et prend la parole à son tour.

– Et selon toi, Aristote, qu'est-ce que ces paroles veulent dire ?

– Que notre guide se joue de nous, en nous faisant croire qu'il a affronté l'ours, ou la chose, comme dit Matt. Ce que j'essaie de dire, c'est qu'il a très bien pu s'administrer ses blessures avec ses griffes, démesurément longues, pour nous laisser ainsi croire qu'il est notre protecteur. Une telle ruse aurait eu pour but d'éviter que le doute s'installe dans notre esprit. Zeugme voulait peut-être que nous cessions de nous méfier de lui. Qu'en penses-tu, Isory ?

Pendant quelques secondes, Isory, envahie par un sombre pressentiment, hésite à lui donner son avis.

– Restons sur nos gardes, dit-elle enfin. Nous serons certainement mis à l'épreuve et je redoute ce moment, qui arrivera probablement quand nous nous y attendrons le moins.

Malgré elle, Isory pense à Édouard et à ce qu'il avait dit au sujet de Mo : « Surnommé aujourd'hui le Mangro, Mo a besoin de popofongues pour survivre. Faute d'en trouver, il se transporte d'une planète à l'autre pour capturer l'énergie des êtres qui y vivent. » Puis les images se télescopent dans sa tête. Elle revoit les nombreuses fois où Zeugme regardait son sac de popofongues. « S'il s'avérait que le guide soit en fait Mo, ce serait terrible ! » pense-t-elle.

Les initiés profitent du reste de la journée pour

s'entraîner avec leurs pouvoirs dans le kamu. Après tout, ils avaient congé.

Pendant ce temps, sur le terrain de football de l'école, des techniciens, aidés par quelques citoyens, s'affairent à compléter l'installation des manèges et des stands de jeu. À présent, les Cacounois sont à vingt-quatre heures de la grande fête de l'Halloween. Arrivés pour la plupart la veille, de nombreux touristes ont envahi les auberges des environs. Les clients abondent dans le petit café de Nestelle. Très vite, la commerçante ne suffit plus à la tâche, si bien qu'elle appelle en renfort ses fidèles amies, Samanta et Meg. Eh oui ! même Meg, malgré son handicap visuel, met la main à la pâte ; cordon-bleu, et sachant parfaitement comment est organisée la cuisine, elle s'occupe de préparer les sandwichs et les desserts.

Étourdie par tous ces clients dans le café, Nesbit préfère rester dans le magasin général. À vrai dire, la chèvre sait que sa maîtresse la récompensera si elle reste bien sage – Nestelle lui donnera un bol rempli de carrés de sucre. Avec sa nouvelle amie, Christabelle, confortablement installée dans la touffe de poils sur sa tête, elle reste donc derrière le comptoir. Qui sait, Dim, son client préféré, pourrait très bien entrer dans le magasin !

Pas très loin de là, Dim, Piquetout et Paulo achèvent leur inspection finale de la maison hantée. Piquetout suggère qu'ils fassent une pause avant d'aller commencer le creusage des trous pour les réverbères, dans le rang des Mains sales.

— Et si nous allions voir Nestelle ? Elle se fera un plaisir de nous préparer un cappuccino à l'orange. Qu'en dites-vous ?

— C'est une bonne idée, lui répond Dim.

— Ça me va aussi ! dit Paulo.

Dim et Piquetout sautent dans la jeep et prennent la direction du café. Paulo les suit avec son camion. Arrivé au bout de la rue Saint-Flasque, Dim immobilise son véhicule, puisque l'agent Salomon, un colosse, et l'agente Amélie, aussi grande que son collègue, ont barricadé la rue en prévision de la fête. Attendant patiemment que les policiers lui libèrent le passage, Dim aperçoit le maire devant l'édifice du journal. Toujours aussi bien vêtu, celui-ci est en grande conversation avec Proximo, le photographe. Le sourire artificiel de Winberger fait aussitôt réagir Dim :

— Quel fanfaron, ce maire !

Sans mot dire, Piquetout l'écoute, le sourire narquois.

— Après tout, c'est *sa* ville… Demain, Winberger accordera une entrevue à notre très cher Cameron exactement là où il se trouve. Je te parie un café à l'orange que, pour l'occasion, il étrennera un costume dernier cri et enfilera ses souliers à trois cents dollars. Sans oublier qu'il portera sa montre Gucci.

— Je tiens le pari, répond Piquetout sur un ton

sarcastique. Cependant, tu as oublié un détail important.

— Ah oui ! Lequel ?

— Ses cheveux ! Je te parie un café de plus que le maire aura les cheveux lisses comme la coquille d'un œuf.

Dim fronce les sourcils, affichant un air d'incompréhension.

— Souviens-toi de la fois où Winberger avait intimidé Isory, poursuit Piquetout.

— Comment pourrais-je l'oublier ?

— Ce jour-là, il était venu acheter un tube de gel pour les cheveux. Malheureusement, Nestelle n'en avait plus, ou, plutôt, n'avait plus celui qu'il avait l'habitude de se procurer. Alors, elle lui a généreusement offert un nouveau produit qu'elle venait tout juste de concocter. Seulement voilà, il n'a pas la moindre idée de ce qu'elle lui a donné…

— Là, j'ai l'impression que la suite de ton histoire va m'intéresser, l'interrompt Dim qui croit comprendre pourquoi Nestelle lui avait dit qu'elle rendrait la monnaie de sa pièce au maire.

— J'en suis sûr. Puisque Nestelle n'avait plus d'agent liant, elle l'a remplacé par de l'amidon de patate.

— Quoi ! C'est une farce ? L'amidon… ce n'est pas un peu trop collant comme agent liant ?

— Justement ! Nestelle voulait tester sa nouvelle recette, mais Winberger l'ignore.

— Est-il son premier cobaye ?

– Bien sûr que non ! Nestelle ne ferait jamais une chose pareille. Nesbit a été l'heureuse élue.

Les deux hommes éclatent de rire. Pendant ce temps, Salomon, qui a entendu leur conversation, ouvre les barricades et les salue en riant lui aussi. Dérangé par le bruit du moteur de la jeep, le maire se retourne et voit Piquetout qui rit aux larmes. Sur le moment, Winberger ne reconnaît pas le quêteux, vêtu sobrement. Cependant, sa longue barbe et sa queue de cheval lui remettent les idées en place. Étrangement familier, le rire du curieux personnage attise son désir de découvrir l'identité réelle du quêteux. Lorsqu'il voit la jeep ralentir, puis arrêter devant le magasin général, le maire se dit que ce serait une bonne idée d'aller l'espionner une fois terminé son entretien avec le photographe.

– Monsieur le maire… Excusez-moi, mais j'ai une journée plutôt chargée… Alors, pourrions-nous reprendre notre conversation ?

– Oh ! pardonnez-moi. Où en étions-nous ?

En entrant dans le café bondé de clients, Dim se souvient que Nestelle devait sortir sa vieille Plymouth à l'occasion de la grande fête. Fou des voitures anciennes, il ne manque pas de le lui rappeler.

– Si tu as besoin d'un conducteur pour ta Plymouth, tu peux toujours compter sur moi.

– Zut ! j'allais oublier ! répond Nestelle. Demain à neuf heures, j'ai rendez-vous au garage Pouffe.

La voyant chargée d'assiettes, Piquetout lui dit, d'une voix douce comme du miel :

– Ne t'en fais pas pour nous, ma princesse. Allez ! va te libérer les bras, je m'occupe de faire les cappuccinos. Ensuite, mes amis et moi irons commencer les travaux en vue de l'installation des réverbères dans le rang.

– D'accord !… Et soyez prudents, dans le rang.

Trop débordée pour discuter davantage, Nestelle embrasse son beau prince et entre dans la cuisine. Piquetout passe derrière le comptoir et s'empresse de mettre en marche l'appareil à cappuccino, puis fait mousser le lait chaud. Le temps de le dire, l'appareil entre en éruption, éjectant un geyser de vapeur. Au même moment, Piquetout entend la voix du maire, curieusement haut perchée, qui houspille Nesbit. Nestelle ressort de la cuisine et se dirige vers le magasin général.

– Que puis-je faire pour vous aujourd'hui, monsieur le maire ?

– Je vais prendre un flacon d'huile pour mon allergie ; à cette période de l'année, les vesses-de-loup arrivent à maturité, ce qui me cause de grands désagréments. Le médecin n'arrive toujours pas à comprendre pourquoi je suis allergique à la poussière de ce champignon bâtard. Les symptômes sont pires que jamais.

Le maire fait une pause, espérant voir le mystérieux

personnage du quêteux surgir dans le magasin. Aussi, il regarde sournoisement en direction du passage qui donne accès au café. Affichant un sourire artificiel, Nestelle essaie de garder son calme : elle se doute qu'il conspire contre Piquetout et cherche à le provoquer. Soudain, l'expression du visage de Winberger change radicalement, traduisant maintenant toute la tristesse d'un être désolé et rempli de compassion.

– Je vais devoir faire appel à des spécialistes. Une opération pesticide s'impose. Malheureusement, ça va coûter cher aux fermiers puisque ce champignon se trouve principalement dans leurs champs. Pauvres fermiers ! C'est encore eux qui vont payer la note. Enfin ! Nous verrons, les membres du conseil de la ville et moi, ce que nous pouvons faire pour les aider. Quelle triste histoire pour ces bonnes gens…

« Si tu crois que je vais te laisser faire, espèce de vieux rapace ! » se dit Piquetout qui, l'ayant entendu, meurt d'envie d'aller dans le magasin. Mais le moment n'est pas encore arrivé d'affronter le maire. Craignant de perdre le contrôle de ses émotions, il s'empresse de verser le lait mousseux sur les cafés et prend sur le comptoir quelques biscuits à la mélasse, qu'il met dans un sac.

– Allons-y, messieurs, suggère-t-il ensuite à Dim et à Paulo.

Quand les trois hommes se retrouvent à l'extérieur, Paulo monte dans son camion et prend les devants.

Dim le suit, pas très loin derrière. En voyant Piquetout qui affiche son visage des mauvais jours, il est prêt à parier que le maire en est la cause.

– Laisse-moi deviner… Tu penses à Winberger, n'est-ce pas ?

En quelques mots, Piquetout résume les propos du maire, que, de toute évidence, Dim n'avait pas entendus. Ne semblant pas y accorder trop d'importance, Dim le rassure :

– Je suis certain que Cameron s'emparera de « l'affaire pesticide ». Il écrira un article très intéressant sur la façon, peu orthodoxe, dont le maire traite les fermiers. En attendant, ne laisse pas ses manigances te gâcher la journée. Profite plutôt du paysage ; ici, la nature est luxuriante comme nulle part ailleurs dans le pays. Au cours du dernier siècle, nous avons subi un changement de température spectaculaire qui a donné à la région des allures de pays du Sud. De nouvelles espèces végétales, de type tropical, sont apparues. Il y a quelques années, un paléobotaniste et un météorologue de renommée mondiale ont débarqué dans la région en croyant pouvoir expliquer le phénomène. Tu peux imaginer la tête qu'ils ont faite en découvrant qu'il y avait, dans le rang, des plantes vénéneuses datant de la préhistoire. Après une entrevue avec le paléobotaniste, qui avait soigneusement examiné les végétaux, Cameron a écrit un article du tonnerre. Regarde les arbres le long du rang ; ils sont immenses.

Tu ne me croiras peut-être pas, mais ces arbres poussent à une vitesse inimaginable. Nous ignorons la cause du phénomène, mais une chose est certaine : la région autour du rang des Mains sales est la plus touchée par ce bouleversement. D'autres découvertes plus étonnantes encore ont été faites par des paléontologues. Eh oui ! ces experts en fossiles ont trouvé des ossements d'animaux préhistoriques. Le plus bizarre, c'est que de nombreux ossements appartenaient à une même espèce : l'ancêtre de l'autruche. À une certaine époque de la préhistoire, cet oiseau prédateur, de plus de deux mètres et pesant plus de cinq cents kilos, régnait sur le monde animal. Je crois qu'on l'appelle le « gastorinus ». Toujours est-il que cet oiseau utilisait son bec coupant pour attraper sa proie, qu'il secouait ensuite avec une telle force que quelques secondes lui suffisaient pour l'égorger. Tu imagines !... Les paléontologues ont également découvert quelques os appartenant à l'ancêtre du cheval, le propulotérus, je crois... Non, c'est plutôt le propulotérium. Oui, c'est ça !

Fasciné par l'histoire de Dim, Piquetout observe avec grande attention les chênes et les saules pleureurs gigantesques qui longent les terres des fermiers. Devant le véhicule, un matelas de feuilles mortes recouvre la route de gravier. Tournant la tête vers l'arrière, Piquetout voit alors un nuage de feuilles qui, en virevoltant, ont l'air d'exécuter une danse.

– Nous y sommes, Piquetout. Voici la ferme familiale des Poutch.

Dim s'engage dans l'entrée gravillonnée, puis gare la jeep près de la véranda. Piquetout descend aussitôt ct admire le domaine. Mais comme l'heure avance et qu'il reste encore beaucoup à faire, Dim l'invite à entrer dans la maison.

Malgré le changement climatique, le mois d'octobre fait toujours son œuvre et l'automne présente des décors féeriques avec les feuilles qui changent de couleur. Les vents, parfois, peuvent être cinglants, comme ç'avait été le cas ce matin-là. Le temps étant plutôt humide, Dim avait bourré le poêle à bois de bûches avant de quitter la maison. Il n'est donc pas surpris d'y voir encore des braises ardentes lorsqu'il soulève un des ronds. À l'aide de son tisonnier, il brasse les tisons rouge-orangé, puis laisse tomber une bûche, faisant jaillir des étincelles.

Pendant ce temps, Piquetout, accroupi, fait connaissance avec Cyclope qui lui fait une démonstration d'affection humide en lui léchant le visage.

– Je suis enchanté de faire ta connaissance, Cyclope !… Cyclope, répète-t-il comme pour lui-même tout en flattant le boston-terrier. Isory lui a donné un nom très original, ajoute-il en s'adressant à Dim.

– Elle aurait dû l'appeler Ciboulette, commente celui-ci.

– Et pourquoi ?

– Parce qu'il adore mâcher mon tabac à pipe, le tabac que seule Nestelle sait si bien préparer.

– Ah! tu veux dire celui auquel est mélangée de la ciboulette.

– Exactement! J'ignore pourquoi, mais Cyclope fait une fixation sur mon tabac… Mais trêve de plaisanterie, Piquetout. Je crois que nous devrions sortir. Regarde dehors. Paulo arrive avec son tracteur et sa taraudeuse.

– Tu as raison… Cyclope, ça m'a fait un grand plaisir de te rencontrer. À une prochaine fois, mon vieux.

Les deux hommes sortent aussitôt et vont rejoindre Paulo qui, au volant de son énorme tracteur, roule tranquillement dans leur direction. Arrivé près d'un des piquets marquant les endroits où seront installés les réverbères, Paulo met en marche la taraudeuse. Dim enlève le piquet et s'éloigne pour lui laisser la place. Quand Paulo abaisse la manette, la machine-outil s'enfonce dans le sol envahi de ronces, comme dans du beurre; cependant, à moins de deux mètres de profondeur, elle s'arrête brusquement. Prudent, Paulo retire la taraudeuse, puis va retrouver Dim et Piquetout qui, penchés au-dessus du trou, sont pantois. À son tour, il jette un coup d'œil et reste bouche bée lui aussi : tout au fond, il aperçoit une chose étrange, blanche comme de la craie.

– Qu'est-ce que ça peut bien être? demande Paulo

sur un ton préoccupé.

Dim croise le regard de Piquetout et dit :

– Est-ce que tu penses à la même chose que moi ?

– Je crois bien ! Paulo, tu veux bien remonter dans le tracteur et faire des trous dans un périmètre de deux mètres ? Nous allons jouer aux paléontologues !

Au bout d'une heure, les trois hommes ont complètement déterré la chose blanche d'un mètre de long, qui est en fait un os gigantesque. Tout autour, le sol est constellé d'autres os, un peu plus petits. Dim affiche un sourire malicieux. Intrigué, Piquetout le questionne :

– Que concoctes-tu, Dim ?

– Oh, rien… Je me disais que Cameron sera intéressé par notre découverte, et mon petit doigt me dit qu'il sera heureux d'être le premier à l'apprendre.

Piquetout est suspendu aux lèvres de Dim, espérant qu'il lui raconte une anecdote impliquant le maire. Après une courte pause, Dim reprend, le sourire fendu jusqu'aux oreilles.

– Cette découverte va placer Winberger dans une fâcheuse position : de quoi aura-t-il l'air lorsque les chercheurs et les journalistes apprendront que notre maire n'a pas fait asphalter cette route, ni installé des réverbères dans un endroit si merveilleux ?… J'ai l'impression que, très bientôt, nous lirons dans le journal que le conseil de ville a finalement accepté le projet d'asphaltage du rang des Mains sales.

Pour Dim et Paulo, ce qu'ils viennent de mettre au jour n'est pas plus extraordinaire que les découvertes archéologiques faites précédemment. Dim se dit que le musée de Cacouna aura un spécimen de plus à présenter aux élèves et aux nombreux touristes qu'accueille la région. Les deux amis font cependant erreur : leur découverte est particulière, car toutes les précédentes, sauf une, ont été faites à plus de quatre mètres sous terre.

C'est grâce à un professeur de biologie si les ossements d'animaux préhistoriques avaient été trouvés. Au cours d'une excursion, il avait remarqué une plante dont la variété lui était inconnue. Après avoir analysé les racines de la mystérieuse plante, il avait conclu qu'elle avait plus d'un siècle. Jugeant sa découverte singulière, il avait immédiatement téléphoné à un ami, paléobotaniste, qui, intrigué, était accouru à Cacouna. Le paléobotaniste, qui n'avait jamais vu un spécimen de ce genre, estimait cependant qu'il pouvait s'agir d'une plante vénéneuse. Heureusement, la bibliothèque municipale disposait d'une impressionnante collection de livres sur les végétaux, dont un entièrement consacré aux plantes vénéneuses. Une journée durant, le spécialiste était resté dans la bibliothèque à lire l'ouvrage en question. Il y avait appris que tous les spécimens de ce genre découverts lors de fouilles archéologiques avaient été trouvés près de carcasses d'animaux préhistoriques, et plus particulièrement à côté du propulotérium, l'ancêtre du cheval. Cet animal se nourrissait presque exclusivement de raisins de la plante vénéneuse, qui, en mûrissant, fermentaient, avec pour effet que l'animal devenait comme soûl. À la lumière de ces informations, le paléobotaniste avait émis une hypothèse : vu la présence dans la région d'une plante vénéneuse dont l'origine remontait à la préhistoire, il était raisonnable de penser qu'il pouvait également y avoir des ossements de propulotériums.

Peu de temps après, des paléontologues entreprenaient des fouilles, qui s'avérèrent très fructueuses. Cependant, les ossements qu'ils découvrirent un certain jour de l'Halloween, il y a quelques années, remettaient en cause toutes leurs hypothèses, puisqu'ils se trouvaient à moins de deux mètres sous terre, ce qui laissait croire qu'ils étaient là depuis peu. Voilà ce qu'auraient aussi pu conclure Dim, Paulo et Piquetout en constatant le peu de profondeur où reposaient les os qu'ils venaient de déterrer. Mais comme cette pensée ne leur traversa pas l'esprit, nos fermiers n'avaient aucune idée de l'importance de leur découverte.

Puisque la journée s'achève, Dim va chercher une grande toile de polythène et recouvre le site avant la disparition des derniers rayons de soleil. Puis les trois hommes prennent la direction de Cacouna où les jeunes les attendent. Du moins, c'est ce que pense Dim.

Au même moment, Nil essaie de convaincre ses amis d'ouvrir la partie scellée du livre des anciens ;

il semble avoir oublié ce qui était arrivé à Esméralda quand elle avait désobéi aux recommandations d'Édouard. Matt, qui vient de jeter un coup d'œil à l'extérieur du kamu, presse ses amis :

– Il est l'heure de partir ! Dehors, la lumière du jour s'atténue et je parie que Dim et Paulo sont sur le point d'arriver à Cacouna. Nil, je crois qu'il serait préférable que tu me remettes le livre des anciens. Je sens que ta curiosité risque de l'emporter sur ta raison.

Nil fourre prestement le livre dans la poche de son jean. Le regard offusqué, il proteste :

– T'as fini de me bassiner ? Te prends-tu pour la voix de ma conscience ? Comment vais-je apprendre à devenir un initié honorable si tu es toujours là à vouloir nous protéger comme des enfants ? Même si je meurs d'envie d'ouvrir le grimoire, j'arriverai à résister à cette tentation sans ton aide.

Dérouté par la réaction de Nil, Matt enlève ses lunettes pour la ixième fois. Il sort un mouchoir de coton de la poche de son pantalon et les essuie douce-ment. Bien qu'il soit soulagé de voir Nil prendre ses responsabilités d'initié, il ne s'attendait pas à une réac-tion aussi virulente de sa part. Il remet ses lunettes et s'approche de lui pour lui donner l'accolade.

– Excuse-moi, mon frère ! Tu as raison. Tu réussiras à vaincre cette tentation parce que tu es un être excep-tionnel. Sache que je suis fier de t'avoir comme com-pagnon initié. À partir de maintenant, je tâcherai de m'abstenir de faire des commentaires semblables. Maintenant, je crois qu'il est temps de partir. Dim et Paulo doivent déjà nous attendre. Esméralda, est-ce que tu peux marcher ?

– Oui, je crois. Je n'ai que des égratignures.

À tour de rôle, les initiés empruntent la sortie secrète du kamu. Aristophane, le dernier de la file, voulant s'assurer que personne ne découvre la grotte, prend quelques minutes pour replacer les plantes grimpantes. Soudain, il entend des bruits de feuilles et de branches qui se cassent. Vivement, il pivote sur ses talons et scrute fiévreusement l'endroit d'où proviennent les bruits. Dans le sous-bois envahis de ronces à la droite du champ, il aperçoit alors, non pas ses amis, qui se sont déjà engagés dans le sentier, mais Gédéon et ses acolytes approchant au pas de charge. Ils sont si proches qu'Aristophane n'a que le temps de s'immobiliser et, comme un caméléon, de prendre la couleur du lierre derrière lui. À présent, Gédéon se trouve à quelques pas du kamu et regarde les plantes grimpantes. Aristophane retient sa respiration en espérant ne pas être découvert. Comme si la situation n'était pas assez angoissante, une énorme mygale, dont la morsure est très douloureuse, se promène dans le lierre.

Voyant l'air plus irrité qu'apeuré du chef de gang, Aristophane comprend qu'il ne le voit pas. En fait, Gédéon, les bras croisés, commence à s'impatienter.

Il se racle la gorge comme pour demander des explications à Cahius. Celui-ci l'a entraîné dans les environs en lui laissant croire qu'Isory et ses amis s'y trouvaient, alors qu'il n'y a même pas l'ombre d'une souris. Après avoir tourné la tête dans tous les sens dans l'espoir d'apercevoir au moins un des membres du groupe, Cahius affirme :

– Je t'assure, Gédéon, j'ai entendu la voix de l'Indienne. Elle avait l'air de paniquer comme si quelqu'un la pourchassait.

Le chef ne répond pas. Il s'approche de Cahius et lève le bras. Croyant que Gédéon allait le gifler, Cahius ferme les yeux. Après quelques secondes, il les entrouvre et voit son chef qui enlève un bout de tissu pris dans les branches d'un rosier sauvage. Aristophane, toujours invisible, se dit qu'il s'agit très probablement d'un morceau de la chemise d'Esméralda, qui, dans sa course, avait dû rester accroché à l'arbuste.

Gédéon et Cahius sont maintenant si près du mur de plantes grimpantes qu'Aristophane peut sentir leur odeur corporelle. Une idée lui vient alors : il fixe la mygale, qui se met aussitôt à flotter dans les airs avant d'atterrir sur la tête de Gédéon. En voyant la grosse araignée, Cahius et ses compères deviennent blancs comme un drap. Doucement, ils s'éloignent en reculant, et pointent le doigt vers la tête de leur chef. Gédéon comprend alors que quelque chose cloche chez lui.

– Hé ! qu'est-ce que vous avez ?

La voix à peine audible, Cahius dit :

– Sur ta… tu as… une…

À cet instant précis, la mygale marche sur la tête de Gédéon, puis sur son front. Pétrifié, celui-ci lève les yeux et entrevoit l'araignée. Gédéon reste d'abord sans voix, puis il pousse un cri de mort et, tout en sautillant, se frappe le front à quelques reprises. Dans sa panique, il se retourne et voit alors des dizaines de mygales dans le lierre. Estomaqué, les yeux écarquillés, Gédéon s'éloigne de la sortie secrète sans regarder où il marche et pose malencontreusement le pied sur une branche recouverte de mousse fine et humide. Il perd l'équilibre et tombe sur un lit de feuilles mouillées. Le visage crispé de rage, il se relève, tourne les talons et quitte l'endroit au pas de course.

La voie enfin libre, Aristophane reprend sa propre couleur et s'empresse d'aller rejoindre ses amis, qui l'attendent avec impatience dans la cour d'école.

– Mais qu'est-ce que tu fabriquais ? lui demande Isory dès qu'il arrive.

– On a un problème !

– Lequel ?

– Gédéon et ses clowns ! À mon avis, ils sont sur le point de découvrir l'entrée secrète du kamu.

12

Coup de théâtre
pour le maire Winberger

Lorsque Matt avait traversé les champs de vulpin humides, ses lunettes étaient devenues si embuées que, maintenant, il arrive à peine à voir Aristophane. Il les enlève donc pour les essuyer. Puisque son chandail est couvert de gouttelettes d'eau, il glisse la main dans la poche de son pantalon pour y prendre son mouchoir et constate alors que son sac de popofongues ne s'y trouve plus. Relevant la tête, il regarde Isory qui, sentant les yeux de Matt rivés sur elle, se retourne aussitôt. Son ami lui semble préoccupé, et pour cause : perdu dans ses pensées, Matt revoit la scène, dans le kamu, où il nettoyait ses lunettes pendant que Nil lui défilait un chapelet de reproches. Il se dit que son sac de cuir a dû tomber par terre quand il a sorti son mouchoir de sa poche. Une idée épouvantable surgit dans sa tête : s'il fallait que Gédéon pénètre dans le kamu et trouve les popofongues ! Seuls les initiés ont le droit d'utiliser les pouvoirs de ces fruits.

Aristophane, qui n'a pas encore remarqué le regard ahuri de Matt, poursuit :

— Je replaçais le lierre à la sortie du kamu lorsque j'ai entendu des voix. Très vite, j'ai compris qu'elles appartenaient à Gédéon et à ses complices, mais je n'ai pas eu le temps de filer. Je me demande…

En s'approchant de Matt, Isory observe l'expression de son visage, complètement transformée : son ami a les paupières grandes ouvertes et les sourcils relevés, et il se mord la lèvre inférieure. Aussi interrompt-elle Aristophane en tirant Matt de ses pensées.

— Qu'y a-t-il, Matt ?

— Je crois que nous avons un deuxième problème.

— Et de quoi s'agit-il ?

— Mon sac de popofongues ! Tout à l'heure, dans le kamu, j'ai sorti un mouchoir de mon pantalon pour nettoyer mes lunettes, et mon sac est tombé. Ce qui veut dire que…

— Si, par malheur, Gédéon entre dans le kamu, le coupe Esméralda, il risque de mettre la main dessus.

Au même instant, Isory perçoit le vrombissement d'une jeep s'approchant de l'école.

— Ah non ! c'est grand-père. Nous allons devoir poursuivre cette discussion plus tard ; je ne voudrais surtout pas que Dim et Meg apprennent quoi que ce soit sur cette histoire.

Sur le chemin du retour, mis à part le bruit du moteur, c'est le silence dans la jeep. Exténué, Dim ne pense qu'à une chose : rentrer au plus vite, prendre un bon repas et lire son journal tout en fumant sa pipe. L'idée d'annoncer à sa petite-fille l'étonnante découverte des ossements ne lui effleure même pas l'esprit. Isory, Matt et Aristophane, bien qu'ils appréhendent les événements à venir, sommeillent tout le long du trajet. Non loin derrière, dans le camion de Paulo, Nil et Esméralda aussi se sont endormis.

Dès que Paulo immobilise son véhicule en arrivant chez lui, Nil et Esméralda se réveillent. Une lueur d'angoisse passe brièvement dans les yeux de Nil qui fourre prestement la main dans la poche de son pantalon pour vérifier si le livre des anciens y est toujours.

– Ouf! j'ai eu peur.

– Tu pensais avoir perdu le livre? lui demande Esméralda en chuchotant pour ne pas attirer l'attention de Paulo.

– C'est exact. Allez, descendons!

Alors que Paulo se dirige vers l'étable, les deux jeunes entrent dans la maison, où il n'y a personne, Samanta étant encore au magasin général avec Meg et Nestelle. À peine entré, Nil monte à sa chambre, prétextant vouloir changer de chemise. En fait, il se méfie d'Esméralda, croyant qu'elle essayera de lui subtiliser le grimoire. Il s'enferme donc à clé dans sa chambre.

En jetant un regard circulaire dans la pièce, il se demande où il pourrait bien cacher le livre, qui devient soudainement si chaud qu'il arrive à peine à le tenir. Comme s'il avait une patate chaude dans les mains, il le fait sauter à quelques reprises, tout en émettant des petits « ouh ! ouh ! ouh ! », puis le lance sur le lit. Lorsque le livre tombe, la partie scellée s'ouvre. Nil s'approche et jette un regard furtif, sans oser lire le texte. À cet instant précis, Esméralda cogne à la porte. Illico, il lui ouvre. Surprise de le voir toujours vêtu de la même manière, elle le soupçonne de lui avoir menti.

– Est-ce qu'on peut savoir ce que tu fabriques ?

– Oh, pas grand-chose. Je lézarde…

– J'espère que tu n'es pas en train de lire le…

En apercevant le livre ouvert sur le lit, Esméralda ne termine pas sa phrase. Curieuse, elle s'approche et commence à lire ce qu'avait écrit Atylas :

– *Caché dans les bois de Cacouna, j'ai vu la créature s'attaquer à un jeune gastorinus, qui était tout près d'un propulotérium mort.*

Nil et Esméralda se lancent un regard effrayé. Tout à coup, plein de détails reviennent à la mémoire de Nil, qui dit :

– Souviens-toi des propos d'Isory l'autre jour, dans l'autobus, lorsqu'elle nous racontait l'histoire du sortilège de Cacouna : elle a parlé d'ossements de gastorinus et de propulotériums que des paléontologues avaient trouvés au cours de leurs dernières fouilles.

Elle s'en souvenait très bien parce que ce n'était pas un jour comme les autres : c'était le jour de l'Halloween.

Nil fait une pause, attendant une réaction de la part d'Esméralda. Celle-ci réfléchit quelques instants, puis lève les épaules comme pour signifier qu'elle ne comprend pas exactement à quoi il veut en venir. Alors, Nil poursuit :

– Les ossements des animaux préhistoriques découverts ce jour-là avaient quelque chose de particulier : ils gisaient à moins de deux mètres sous terre. Après des analyses au carbone 14, les paléontologues ont déclaré que les ossements n'avaient pas plus de deux cents ans.

Nil fait de nouveau une pause, mais Esméralda réagit comme la première fois, par des signes traduisant son incompréhension. Sans plus attendre, il reprend donc :

– Moi, je crois même que ces ossements n'ont pas plus que cent ans. Cela correspondrait à l'époque où Atylas vivait. Qui sait, le gastorinus découvert par les paléontologues est peut-être celui auquel il fait allusion dans le livre des anciens.

– Peut-être, mais ça ne nous dit pas plus qui est la créature.

– Ce n'est pas sorcier à comprendre, Esméralda. Atylas parle de son guide. Ça me semble évident, non ?

Nil se tait un moment, le temps de réfléchir sur les hypothèses qu'il vient d'émettre comme s'il s'agissait de faits. Soudain, les pièces du puzzle commencent à s'ordonner dans sa tête.

– Morbleu ! Et si c'était notre guide ? Si Zeugme est capable de se transformer, d'un chat en une créature affreuse, comme bon lui semble, il pourrait très bien avoir la faculté de vivre quelques centaines d'années… Il y a pourtant quelque chose qui ne colle pas dans cette histoire.

– Et qu'est-ce qui ne colle pas ?

– D'après Édouard, les gastorinus et les propulotériums ne peuvent pas sortir de la vallée des Émeraudes. Tu ne trouves pas ça légèrement étrange ? (Ç'avait d'ailleurs été la remarque de Nil quand Isory avait parlé de l'histoire que racontent les habitants au sujet du sortilège de Cacouna.)

– C'est le moins qu'on puisse dire ! La question à se poser est donc la suivante : pourquoi la créature, ou le guide d'Atylas, comme tu dis, a-t-elle attiré ces animaux préhistoriques à l'extérieur de la vallée des Émeraudes ?

Nil s'avance un peu plus près du lit et prend le livre dans ses mains. Il regarde ensuite Esméralda et, sur un ton sérieux, lui demande :

– Pourquoi la section scellée du livre s'est-elle ouverte, là, maintenant, et à cette page précise ?

– Peut-être que le livre essaie de nous dire quelque chose.

Si Esméralda avait vu juste, il ne leur restait plus

qu'à décoder le message – ce qui n'allait pas tarder.

Soudain, dehors, un bruit violent éclate. Esméralda croit d'abord que c'est le tracteur de Dim, mais, en regardant par la fenêtre, elle voit la voiture ancienne de Nestelle – dont le silencieux est percé – s'engager dans la cour des Grain-de-Blé. Une fois le véhicule immobilisé, Samanta en descend, puis referme la porte tout en lançant des « au revoir, Piquetout, au revoir, Cameron, à la prochaine, Proximo ». Curieux d'entendre ce qu'elle aurait à dire, Nil passe la tête dans l'entrebâillement de la porte et écoute la conversation entre Samanta et Paulo.

– Dis-moi, Samanta, Piquetout t'a-t-il mentionné que nous avons découvert des ossements d'animaux préhistoriques aux abords du champ des Poutch ?

– Non seulement l'a-t-il mentionné, il a raconté toute l'histoire en détail. Cameron a profité du trajet pour l'interviewer. J'ai vraiment hâte de lire ce qu'il écrira à ce sujet. Son article devrait paraître dès demain. Proximo, le photographe du *Pika Pioche*, faisait également partie du voyage ; il prendra certainement des photos des ossements. Ce que j'ai trouvé très surprenant, je dirais même effrayant, dans cette histoire, c'est que les ossements se trouvaient à peine à deux mètres sous terre.

– Pourquoi dis-tu que c'est effrayant ? Ce n'est quand même pas la première fois qu'on trouve des ossements à cette profondeur.

– Tu as raison, Paulo. Cependant, malgré les nombreuses fouilles archéologiques effectuées à Cacouna, une seule fois les scientifiques ont trouvé quelque chose à moins de deux mètres. Et je te souligne que c'était il n'y a pas si longtemps !

– Qu'essaies-tu de me dire, Samanta ?

– Que ces animaux ont très probablement vécu à notre époque. Ça me paraît évident, non ? Notre bétail a peut-être attiré cette espèce de grosse dinde. Ça expliquerait le carnage de notre cheptel de veaux. Quelle horreur ! Ils avaient été mangés presque en entier. L'ignoble bête n'avait laissé que les os. À mon avis, la mort tragique de Joss Poutch, qui a eu lieu peu de temps après le massacre des veaux, n'a rien d'une simple coïncidence : la chose qui l'a attaqué est peut-être un de ces animaux préhistoriques.

– Chut, Samanta ! Ne parle pas si fort. Tu ne veux quand même pas effrayer Alison.

– Il n'y a pas de danger qu'elle nous entende. Je l'ai laissée chez Omer, aujourd'hui. Elle devait aller à la pêche avec lui et son petit-fils, Simon. D'ailleurs, ils vont certainement revenir bientôt.

À l'étage, Esméralda, qui a elle aussi écouté la conversation se déroulant au rez-de-chaussée, est terrassée par les hypothèses de Samanta. D'un ton monocorde, elle lance :

– Juste ciel ! Samanta vient probablement de nous donner la clé permettant de décoder une partie du message : selon moi, les animaux préhistoriques ont été attirés hors de la vallée pour ensuite être traqués. Contrairement à Samanta, je ne crois pas qu'ils ont été attirés par les veaux, mais plutôt qu'ils étaient les proies d'une créature qui les pourchassait sans pitié.

– C'est ça ! s'exclame Nil. Tu as raison. T'es géante, Esméralda, wow !

Soudain, Nil arrête de parler, comme s'il venait de réaliser le sens de cette révélation : Zeugme est peut-être celui qui a attiré les gastorinus hors de la vallée des Émeraudes.

– Mais alors, Esméralda, reprend Nil sur un ton sceptique, pourquoi Zeugme m'a-t-il sauvé la vie au moment où j'allais m'écraser tout au fond du précipice, le jour où nous traversions les épreuves du kamu ?

– Parce qu'il veut gagner notre confiance, Nil. Rappelle-toi le commentaire d'Atylas au sujet de la stratégie particulière qu'utilisait son guide pour piéger un initié : *N'importe qui peut évaluer la force d'un vis-à-vis, mais, si cette personne ne se méfie pas, elle ne tiendra pas compte de ce que l'autre peut lui cacher.* Je n'arrive pas à y croire ! Malgré toutes les évidences, tu cherches encore à le défendre ! Moi, ce Zeugme, je vais l'avoir à l'œil.

Les deux amis restent silencieux quelques instants, chacun dans ses pensées. Puis Nil, l'air tristounet, lance :

– Ça va être une fête de l'Halloween plutôt moche.

Moi qui pensais pouvoir m'éclater.

— Pourquoi dis-tu ça, Nil ?

— Demain soir, c'est la grande soirée des festivités dans la ville de Cacouna. Et qui, crois-tu, sera sur nos talons ?

Avant même qu'Esméralda prononce un mot, Nil poursuit :

— Gédéon et ses clowns. Et si ce que tu prétends est vrai, Zeugme voudra sans doute profiter de ce moment pour attaquer l'un d'entre nous. C'est l'occasion rêvée pour lui. Isory m'a dit que, pour la fête, les pompiers déposent des blocs de glace sèche dans les poubelles des rues où se déroulent les festivités. La belle affaire ! La fumée qui s'en dégagera donnera à ce secteur de la ville une ambiance plus mystérieuse, mais, aussi, elle réduira notre champ visuel.

— Il ne manquerait plus que le maire s'en mêle, répond Esméralda pour alléger l'atmosphère. Bon ! comme ce sera bientôt l'heure où vont boire les lions, je m'en vais dans ma chambre.

— L'heure de quoi ? fait Nil, l'air étonné.

— L'heure où vont boire les lions ! C'est une expression que mon grand-père utilisait pour me dire qu'il était temps d'aller me coucher.

— Wow ! Il était géant, ton grand-père. Bonne nuit, Esméralda.

— C'est ça, bonne nuit, Nil.

Aux yeux d'Esméralda, les preuves s'amoncèlent

contre Zeugme. Ce qui n'avait rien de bien rassurant. Et comme si ce n'était pas suffisant, elle n'arrive plus à chasser de son esprit la prédiction de Nil au sujet d'une attaque au cours de la soirée des festivités. Lorsqu'elle se retrouve dans sa chambre, elle ferme la porte à double tour, saute dans son lit et se cache la tête sous l'édredon, espérant tomber rapidement dans les bras de Morphée. Malheureusement, la nuit s'annonce plutôt longue, car elle n'a pas sommeil. Alors, elle se relève et, de la fenêtre, regarde le ciel nocturne. La pleine lune, opaline, projette son ombre sur la maison des Poutch, plongée dans le noir.

Le lendemain, la ville de Cacouna se réveille sous un décor presque invraisemblable. Les touristes, pourtant fidèles au rendez-vous depuis plusieurs années, n'arrivent pas à distinguer les maisons des commerces tellement les décors sont surprenants. Même les enseignes des commerçants sont camouflées. Tout est enfin prêt pour la grande fête de l'Halloween.

Le jour à peine levé, un camelot déguisé en fou du roi lance mollement un ballot de journaux sur le pas de la porte du magasin général. Piquetout, qui se trouve déjà dans le magasin, entend un bruit sourd et lève la tête en direction de la porte vitrée ; apercevant le ballot, il s'empresse d'aller le chercher. Tout en coupant les ficelles retenant les journaux, il jette un œil sur l'exemplaire du dessus et éclate de rire : la découverte des ossements fait la manchette.

Le Pika Pioche LE JOURNAL DES GENS CURIEUX

VENDREDI 30 OCTOBRE   48ᵉ année / n° 68

Les ossements d'un oiseau préhistorique découverts dans le rang des Mains sales

Hier, deux très respectables citoyens de notre ville, MM. Poutch et Grain-de-Blé, accompagnés de Piquetout les Doigts longs, ont fait une étonnante découverte : celle d'ossements d'un animal préhistorique.

Hier, aux commandes de son tracteur, Paulo Grain-de-Blé creusait un trou, sous l'œil attentif de ses amis, en vue de l'installation de réverbères dans le rang des Mains sales, une initiative personnelle puisque la Ville a refusé de participer à ce projet. Imaginez la stupéfaction de nos trois hommes lorsque la taraudeuse a heurté un os gigantesque. Chose encore plus étonnante, les ossements de l'animal se trouvaient à moins de deux mètres dans le sol. Il y a fort à parier que les paléontologues arriveront aujourd'hui même dans le rang des Mains sales, afin de protéger le site. Nous ignorons encore de quel type d'animal il s'agit ; cependant, nous pouvons déjà penser à un gastorinus ou bien à un propulotérium, puisque tous les os mis au jour précédemment par les spécialistes appartenaient à ces deux espèces.

Piquetout voit déjà la tête du maire lorsqu'il lira l'article. Prestement, il se rend dans le café et lance le journal sur le comptoir, où Nestelle se prépare un cappuccino. Surprise par son geste, elle jette un coup d'œil sur la une. Ce n'est cependant pas l'article principal qui attire son attention, mais la mention « L'affaire champignon, voir page B2 ». Elle ouvre le journal à la page précisée et lit l'article en question, signé par Cameron.

> Le *Pika Pioche* a appris hier, de source sûre, qu'une opération « pesticide » se prépare, visant à éliminer le champignon familièrement appelé « vesse-de-loup ». Malheureusement, les terres les plus touchées seraient celles des fermiers où l'on trouve ce champignon en grande quantité. À notre grand soulagement, nous avons reçu un communiqué provenant du bureau du maire, lequel promet le soutien financier de la ville de Cacouna ; M. Winberger lui-même s'est engagé à fournir un produit naturel qui, apparemment, n'aura aucun impact sur l'écologie de la région. Ainsi, nos cultivateurs pourront récolter le fruit de leur labeur en toute quiétude.
>
> Disons un gros merci. Grâce à vous, monsieur le maire, les Cacounois pourront se procurer des légumes et du grain sans pesticide. Au nom de tous les citoyens, merci de vous préoccuper de notre santé.

En dessous de l'article, Nestelle regarde le communiqué reproduit, signé par le maire lui-même. D'un geste éloquent, elle dépose le journal et pointe l'index vers le communiqué. En le lisant, Piquetout affiche tout d'abord un air médusé, puis éclate de rire étant donné qu'il connaît la source de la supercherie.

– Je t'écoute ! fait Nestelle, le sourire fendu jusqu'aux oreilles.

En quelques mots, Piquetout lui raconte le fond de l'histoire. À son tour, Nestelle imagine le visage du maire lorsqu'il lira cet entrefilet.

– Winberger va faire une crise d'apoplexie, c'est certain ! commente-t-elle. Mais, dis-moi, qui a écrit et signé le communiqué, si ce n'est pas le maire ? Parce qu'on a vraiment l'impression que c'est sa signature.

– Tu veux réellement le savoir ?

– Oui !

– À mon avis, il s'agit du fantôme de Winberger.

– Non ! Allez, dis-le-moi !

– Houuuuu ! Je te laisse deviner. Maintenant, tu m'excuseras, car je dois monter à l'étage pour enfiler mon déguisement.

Pendant ce temps, Nestelle, déguisée en sorcière, s'affaire à préparer le café pour accueillir les clients ; une journée du tonnerre s'annonce. Pour la fête de l'Halloween, même Nesbit porte un costume, enfin, si on peut appeler cela un costume : Nestelle a appliqué un colorant noir sur le poil rugueux de la chèvre et, sur ses cornes, de la peinture à l'eau rouge. Une vraie petite diablesse ! Christabelle aussi a subi le même supplice que Nesbit.

La tête légèrement penchée sur son tiroir-caisse, Nestelle sent soudainement une présence dans le café. Elle lève les yeux aussitôt : c'est son beau prince. Les yeux pétillants, elle sort de derrière son comptoir et s'approche de Piquetout, puis, doucement, porte la main à sa mâchoire, douce comme une peau de bébé, puisqu'il vient de couper sa barbe et s'est rasé de près.

– Je me nomme Jason, Nestelle. Mais, si tu préfères, tu peux continuer de m'appeler Piquetout. Ce sont mes confrères de travail qui m'ont donné ce surnom, que j'aime bien, d'ailleurs. Lorsque je pratiquais le métier d'architecte, j'avais le don de trouver, pour fabriquer mes maquettes, des matériaux que mes confrères qualifiaient d'insolites. Même s'ils se moquaient de mes méthodes peu orthodoxes, ils étaient très impressionnés par le produit final et, surtout, par ses coûts dérisoires. Un jour, l'un d'eux m'avait dit : « Tu prends tout ce qui te tombe sous la main. » Un autre avait ajouté : « Non, il *pique* tout ce qui lui passe sous les doigts ! »

Nestelle boit littéralement chacun des mots de son prince charmant ; son cœur lui paraît léger comme de la fumée. L'œil amusé, Piquetout sort alors de son vieil imperméable en loques, qu'il a revêtu, une barbe blanche, artificielle. En affichant un large sourire, il dit :

– Tu veux bien me teindre les cheveux en blanc ? Pour la grande fête, je serai un vieux quêteux. Qu'en dis-tu ?

– Tu feras le plus beau vieux quêteux qui soit, mon beau prince.

À cet instant précis, Samanta entre dans le café. En voyant le visage de Jason, elle reste sidérée, comme

Nestelle un peu plus tôt, par son nouveau look.

— Piquetout ! C'est bien toi ? Wow ! t'es vraiment un beau mec.

— Merci, Samanta, répond-il, l'air gêné. Tu es bien à l'avance, ce matin… Il n'est que sept heures.

— Le jour de l'Halloween, il n'est jamais assez tôt. Sans parler des imprévus qui arrivent toujours au moment de la journée où on en a plein les bras.

— À ce propos…, dit Nestelle. Tu veux bien prendre la relève ? Je dois aider Jason à se teindre les cheveux.

— Bien sûr, Nestelle. Mais, dis-moi, qui est Jason ?

— Quelle idiote je fais ! Samanta, je te présente Jason, aussi connu sous le nom de Piquetout, surnom qu'il adore. Oh ! mon Dieu ! J'allais oublier : j'ai rendez-vous au garage Pouffe ce matin. Montons, Jason. Le temps me presse.

« Apparemment, Jason vient de dévoiler sa véritable identité, se dit Samanta. C'est étrange, son visage me donne une impression de déjà-vu. Mon petit doigt me dit qu'il a de la famille dans la région. Des yeux comme les siens, ça ne se voit pas tous les jours. J'ai connu une dame qui lui ressemblait étrangement. Si elle était encore de ce monde, j'irais la voir de ce pas pour lui demander si elle a un fils. »

Au bout d'un certain temps, Piquetout revient dans le café, complètement transformé en vieux quêteux. En le voyant, Samanta sourit.

— La barbe te va à merveille, Jason !

– Ce n'est pas l'avis de Nestelle. Bon ! je prends mon café, puis j'irai ouvrir la porte du magasin. Puisque nous fermons exceptionnellement à midi, aujourd'hui, les clients vont certainement arriver plus tôt. Nestelle est en route pour le garage. Le silencieux de sa vieille Plymouth fait des siennes.

Au volant de l'imposante Plymouth 1937 de sa défunte mère, Nestelle attire, malgré les pétarades, les regards admiratifs des citoyens qu'elle croise. Elle se rend chez M. Pouffe parce qu'elle est exaspérée d'entendre les explosions du tuyau d'échappement de l'antique voiture, laquelle sera exposée à l'occasion de la grande fête. Les policiers déplacent les barricades pour la laisser passer. Après avoir tourné dans la rue Saint-Flasque, elle aperçoit le maire, accompagné de Cameron et du photographe Proximo. En voyant l'habituel sourire artificiel de Winberger, elle comprend que celui-ci n'a pas encore vu le journal, fraîchement sorti des presses. Tiré à quatre épingles, ses souliers bien vernis et les cheveux lustrés, le maire affecte de grands airs, bombant le torse. Il répond aux questions de Cameron, qui couvre l'événement annuel tant attendu par tous les Cacounois. Chaque année, la ville, merveilleusement transformée par les décorations de l'Halloween, fait l'objet d'un grand reportage qui, parfois, vous fait dresser les cheveux sur la tête ! Le matin de la Toussaint, les habitants se ruent littéralement au magasin de Nestelle pour acheter l'édition dans laquelle paraît l'article, invariablement intitulé « Le sortilège de Cacouna frappe de nouveau ». En effet, sans qu'on sache pourquoi, tous les ans, le soir des festivités, se produit un phénomène peu bouleversant en lui-même, mais qui inspire néanmoins la peur, car on n'y trouve que des explications nébuleuses.

Entendant la vieille voiture pétarader, Cameron et le photographe tournent la tête en direction de Nestelle. Proximo prend des photos en gros plan de la Plymouth, terre de Sienne, qui s'approche d'eux à vive allure. Frustré d'avoir perdu l'attention de Cameron, Winberger élève la voix. Au même instant, alors que la voiture passe devant les trois hommes, une fracassante détonation retentit, suivie d'une série de bruits assourdissants. Soudain, comme si elle avait été catapultée, une vieille peau d'écureuil sort du tuyau d'échappement de la Plymouth pour choir sur la tête du maire. Ahuri, les yeux ronds comme ceux d'un hibou, celui-ci reste cloué sur place, ne comprenant pas encore ce qui vient de lui arriver.

Rapide comme l'éclair, Proximo prend une photo du résultat de cet incident, puis, étant attendu ailleurs, quitte les lieux. Ne sachant que dire, Cameron, pantois, les yeux braqués sur la chose poilue, s'approche du maire à pas prudents : bizarrement, la peau d'écureuil paraît collée sur la chevelure de Winberger. Dégoûté, Cameron, d'un geste dédaigneux, tapote la curiosité avec le bout de son crayon. Puis il regarde le maire dont le visage, long comme une lame de couteau, et la voix, à peine audible, témoignent de son état d'esprit embrumé.

– Mais voyons, qu'est-ce qui m'arrive ?

Le journaliste, ayant un article à écrire, décide d'écourter l'entrevue. Rouge de colère, Winberger, seul sur le trottoir, reste immobile un instant. Puis, d'un geste rapide, il arrache la chose poilue qui se décolle aussitôt, enfin presque… Apparemment, le nouveau produit pour les cheveux que lui a remis Nestelle contient trop d'amidon de patate ; il s'avère un peu trop collant et, à présent, la tête du maire est recouverte d'une couche de poils de la pauvre bête. Comble de l'humiliation, le camelot, qui s'approche de l'homme le plus respectable de Cacouna pour lui remettre un exemplaire du journal, pouffe de rire.

– Dégage ! aboie Winberger en s'emparant sèchement du *Pika Pioche*.

En voyant le sujet de l'article principal, Winberger est outré : il craint que les fermiers et Piquetout lui volent la vedette. Plus il avance dans sa lecture, plus il fronce les sourcils. Sa mâchoire s'avance et il pince les lèvres. Au bout de quelques minutes, il entend des pas. Malgré sa rage, il lève les yeux du journal quelques secondes, le temps de saluer le cordonnier, qui reste surpris par l'expression sur le visage de cet homme qu'il croyait vénérable : la haine se lit dans les yeux du maire.

Puis Winberger atteint la page B2. Après avoir lu le communiqué, signé de son nom par un imposteur, il craque.

– L'auteur de ce canular ne perd rien pour attendre ! Je l'écraserai, jure-t-il entre les dents. Cette espèce de demi-portion ne pourra plus jamais remettre les pieds dans ma ville.

Fumant de rage, il regarde attentivement la signature qui ressemble en tous points à la sienne. « Comment cet escroc a-t-il réussi à imiter ma signature aussi bien ? se demande-t-il. Quoi qu'il en soit, il va me le payer très cher ! » Tout à coup, plein de détails lui reviennent à la mémoire et il croit pouvoir mettre un nom sur celui qui serait l'imposteur. « Cameron. C'est lui ! J'en suis sûr. »

À cet instant précis, une camionnette noire, aux vitres teintées, ralentit et s'immobilise non loin de lui. Quand le maire reconnaît, sur la portière, le sigle de l'équipe de paléontologues, son regard hostile cède la place à un sourire ridicule. À peine le passager a-t-il baissé sa vitre qu'il se présente :

– Bienvenue, messieurs ! Je suis le maire de Cacouna et c'est un honneur pour moi de vous accueillir dans ma ville. Je présume que vous êtes ici à la suite de la découverte des ossements le long de la route rurale 1 ? À vrai dire, nous vous attendions avec impatience.

Pendant quelques secondes, les deux spécialistes,

qui regardent la chevelure du maire, restent sans voix : celui-ci a l'air tellement ridicule avec ses cheveux aussi lisses qu'une coquille d'œuf et sa touffe de poils, qui lui donne l'allure d'un illuminé. L'un d'eux est sur le point d'éclater de rire, lorsque l'autre intervient.

– C'est bizarre. On nous a pourtant parlé du rang des Mains sales.

– Où avais-je la tête ? Vous ignorez sans doute que le rang vient tout juste d'être rebaptisé route rurale 1. Écoutez, je peux vous y conduire, si vous le désirez. D'ailleurs, j'ai pris soin de faire protéger le site.

– Non merci. Ce n'est pas la peine. Nous connaissons l'endroit. Eh bien, monsieur le maire, nous vous laissons à vos occupations.

La camionnette repart, laissant derrière elle le maire qui regarde de nouveau le communiqué reproduit dans le journal tout en ruminant un plan pour découvrir le vrai fond de l'histoire. « Ces fermiers ! Je ne sais trop pourquoi, mais j'ai l'impression qu'ils sont les complices de Cameron dans cette affaire. Ils commencent vraiment à m'énerver, d'autant plus que le vieux Poutch n'a pas respecté sa parole : il m'avait promis de s'occuper du quêteux. Et comme si ça ne suffisait pas, ils seront tous à la grande fête, ce soir. »

Pendant ce temps, les initiés se sont réunis dans la grange des Grain-de-Blé et discutent de l'article à la une du journal. Nil vient d'exposer son opinion, qui laisse Matt sceptique.

— Attends ! dit celui-ci. Si je résume ton histoire, tu crois que Zeugme a tué le gastorinus et le propulotérium dont parle Atylas dans le livre des anciens. Tu prétends également que c'est lui qui aurait attiré à l'extérieur de la vallée des Émeraudes le gastorinus dont Dim et les autres, hier, ont découvert les ossements. Et, toujours selon toi, notre guide va s'en prendre à nous ce soir. Tu as la mémoire courte, Nil ! Je te rappelle qu'il t'a sauvé la vie.

— C'est vrai, intervient Esméralda. Mais Zeugme l'a peut-être fait pour gagner notre confiance. Il pourrait en effet s'agir d'une ruse. Souviens-toi de la mise en garde d'Atylas, Matt.

L'espace d'un instant, celui-ci se demande à quoi elle fait allusion, puis ça lui revient.

— Ah oui ! je vois… Tu parles de la remarque sur la stratégie qu'utilise son guide pour piéger un initié, c'est-à-dire en le mettant en confiance de manière qu'il ne se méfie pas de ce qui pourrait être caché. C'est bien ça ?

— Voilà ! Tu dois aussi te souvenir de ce que disait Édouard au sujet des animaux préhistoriques : ils ne devaient jamais s'aventurer à l'extérieur de la vallée des Émeraudes. D'après toi, qui d'autre que Zeugme a bien pu les amener à s'éloigner ?

— Je l'ignore, Esméralda… Tu as peut-être raison !

Pour la première fois, Matt, qui jusqu'à présent s'était fait l'avocat du diable, doute de l'identité de guide. Du coup, les propos d'Esméralda l'inquiètent : il ne peut s'empêcher de penser à la grande fête qui doit débuter dans quelques heures.

— Si ce que tu prétends est vrai, les festivités risquent d'être mouvementées ce soir. Il nous faudra surveiller les faits et gestes de Zeugme, et demeurer aux aguets quant à Gédéon et à ses complices, car ceux-ci vont certainement être à nos trousses.

— C'est exactement ce que je disais à Esméralda, hier soir, déclare Nil.

La conversation, peu réjouissante, a l'effet d'un courant d'air glacé sur les initiés, qui gardent tous le silence quelques instants. Puis Isory prend dans ses mains le livre des anciens, que Nil avait déposé sur une botte de foin, et, brisant le silence oppressant, affirme sur un ton convaincu :

— La réponse se trouve dans la partie scellée du livre des anciens ; et cette section s'ouvrira le moment venu, j'en suis certaine. Pour l'instant, je serais d'avis que nous prenions des mesures de sécurité et que nous profitions du temps qu'il nous reste, avant la grande fête, pour parler de nos pouvoirs. Nous avons beaucoup à apprendre à leur sujet.

— Je ne voudrais pas te contrarier, Isory, la coupe Aristophane, mais à mon avis nous devrions parler du popofongue.

— Et pourquoi donc ?

— Hier, ne trouvant pas le sommeil, je pensais à ce

qu'Édouard nous a dit à propos du fruit magique. Il nous a donné les mots clés, *carpe diem*, qui nous permettent d'avoir accès à ses vertus. Cependant, je me suis interrogé sur un détail.

Aristophane fait une pause. Intrigués, ses amis sont suspendus à ses lèvres.

– Puisque le popofongue est un fruit, reprend-il, pourquoi Édouard ne nous a-t-il pas suggéré de le manger au lieu de le tenir dans le creux d'une main ? Ce serait amusant d'essayer, non ?

Nil, Matt et Esméralda saluent son intervention d'un murmure approbateur. Isory, elle, en voyant le regard amusé d'Aristophane, est sceptique.

– Je présume que tu vas l'expérimenter ? lui demande-t-elle.

– Eh bien... vois-tu, j'ai plutôt pensé que, puisque chacun de nous a déjà vécu une expérience disons... exaltante, sauf toi, peut-être que tu pourrais...

Isory comprend aussitôt où il veut en venir et exprime vivement son opposition en hochant la tête de droite à gauche.

– Non, non et non ! Oh non ! Il n'en est pas question. De toute façon, j'ai moi aussi expérimenté les pouvoirs du fruit, bien malgré moi, crois-moi ! Je me réveillais d'un horrible cauchemar et... Et puis, où as-tu pêché cette idée de manger le fruit magique ?

Tous les initiés insistent auprès d'Isory, mais elle ne se laisse pas convaincre. Nil lui fait alors une proposition difficile à refuser.

– En cas de problème, Isory, je mangerai un fruit et je viendrai à ta rescousse. Ça te va ?

Celle-ci reste silencieuse quelques secondes, puis lance un petit « oui » tout en poussant un profond soupir.

Les cinq amis se dirigent donc à l'extérieur, derrière la grange, car Isory doit utiliser les pouvoirs du fruit magique pour voler dans les airs. Après une certaine hésitation, elle sort un popofongue de son sac de cuir. Rapidement, celui-ci change de couleur. Les yeux mi-clos, la tête légèrement penchée en avant, elle se concentre tout en répétant son souhait d'une voix que les autres entendent à peine. Puis elle prononce les mots magiques, *carpe diem*, et avale le fruit, devenu aussi étincelant qu'un diamant. Doucement, elle s'élève de terre, sous les regards sidérés de ses amis, et flotte dans les airs comme le duvet cotonneux des fleurs de pissenlit. Alors qu'elle gagne de l'altitude, Isory, les bras grands ouverts, sent le vent s'engouffrer dans son chandail et dans sa salopette, et elle s'éloigne de plus en plus de la terre ferme, où ses amis ont l'air minuscules. Malheureusement, un brin de panique s'insinue dans son esprit, ce qui a pour effet de lui faire perdre la maîtrise de ses pouvoirs : elle part alors en flèche et file comme un ange fuyant le diable. Pris de panique à son tour, Nil ouvre son sac de popofongues et porte un fruit à sa bouche. Brusquement, Matt lui attrape la main et l'empêche d'avaler le fruit.

– Qu'est-ce que tu fais, Matt? demande Nil, en fronçant les sourcils.

– Je t'empêche de faire une bêtise. Honnêtement, crois-tu pouvoir faire mieux qu'Isory? (D'un signe de tête, Matt indique le ciel.) Il faut trouver une autre solution.

Une idée brillante traverse l'esprit de Nil qui, tout à coup, se dirige en courant vers le champ, où se trouve une vieille diligence. Arrivé tout près de l'antiquité, il saute sur une roue, empoigne le garde-corps du siège extérieur et s'y hisse. De nouveau, il sort de sa pochette de cuir un popofongue, qu'il met dans le creux d'une main, et, tout en prononçant les mots *carpe diem*, fait son souhait. Immédiatement, la voiture est prise d'un tremblement, d'abord léger, puis de plus en plus violent. Sous les yeux écarquillés d'Esméralda, de Matt et d'Aristophane, la diligence se transforme en un aigle gigantesque. Nil a tout juste le temps de s'agripper aux plumes de l'oiseau qui s'envole et file à toute vitesse; le vent doux du matin devient alors si froid qu'il lui cingle la peau du visage. En s'approchant d'Isory, l'aigle copie, avec une agilité remarquable, les figures fantastiques qu'elle exécute bien malgré elle. Nil tend le bras en direction de son amie, qui n'est plus qu'à un battement d'ailes, et, au moment opportun, l'attrape par la salopette. Épuisée, mais hors de danger, elle enveloppe ses bras autour du cou de l'oiseau.

– Est-ce que ça va, Isory ? lui crie Nil.

À bout de force, elle lui répond d'un bref hochement de tête. À présent, ils survolent la ferme des Poutch, à plus de cinquante mètres d'altitude, dessinant des cercles dans le ciel. Nil remarque alors quelque chose d'étonnant : Zeugme survole lui aussi, à moins de sept mètres du sol, la maison des Poutch, où Meg étend des vêtements sur la corde à linge. Apparemment, Isory n'a pas encore aperçu le guide, autrement elle aurait réagi, malgré son état. Nil se garde de lui dire qu'un danger guette sa mère et commande à l'aigle de descendre doucement, tout en continuant à dessiner des cercles au-dessus de la maison des Poutch. Alors qu'Esméralda et Aristophane se demandent bien à quoi Nil joue, Matt, lui, se doute que quelque chose ne tourne pas rond là-haut.

Penchée au-dessus de son panier à linge, Meg sent un coup de vent surgir de partout à la fois. Puis elle perçoit des raclements ressemblant à des pas et, en se redressant, décèle une odeur, à se voir interdire l'enfer, qui lui monte à la tête. Un mauvais pressentiment l'envahit aussitôt, si bien qu'elle commence à avoir des jambes de coton. Meg avale difficilement sa salive. Voyant Zeugme prêt à attaquer cette pauvre femme sans défense, Nil donne l'ordre à l'aigle de foncer tout droit vers le guide. Isory, venant de se rendre compte de la situation, se cramponne plus fermement au cou de l'aigle. L'oiseau de proie amorce son approche lorsque, soudainement, sans comprendre pourquoi, Nil perd son autorité sur lui. L'aigle lui désobéit, faisant volte-face comme si quelque chose venait de l'effrayer et empêchant ainsi Nil et Isory de voir la suite.

Pendant ce temps, Meg, aussi vulnérable qu'une petite brebis, est à la merci de la créature, qui n'est plus qu'à quelques pas d'elle. Tout à coup, des bruits de lutte, à la fois monstrueux et menaçants, éclatent près d'elle. Clouée sur place, Meg écoute, malgré sa volonté, ce spectacle sonore horrifiant. Sa peur devient si grande qu'elle étouffe un gémissement de terreur et s'évanouit.

Après un certain temps, elle reprend ses esprits ; son visage est aussi pâle que de la pâte de fromage. Une main lui caresse le front et la voix de sa fille lui résonne dans la tête.

– Maman, c'est moi ! Isory.

Matt, Nil, Esméralda et Aristophane sont là, autour d'elles, impatients d'entendre la voix de Meg. Isory, elle, scrute la figure de sa mère, cherchant la moindre trace de violence sur elle.

– Isory ? répond Meg, sur un ton étrangement calme. Qu'est-ce qui s'est passé ?

– Tu ne te souviens plus de rien ?

– Non. Je me souviens seulement que j'étais en train d'étendre les vêtements sur la corde à linge, puis, plus rien.

Un silence s'établit. Le regard d'Isory se détache de Meg et se tourne du côté de ses amis. Nil, qui venait tout juste de les informer de la présence de Zeugme, s'attendait à une scène d'horreur quand ils avaient trouvé Meg étendue par terre. Heureusement, elle n'avait pas été agressée. Les initiés ne comprennent pas pourquoi le guide ne l'a pas attaquée; mais ce qui les surprend davantage, c'est que Meg n'ait aucun souvenir du drame dont elle a failli être la victime. Bien sûr, Isory s'abstient de lui en parler. Elle l'aide à se relever et la conduit jusqu'à la maison.

– Je crois que tu as besoin de te reposer maman.

– Et pourquoi ? Je me sens très bien. J'ai eu une petite faiblesse, peut-être, mais je ne suis quand même pas malade, Isory. Non, non, je vais plutôt me faire un bon café et lire un roman policier.

En voyant les joues de Meg, à présent rosées, Isory accepte de la laisser à ses activités, à une seule condition.

– D'accord, maman. Je te laisse tranquille, mais seulement si tu promets de rester dans la maison.

– Donne-moi une seule raison justifiant que je reste confinée à l'intérieur.

– Tu viens d'avoir un malaise ! répond Isory avec impatience.

– D'accord ! Ce n'est pas la peine de t'emporter. Je resterai dans la maison. Ça te va ?

– Parfaitement ! De toute manière, je ne serai pas

loin. Mes amis et moi, nous allons dans la grange. Si tu as besoin de quoi que ce soit, tu n'as qu'à m'appeler.

À peine sorti de la maison, Nil lance :

– J'avais raison au sujet de Zeugme. Ce n'est qu'un imposteur. J'espère que tu me crois à présent, Matt.

– Chut ! lui souffle Isory entre les dents. Meg pourrait t'entendre. Attendons d'être dans la grange pour discuter.

Nil se tait donc, ne reprenant son idée qu'une fois arrivé dans la grange :

– De toute évidence, Zeugme ne fait pas partie de notre clan.

Alors que Matt, Aristophane et Esméralda sont étendus sur la paille, Isory, elle, marche de long en large tout en tortillant entre ses doigts une de ses couettes. Cette fois, tous les initiés semblent d'accord avec la déclaration de Nil, sauf, peut-être, Isory. À ses yeux, un détail ne colle pas dans les derniers événements. « En toute logique, se dit-elle, Zeugme aurait dû attendre ce soir pour attaquer Meg, quand les rues de la ville seront bondées de monde. Pourquoi a-t-il agi en plein jour ? Et avant la grande fête ? S'il l'avait réellement attaquée, nous n'aurions pas assisté à la fête, nous serions donc restés à la maison, ce qui aurait réduit ses chances de capturer l'un d'entre nous. » Isory s'arrête soudainement devant Nil et lui expose sa façon de penser. Comme un inspecteur, elle lui pose toutes les questions qu'elle-même vient de se poser, sans même lui laisser le temps de répondre à aucune.

– Hé ! Oh ! l'interrompt Nil. Du calme ! Je suis d'accord avec toi, Isory. La façon de faire de Zeugme n'est pas très logique. Cependant, tu sembles oublier que je l'ai vu à quelques pas de ta mère et je peux t'assurer qu'il n'avait pas l'intention de l'inviter à danser. Ce soir, nous resterons sur nos gardes. Et comme nous l'avons convenu, en cas de doute, nous nous retrouverons tous à la sortie de la maison hantée... Il ne reste plus que six heures avant le début des festivités et j'ai encore quelques bricoles à faire sur mon costume. De plus, je suis crevé, le vol à dos d'aigle m'a donné des sensations un peu trop fortes. Tu devrais retourner auprès de ta mère, Isory, et te reposer un peu.

– Tu as raison. Je vais aller faire une sieste. Oh ! pendant que j'y pense, ce n'est pas une bonne idée de manger un popofongue. Aucun d'entre nous ne devrait tenter cette expérience de nouveau. À un moment, j'ai cru que j'allais mourir, tellement je volais vite : je n'arrivais plus à respirer. Nous manquons beaucoup trop d'expérience et nous maîtrisons mal nos émotions ; chaque fois que nous avons été habités par un sentiment négatif ou destructeur, quand nous avons utilisé nos pouvoirs, nous n'étions plus maîtres des mouvements de notre corps. Même nos rêves et nos cauchemars ont une influence sur nous, alors... Chacun de nous en a fait l'expérience. Le fruit fonctionne de la même manière, ou presque. Encore plus puissant que nos pouvoirs, il est aussi plus sensible au moindre écart de pensée. C'est certainement pour cette raison qu'Édouard ne nous a pas suggéré de manger le fruit magique. Nous ne sommes pas prêts mentalement. Bon, eh bien ! j'y vais. Une petite sieste me fera le plus grand bien.

La suggestion de Nil séduit chacun des initiés, si bien qu'ils profitent tous des quelques heures avant la grande fête pour se reposer et retrouver la forme.

13

Un drame dans la maison hantée

Isory se réveille vers la fin de l'après-midi. Couché à ses pieds, Cyclope se redresse et, la queue frétillante, s'approche de sa maîtresse pour lui prodiguer son habituelle marque d'affection humide au visage. Isory profite de ce moment pour s'amuser avec lui.

Soudain, elle entend un bruit du côté de la porte. Tournant la tête dans cette direction, elle voit Matt et Aristophane, déguisés, dans l'embrasure de la porte. Elle leur adresse un large sourire, tellement ils sont élégants.

– Wow ! Ces costumes vous vont à merveille.

Isory se lève et leur fait signe, avec l'index, de pivoter.

– Allez, les gars, faites-moi un petit défilé de mode.

Se prêtant au jeu, Matt, les mains sur les hanches, fait quelques pas cadencés, puis pivote. Taquin,

Aristophane copie ses moindres gestes. Vêtus d'une casaque bleu royal sur laquelle est cousue une croix blanche, tréflée, les garçons ont fière allure dans ce vêtement de mousquetaire, orné d'un col brodé. Coiffés d'un chapeau à plumes, ils ont l'air d'avoir vieilli de dix ans. Isory, tombée sous le charme des garçons, craque littéralement pour leurs bottes qui couvrent complètement leurs genoux. Aristophane recule d'un pas et, après avoir retiré son chapeau à la manière des mousquetaires, fait les présentations.

– Je m'appelle Athos, dit-il à Isory d'un ton solennel. Et voici Porthos, ton fidèle serviteur. Malheureusement, Aramis ne sera pas des nôtres ce soir, puisqu'il est atteint d'une allergie, la ritouffe. Il ne manque que toi, d'Artagnan, ajoute-t-il en s'adressant à Isory.

Matt, Aristophane et Isory se regardent tour à tour, puis éclatent de rire et lancent en chœur :

– Un pour tous, tous pour un ! Nous sommes les trois mousquetaires et nous combattrons ensemble la créature.

L'ambiance est à la fête. Du moins, pour l'instant : ils sont loin de se douter qu'une horrible soirée est sur le point de commencer. À son tour, Isory enfile son costume de mousquetaire, puis ils descendent dans la cuisine retrouver Meg et Dim qui eux aussi sont déguisés. Meg porte une magnifique robe à crinoline, enjolivée d'une élégante guipure de Venise. Une superbe bande de soie bleu ciel ceint sa taille, encore toute petite aujourd'hui, et se prolonge par une énorme boucle à l'arrière de la robe. Sur le visage de Meg, coiffée d'un chapeau de paille à visière plate, flotte un air d'innocence que ses jolis yeux et ses cheveux bouclés rattachent à sa jeunesse, à l'époque heureuse où elle rencontrait Joss, son défunt mari. Dim, lui, porte un chapeau haut-de-forme et un frac vert olive, cintré à la taille, lequel laisse voir une chemise blanche et un gilet orange. De l'avis de Matt, son pantalon safran jure un peu trop avec le reste.

Sur la table, Meg a déposé un petit goûter : des sandwichs et des hors-d'œuvre, rien de trop compliqué, quoi ! Elle connaît sa fille, qui évite toujours de s'empiffrer puisqu'elle ne manque pas de se payer une barbe à papa dès son arrivée sur le site des festivités ; plus tard dans la soirée, Isory vide son sac de chocolats aux amandes et, s'il lui reste un petit creux dans l'estomac, elle mange un hamburger.

Aristophane, assis sur la dernière marche de l'escalier, se demande comment seront costumés Esméralda et Nil, qui sont justement en train de s'habiller. À cet instant précis, Esméralda aide Nil à enfiler son costume, qu'elle qualifie d'original pour ne pas l'insulter. À vrai dire, son déguisement de batracien ne l'impressionne pas du tout. De plus, le costume est un tantinet trop petit pour lui, si bien qu'elle parvient difficilement à fermer la fermeture éclair, longue comme sa colonne vertébrale. Très satisfaite de son propre maquillage, Esméralda se regarde dans la glace du coin de l'œil. L'inévitable se produit…

– AOUTCH! crie Nil. MA PEAU, ESMÉRALDA, ELLE EST COINCÉE DANS LA FERMETURE ÉCLAIR!

– Oups! Excuse-moi, Nil.

– Fais attention!

– Au lieu de t'époumoner, aide-moi un peu; rentre ton ventre. À trois, tu inspires et moi je monte la fermeture éclair. Un… deux… trois.

Nil prend aussitôt une grande inspiration et donne le signal à Esméralda. De toutes ses forces, celle-ci tire sur la fermeture éclair.

– Ça y est, Nil! Tourne-toi que je te regarde.

Ayant l'impression que son costume va se déchirer, Nil, en se retournant, garde genoux et bras tendus, puis, comme un automate, avance à petits pas mécaniques. Esméralda se pince les lèvres pour ne pas éclater de rire. «Heureusement que c'est du lycra, sinon les coutures finiraient par lâcher», se dit-elle.

– Maintenant, il ne te reste plus qu'à te maquiller, l'encourage-t-elle.

Nil est doté d'un talent particulier pour le maquillage. Esméralda en a bénéficié la première; costumée en sorcière, elle ne se reconnaît plus tellement les traits qu'il lui a dessinés ont l'air réels. Tant bien que mal, Nil s'assoit sur le petit banc devant la coiffeuse où sont éparpillés des crayons de toutes les couleurs. Tout d'abord, il couvre son visage de fond de teint puis, en utilisant un crayon noir, il commence à tracer des traits autour de ses yeux avec une précision chirurgicale. Fascinée, Esméralda observe ses moindres gestes. Nil se maquille si bien que la transformation est impressionnante. Au bout d'une heure, il dépose enfin son crayon.

— Alors, qu'en dis-tu, sorcière de mon cœur ?

— Wow ! Tu as vraiment l'air d'avoir de la peau de crapaud. La ressemblance est à s'y méprendre, Nil. Tu as des talents insoupçonnés.

— Merci. Mais je trouve ton maquillage plus beau que le mien, si tu veux mon avis. Bon… je ne vais pas en faire une histoire ! Es-tu prête, Esméralda ? Descendons. J'ai hâte de voir les costumes d'Alison et de Paulo.

Au rez-de-chaussée, Paulo, pas très à l'aise dans une cuisine, propose du pain grillé à sa petite-fille ; c'est à peu près tout ce qu'il sait préparer. Dès qu'il hume l'odeur de pain aux noix, Nil descend en trombe. En le voyant, Alison sursaute et crie.

— HAAAA !

Paulo se tourne aussitôt dans la direction de sa petite-fille et se raidit en apercevant Nil.

— Eh bien ! t'as pas une gueule très sympathique, mon garçon. Cependant, ton maquillage est hallucinant. Quant à toi, Esméralda, tu es la plus belle sorcière qu'il m'ait été donné de voir jusqu'à présent.

— T'es pas trop mal, toi non plus, Paulo, dit Nil. Ton

costume d'archer te donne fière allure. Et toi, Alison, je présume que tu es… Hum, laisse-moi deviner… Une jolie princesse ? lui demande-t-il en s'approchant d'elle.

– Haaaa ! Reste là où tu es, Nil.

Alison a le visage déformé par le dégoût que lui inspire le déguisement de Nil. Pour lui changer les idées, Esméralda lui demande :

– Et Samanta, a-t-elle pensé à apporter son costume en quittant la maison ?

– Oui. Elle allait l'enfiler une fois rendue chez Nestelle, où elle nous attend, d'ailleurs. Hé ! l'archer, allons-nous partir bientôt ?

– Dès que tu auras mangé ton toast, jolie princesse, nous filerons tout droit à Cacouna…

Vers dix-neuf heures, le groupe arrive à la ville. Après avoir garé son camion derrière la jeep de Dim, Paulo aperçoit, à l'intérieur du magasin, son ami, drôlement habillé, qui rit avec Piquetout. Et pour cause : Cameron leur lit l'épreuve de l'article qui paraîtra le lendemain sous le titre « Le sortilège de Cacouna frappe de nouveau ». La photo qui accompagnera l'article montre le maire, qui semble complètement désemparé, avec une peau d'écureuil collée sur le crâne.

– Lorsque Nestelle verra le maire, commente Cameron, elle croira alors les propos de son garagiste.

Voyant le point d'interrogation sur le visage de Dim, Piquetout se plaît à lui répéter les paroles de M. Pouffe.

– Selon le garagiste, une malheureuse petite bête aurait eu la mauvaise idée de se réfugier dans le silencieux troué de la vieille Plymouth. La pauvre !

Une cascade de rires parvient jusqu'aux oreilles de Nestelle, de Samanta et de Meg, qui sont en train de dresser les tables dans le petit café. Les trois femmes se demandent ce que peuvent bien fabriquer Piquetout et Dim.

– C'est étrange ! s'exclame Samanta. Je n'ai pas reconnu le rire de Paulo. Il n'est pas encore arrivé ?

– Cesse de t'inquiéter, Samanta. Il ne va pas tarder, la rassure Nestelle.

Paulo est justement sur le point d'entrer dans le magasin. N'y voyant ni Matt, ni Isory, ni Aristophane, il émet une hypothèse en s'adressant à Esméralda et à Nil.

– À mon avis, vos copains se trouvent déjà sur le site. Vous devriez aller y jeter un coup d'œil. Alison et moi, nous allons nous attarder un peu au magasin.

– C'est une bonne idée, Paulo, lui répond Nil. On y va, Esméralda ?

– D'accord.

Esméralda se met aussitôt en marche. Gêné par son costume, un peu trop moulant à son goût, Nil a de la difficulté à la suivre.

– Esméralda, attends-moi !

Marchant à pas de souris, Nil regarde le ciel. Le soleil est couché et les premières lueurs de la nuit apparaissent timidement. À présent, la ville fourmille de gens. Pris d'assaut par les Cacounois et les touristes, les trottoirs et les rues sont couverts d'une épaisse couche de fumée que dégagent les blocs de glace sèche déposés dans les poubelles par les pompiers. Les lumières des réverbères percent difficilement la fumée qui glisse sur les pavés de la rue Saint-Flasque, où ont été installés des manèges et des jeux de toutes sortes, parmi lesquels l'imposante maison hantée, surtout, retient l'attention des touristes. La température est clémente et le ciel nocturne, sans nuages, présente son plus beau spectacle : autour de la pleine lune opaline, des milliers d'étoiles tapissent la voûte céleste.

Du point de vue du maire, la seule ombre au tableau, ce sont Cameron et Piquetout, mais il a la ferme intention de les expulser de la ville aujourd'hui même. Convaincu que le journaliste et le quêteux conspiraient contre lui, il a procédé à des recherches qui se sont avérées fructueuses : selon ses sources, Cameron, contrairement à ses allégations, pratiquerait le métier de journaliste sans avoir obtenu son diplôme universitaire – il lui manquerait trois crédits. Le maire s'est dit qu'il pourrait utiliser cette information pour faire du chantage. Quant à Piquetout, le maire l'invitera gentiment à quitter la ville, avec sa vermine Christabelle, mais, au besoin, il fera appel aux forces de l'ordre. De leur côté, Cameron et Piquetout sont prêts : ils savent que le maire voudra prendre sa revanche ce soir. En fait, Jason, surtout, est impatient de l'affronter, car il attend ce moment depuis des années.

À peine arrivée sur le site principal des festivités, Isory aperçoit Zeugme qui rôde derrière la maison hantée. Elle saisit discrètement le poignet de Matt et lui fait un signe de la tête. Se tournant aussitôt dans la direction indiquée, celui-ci voit à son tour le guide et ulule comme une chouette pour prévenir Aristophane.

– Allons nous chercher de la barbe à papa, propose Isory, mine de rien. Nous croiserons certainement Nil et Esméralda.

Comme de fait, leurs amis se trouvent tout près de la cantine. Mais, en raison de leur maquillage et de leur costume, Isory, Matt et Aristophane ne les reconnaissent pas. Impressionné par le maquillage du crapaud, Aristophane s'en approche et lui tapote le ventre avec son épée à bout rond.

– Alors, le crapaud, aurais-tu passé trop de temps au soleil ? Ta peau de batracien semble avoir rétréci. Oh ! que je suis bête ! J'ai oublié de me présenter. Je m'appelle Athos.

Nil garde le silence. N'obtenant pas de réponse, Aristophane tapote encore le ventre du crapaud, qui s'agite aussitôt, mais sans prononcer un mot.

– Aurais-tu perdu la langue ?

– Non, mais je te suggère d'arrêter de me tripoter le ventre comme un vulgaire jambon si tu tiens à la tienne, le taon ! répond Nil du tac au tac.

Aristophane, qui reconnaît immédiatement la voix de son ami, recule de quelques pas.

– Nil ! Wow ! Ton maquillage est géant.

Isory est sidérée : si elle n'avait pas entendu sa voix, jamais elle n'aurait pu reconnaître Nil. Elle regarde la sorcière et devine qu'il s'agit d'Esméralda.

– Esméralda, c'est bien toi ?

– Oui ! Comment me trouves-tu ?

– Ton maquillage est hallucinant.

– C'est à Nil que tu dois ces éloges. C'est lui l'artiste.

Trouvant Matt un peu trop silencieux, Isory se retourne et le regarde : l'air inquiet, il lance un bref regard autour de lui. Lorsque leurs yeux se croisent, sans mot dire, Matt penche légèrement la tête et, de l'index, touche son chapeau, qui lui dissimule alors le haut du visage. Isory comprend le signal, qui lui indique la présence de Zeugme. À son tour, elle jette un regard furtif en direction d'Aristophane. Quand celui-ci s'apprête à tourner la tête, Matt le lui interdit d'un geste éloquent, car le guide les regarde. Son intervention capte aussitôt l'attention de Nil et d'Esméralda qui s'arrêtent de jacasser sur-le-champ. À présent, tous les initiés sont sur le qui-vive.

Soudain, sentant une présence derrière elle, Isory se retourne brusquement et se trouve nez à nez avec une créature hideuse. Pendant quelques secondes, les initiés croient qu'il s'agit de Zeugme et sont paralysés. Cependant, en constatant l'absence de balafre sur le visage de la créature, Isory conclut qu'il s'agit en réalité d'une personne déguisée en gargouille ; de plus, l'odeur qu'elle dégage lui est familière. Alors, d'un ton presque provocateur, elle lui lance :

– Tu devrais changer de parfum, Gédéon ! Celui-ci est, disons… poisseux.

À ce moment précis, les acolytes du chef de gang apparaissent. Sortis comme des diables de la nuit de l'Halloween, ils cernent les initiés. L'espace d'un instant, Nil est dévoré par l'envie de se jeter sur Gédéon. Les poings fermés, la respiration haletante, il prie pour garder son calme. Aristophane, lui, n'arrive plus à se contenir et réagit : prêt à toute éventualité, il se place devant Isory. Cahius et ses complices s'approchent davantage. Quant à Gédéon, il enlève son masque sèchement et fusille Aristophane du regard, comme pour le prévenir de s'écarter de son chemin. Un silence s'installe ; c'est le calme avant la tempête. Matt regarde les yeux du chef de gang brûlants d'hostilité et décide d'intervenir.

– Qu'est-ce que tu veux, Gédéon ?

Celui-ci, sans quitter Aristophane des yeux, siffle entre les dents :

– Ce soir, je prends ma revanche. Tu ferais mieux de surveiller la petite Poutch, Matt. Elle pourrait bien être la victime d'un malencontreux incident. Cahius ! On dégage ! À plus tard, l'ami, glisse-t-il à Aristophane avec un air défiant.

Gédéon remet son masque, tourne les talons et s'éloigne avec ses complices. Isory sent l'étau se refermer sur elle et ses amis : qui de Gédéon ou de Zeugme passera à l'attaque le premier ? Parce que quelqu'un passera certainement à l'action ; chacun des initiés en est persuadé. « Ils profiteront de la fumée pour nous tendre une embuscade », se dit Isory. À présent, l'ambiance n'est plus à la fête. Les initiés ont plutôt l'impression de se trouver sur un terrain de chasse, où deux êtres machiavéliques s'amusent à les traquer.

– La soirée risque d'être pénible, dit Esméralda sur un ton résigné.

– Peut-être, mais la fuite n'est pas une option, réplique aussitôt Aristophane. Et puisque nous n'avons pas vraiment le choix, je propose d'aller voir ce qui se passe du côté des stands de jeux. Gédéon ne risque pas de s'y aventurer. En raison de la foule, il n'osera pas nous attaquer.

– C'est une bonne idée, dit Matt.

Arrivés dans la section des stands, les initiés aperçoivent Samanta, Meg et Nestelle ; elles se promènent nonchalamment dans l'allée. Une pensée effroyable traverse alors l'esprit d'Isory : « Meg est une proie facile à capturer dans un endroit pareil. S'il fallait qu'elle s'écarte, ne serait-ce qu'un instant, Zeugme pourrait s'en prendre à elle. » Matt peut lire l'inquiétude sur le visage d'Isory. Aussi, il pose ses mains sur ses épaules en espérant pouvoir la rassurer.

– Ne t'en fais pas, Isory, ta mère n'est pas seule. Nestelle et Samanta sont là. De plus, je suis certain que Dim, Paulo et Piquetout veillent sur elles. Ils ne doivent pas être très loin.

– Mais si ma mère s'éloigne des autres ? Je veux dire… Non ! Je dois l'accompagner. Je ne veux pas…

– Si tu tiens à ta mère, Isory, tu devrais plutôt éviter de te tenir près d'elle, lui conseille Nil. N'oublies pas, ce soir, tu es la cible numéro 1.

– Ma foi, tu as raison. Malheureusement, il est trop tard pour quitter les lieux. Regarde, Meg et les autres s'approchent de nous.

À cet instant précis, Nestelle, qui porte Alison sur ses épaules et guide Meg en lui tenant la main, voit Isory et ses amis parmi la foule.

– Hé ! Isory, nous sommes là ! lui crie-t-elle.

Ne pouvant plus fuir, les jeunes vont à leur rencontre. Isory discute avec sa mère pendant que Matt, Aristophane et Nil taquinent Nestelle, qui a fait descendre Alison. Celle-ci se trouve à quelques pas d'eux, avec Esméralda, devant un stand où elle essaie de gagner un ourson en peluche.

Meg trouve étonnant que sa fille ne lui ait pas encore proposé d'aller visiter la maison hantée avec elle. Elles avaient pourtant l'habitude de le faire chaque année, presque religieusement. Aussi Meg lui demande-t-elle :

– Isory, tu n'oublies pas quelque chose ?

– Voyons, maman ! Tu ne croyais tout de même pas que j'avais oublié notre visite à la maison hantée ?

– J'avais presque l'impression que c'était le cas, mais je suis heureuse de constater que j'avais tort. Dans ce cas, je vais t'attendre devant la cantine de barbe à papa, disons… dans une demi-heure.

– D'accord, maman. À plus tard. Les gars, nous partons ! Tu viens, Esméralda ?

Prestement, Isory prend les devants, suivie d'Esméralda. Au moment où les garçons leur emboîtent le pas, ceux-ci entendent Meg qui lance à sa fille :

– À tout à l'heure, ma chérie !

Les garçons n'y comprennent plus rien. À bout de patience, Nil rejoint Isory en quelques foulées et l'agrippe par le bras.

– Tu le fais exprès ? siffle-t-il entre les dents. À quoi tu joues, là ? Tu veux vraiment qu'il se produise…

– Je n'avais pas le choix, Nil ! l'interrompt-elle. Chaque année, maman et moi allons faire un tour dans la maison hantée. C'est une tradition. Si je n'y vais pas avec elle, elle se doutera de quelque chose. Je la connais trop bien. Je n'ai pas le choix, Nil, je dois y aller. Maintenant, libère mon bras et calme-toi. Nous devons changer nos plans.

Isory fait une pause le temps que Nil se calme. Puis elle reprend :

– Voici ce que je propose : Esméralda et moi irons faire un tour de manège. La grande roue fera l'affaire.

De là-haut, nous pourrons mieux surveiller les allées et venues de Gédéon et de ses clowns, sans oublier Zeugme. Pendant ce temps, Aristote, Nil, vous montez la garde ici. Quant à toi, Matt, c'est le moment de te rendre au kamu. Tu dois absolument retrouver ton sac de popofongues. Est-ce que tout le monde me suit ?

Nil, Matt, Aristophane et Esméralda saluent la proposition d'Isory d'un murmure approbateur. Puis, sans perdre un seul instant, les cinq amis se dispersent. Esméralda et Isory se dirigent vers les manèges, en s'efforçant de ne pas se faire repérer par Gédéon et son clan. Matt, lui, va dans la direction opposée, c'est-à-dire du côté du champ de vulpin. Soudain, il aperçoit le maire qui, l'air renfrogné, marche d'un pas décidé vers Cameron et Piquetout. « De toute évidence, Winberger semble en vouloir au journaliste et au quêteux, se dit-il. Je me demande ce qu'ils ont bien pu lui faire : le maire a l'air enragé. »

Après quelques minutes de marche, Matt atteint le sentier, faiblement éclairé par les rayons de lune. Une pensée lui traverse alors l'esprit : « S'il fallait que Zeugme m'attaque ici, je serais perdu. La noirceur ne semble pas nuire à sa vue. » Comme si une pensée effrayante n'attendait pas l'autre, Matt songe à l'aventure d'Esméralda quand elle avait été prise en chasse dans ce même champ ; d'après elle, une créature terrifiante l'avait suivie jusqu'au kamu. Pour chasser ses idées noires, il pense au maire, à Piquetout et à Cameron.

En fait, Matt ignore de quoi Winberger, le citoyen le plus respecté de la ville, est capable, car même ses pensées les plus malveillantes n'arrivent pas à la cheville de celles de Winberger. Ce qui, justement, est sur le point de se confirmer. Aussi hypocrite qu'une hyène et aussi sournois qu'un requin, le maire, voyant Cameron seul, puisque le quêteux vient d'entrer dans les toilettes publiques, profite de l'occasion pour mettre à exécution son plan d'expulsion.

– Alors, Cameron ! Quelle belle soirée pour fêter l'Halloween, n'est-ce pas ?

Le journaliste se méfie de l'amabilité exagérée du maire, laquelle cache d'habitude une intention machiavélique. Tous les fermiers du coin le savent : quand le maire est aimable, c'est qu'une tempête se prépare. Aussi Cameron ne lui adresse-t-il qu'une ébauche de sourire et quelques murmures d'approbation. L'attitude du journaliste ne plaît pas du tout à Winberger, qui se met à le fixer tout en faisant glisser une pièce de monnaie entre ses doigts et en frappant le sol avec le bout du pied, produisant un son aussi régulier que le tic-tac d'une horloge. Les secondes s'égrènent pour Cameron qui, pour ne pas le provoquer, tourne sa langue sept fois dans sa bouche pour s'abstenir de répliquer.

– Je tiens à te féliciter, Cameron, reprend enfin Winberger.

– Et qu'est-ce qui me vaut vos félicitations,

monsieur le maire ?

— Nous savons tous les deux que tu as marqué un point, l'autre jour, chez Nestelle. À cause de tes menaces de dévoiler des renseignements pour le moins... disons... compromettants pour moi, je n'ai pu retirer le journal contenant l'article sur le quêteux qui aurait soi-disant sauvé la ville d'une catastrophe certaine.

— Oui, je vois...

— J'ignore comment tu as obtenu les détails de la façon dont j'ai acquis le domaine des Smith. De toute manière, je m'en fous royalement parce que tu n'es pas le seul à pouvoir obtenir des informations privilégiées. Ainsi, après une brève enquête, j'ai découvert que, contrairement à ce que tu laisses entendre, tu n'as jamais terminé tes études de journaliste. Ce n'est pas très correct de mentir à la population. Et ce serait désastreux pour toi si les Cacounois apprenaient cette histoire. Alors, écoute bien ce que je vais te dire. Tu vas quitter cette ville dès l'aube, sinon je m'assurerai que tu ne puisses jamais plus exercer ton métier. Peu importe l'endroit où tu iras, les gens...

— Ça suffit ! l'interrompt une voix profonde derrière lui.

Interloqué, le maire reste figé, n'osant se retourner. Bien qu'il pense avoir reconnu la voix, il essaie de se convaincre qu'il fait erreur sur la personne. Pourtant, dans son for intérieur, il sait de qui il s'agit.

L'inconnu poursuit alors :

– La mesquinerie t'a bien servi jusqu'à aujourd'hui, Esmond. Mais maintenant, c'est terminé.

Cette fois, Winberger ne peut plus nier l'évidence : une seule personne l'appelait par son prénom. Il se retourne alors. Devant lui se tient, droit comme un jonc, le quêteux, qui en fait est son fils. Esmond, les yeux écarquillés d'étonnement, sent ses jambes se dérober sous lui. Il n'a qu'une envie : s'asseoir et pleurer. Cependant, il ne veut pas perdre la face et se rengorge comme un paon. Maîtrisant de nouveau ses émotions, Winberger se comporte comme s'il ne s'était jamais écoulé dix ans depuis la dernière fois où il avait vu son fils.

– Comme toujours, tu tombes pile, Jason !

– Il semblerait… Comme toujours, tu n'as pas changé, Esmond. Quoi que je dise, quoi que je fasse, tu contre-attaques toujours impeccablement. J'espérais un peu de compassion de ta part, mais je me trompais. La honte d'avoir ignoré ton fils pendant toutes ces années s'est transformée en colère. Quelle histoire triste… Alors, voici ce que je te propose. Si tu laisses tomber ton ignoble chantage, j'arrête mes démarches.

– Mais… de quoi parles-tu ?

– La semaine dernière, j'ai communiqué avec les membres de la famille Gutenberg et je leur ai raconté, dans les moindres détails, comment tu t'y es pris pour acquérir le domaine des Smith. Évidemment, ils m'ont demandé de tes nouvelles. En fait, ils voulaient s'assurer que tu étais encore en vie puisqu'ils ont l'intention d'amener cette affaire devant les tribunaux, en mémoire du pauvre Smith mort peu de temps après avoir quitté Cacouna, par ta faute, bien sûr. Et ils ne te laisseront aucune chance, Esmond. Oh non ! Tu perdras tout. Ça, je peux te l'assurer, car je vais me joindre à eux pour que justice soit faite.

— Et tu crois que je vais avaler cette histoire ?

Cameron, qui était resté silencieux jusqu'à présent, répond pour Jason.

— Pourtant, il le faudra bien, puisqu'elle est véridique. Je peux le confirmer. Tu aurais dû pousser tes recherches un peu plus loin, Esmond. Tu aurais alors découvert que j'appartiens à la famille des Smith, mon père en étant un. Seulement voilà, pour signer mes articles, j'utilise plutôt l'initiale du nom de fille de ma mère, Riplet. Cette signature incomplète, Cameron R., ne correspond peut-être pas à la norme dans le milieu journalistique, mais c'est celle que j'ai choisie.

La réaction de Winberger est immédiate et cruelle. Il regarde son fils unique et lui crache à la figure :

— J'avais oublié la raison pour laquelle nous nous sommes perdus de vue depuis toutes ces années : tu es stupide ! J'essaie de nous assurer un avenir et toi, tout ce que tu trouves à faire, c'est de jouer au Robin des Bois... Non, pire, tu n'as réussi qu'à être un quêteux. Ha !

– Architecte, Esmond ! tonne Jason. Je suis AR-CHI-TECTE. Cette comédie est maintenant TER-MI-NÉE. Tu es un être crapuleux, d'une mesquinerie ignoble ! Je te laisse vingt-quatre heures pour nous donner ta décision.

Jason, tout en foudroyant son père du regard, lui fait signe de déguerpir en esquissant un mouvement du menton en direction de la maison hantée. Vert de rage, Winberger se résigne. Il tourne les talons et s'éloigne au pas de charge. Paulo et Dim, qui ont été témoins de toute la scène, s'approchent alors. Envahi par la tristesse, Jason regarde Dim et, spontanément, se jette dans ses bras.

– Ça va aller, mon garçon, lui glisse Dim dans l'oreille. Un jour ou l'autre, ça devait se produire. À présent, ton père doit faire face à la musique : aujourd'hui, toutes ses paroles blessantes et toutes ses mauvaises actions lui sautent au visage. Tu ne peux plus rien pour lui. Allez, viens ! Allons retrouver nos femmes, Jason.

Pendant ce temps, Isory et Esméralda, bien en sécurité dans la grande roue, regardent la foule dans l'espoir d'y distinguer Gédéon et ses complices. Soudain, une saute de vent survient, si inattendue qu'Isory lève aussitôt la tête vers le ciel, où elle aperçoit une silhouette. Grâce à la lune, il lui est facile de l'associer à Zeugme. Le guide vole au-dessus du site en exécutant des cercles comme s'il s'apprêtait à foncer sur une proie. Isory agrippe sèchement la main d'Esméralda et, le bras tendu, l'index pointé vers le ciel, lui indique l'endroit où regarder.

– Arrête, Isory ! Je viens de repérer Gédéon et ses clowns.

– Peut-être, mais je viens de voir Zeugme.

Brusquement, sans raison apparente, le guide oblique dans le ciel et prend la direction du champ de vulpin. Isory pense immédiatement à Matt.

– Oh non ! il l'a repéré. On doit descendre, Esméralda ! Zeugme se dirige tout droit vers le champ de vulpin.

– Je veux bien, mais comment comptes-tu t'y prendre ?… Oh non ! j'ai perdu de vue Gédéon.

Matt est enfin parvenu jusqu'au kamu. Celui-ci étant plongé dans le noir, il gratte une allumette pour allumer la torche, accrochée à un mur. Lorsque la lumière se répand dans la grotte, quelque chose de bizarre attire son attention : sur le sol, il voit des traces de sang. Voulant les observer de plus près, il s'accroupit et découvre alors des marques qui ressemblent à des coups de griffes. Sur le moment, il n'y comprend pas grand-chose et, dans l'espoir de trouver un indice, il jette un regard circulaire sur le sol. Puis tout s'éclaircit dans sa tête lorsqu'il aperçoit une petite boule brune à quelques pas devant lui. « C'est un popofongue… Il y a eu une bataille dans le kamu. Et elle a certainement dû être très violente, vu les traces de sang… Oh non ! Le vainqueur s'est emparé de mon sac de popofongues. »

Au moment où il se penche pour prendre le fruit magique, Matt entend un bruit de feuilles à l'extérieur. Muet comme une tombe, il tend l'oreille. Un sentiment de crainte l'envahit aussitôt : « S'il s'agit de Zeugme, je ne donne pas cher de ma peau. » Un mugissement, plus effrayant que le tonnerre produit par la débâcle au printemps, retentit alors. Matt reste figé, sa respiration devient courte et saccadée, et son cœur bat à coups redoublés.

– Je dois sortir d'ici, murmure-t-il.

Il s'empare du fruit, traverse le kamu et se place devant le mur où se trouve la porte ouvrant sur le passage qui conduit à la passerelle. La porte s'ouvre instantanément et Matt se précipite jusqu'à la passe-relle, puis la traverse. Au seuil de la pièce contenant les livres anciens, il s'arrête. Bien qu'il ne soit pas certain de l'identité de la créature qui le traque, Matt veut dresser un obstacle sur son chemin en utilisant le pouvoir du popofongue. Après que le fruit est passé par toutes les couleurs du spectre, il prononce les mots magiques, puis le lance sur le mur, qui d'abord se givre, puis devient glacé. En s'approchant du mur de glace, aussi épais qu'une bible, il voit la buée de sa respiration.

– J'espère que ce mur ralentira mon poursuivant, lance-t-il sur un ton manquant de conviction.

Tandis que Matt essaie de se sortir du pétrin, Isory et Esméralda descendent enfin de la grande roue. Rapides comme l'éclair, elles foncent à travers la foule, sans même se préoccuper des gens qu'elles accrochent au passage. Comme si un malheur n'arrivait jamais seul, Isory aperçoit Gédéon à quelques pas de sa mère qui l'attend patiemment près de la cantine de barbe à papa, tel qu'elles avaient convenu. Elle devine alors la stratégie du chef de gang : il s'est mis en chasse et Meg est son appât. « Le risque est trop grand », pense Isory. Ne voulant pas laisser sa mère près de Gédéon un instant de plus, elle arrête brusquement de courir. La voix haletante, Esméralda lui demande :

– Mais… qu'est-ce que tu fais ? Qu'est-ce que tu fabriques ?

– Là… regarde…, lui répond Isory, à bout de souffle. À côté… à côté de la cantine… Je ne peux… je ne peux pas t'accompagner… Tu… dois… retrouver Aristote et Nil… et… et… leur expliquer la situation… Moi, je reste avec maman.

En voyant Isory s'approcher de sa mère, Gédéon jubile : il ne lui reste plus qu'à refermer le piège le moment venu. « Ton heure est arrivée, Poutch ! » Comme pour confirmer cette affirmation, il crache par terre. À ce moment-là, Isory se tourne vers lui et le regarde droit dans les yeux. Comme ça arrive parfois quand le chef de gang tente de l'intimider, c'est lui qui se sent intimidé par la force singulière qui se dégage d'elle. Gédéon a honte de ce sentiment, il enrage de montrer une telle faiblesse devant cette fille.

Doucement, Isory touche la main de sa mère et, pour s'annoncer, lui demande :

– Alors, maman, es-tu prête pour des sensations fortes ?

– Oh oui ! Allons-y.

Plus que jamais, Meg paraît fragile aux yeux d'Isory. De plus, celle-ci est consciente de la présence de Gédéon et de sa bande ; en effet, les jeunes délinquants les suivent à quelques pas derrière elles. Telle une meute de loups, Cahius et les autres attendent le signal du meneur. Cette fois, il n'y a pas d'issue pour Isory, qui a l'impression de conduire sa mère tout droit à la potence. Arrivée au guichet de la maison hantée, elle achète deux billets. Au moment où elle prend les billets qu'on lui tend, une main se pose lourdement sur son épaule. Elle se retourne et aperçoit le maire qui, de toute évidence, n'est pas dans son état normal.

– Alors, mademoiselle Poutch, siffle-t-il entre les dents, on vient s'offrir des sensations fortes ? Puis-je me joindre à vous, mesdames ?

Gédéon, frustré d'avoir perdu sa place, bouscule le maire si violemment que celui-ci en perd le souffle. Tranquillement, presque au ralenti, Winberger se tourne dans sa direction et, du haut de sa petite taille – il mesure à peine un mètre soixante –, il ordonne au colosse de s'excuser.

– Je te donne dix secondes pour me présenter tes excuses, Gédéon ! Autrement, je te fais expulser du site sur-le-champ.

– Voyons, le vieux ! Énerve-toi pas le poil des jambes. Je l'ai pas fait exprès.

– AVANCEZ ! demande, presque en criant, la jeune fille derrière le comptoir de la billetterie. S'IL VOUS PLAÎT, AVANCEZ.

Voyant que les visiteurs avancent à pas de souris, la préposée, abandonnant son comptoir, s'approche du maire et le presse de circuler.

– Auriez-vous l'obligeance d'avancer, monsieur le maire ?

Maugréant, Winberger, à deux doigts de la crise d'apoplexie, s'approche tellement près d'Isory qu'elle sent le souffle de sa respiration dans son cou. Bien que la présence du maire ne lui dise rien qui vaille, elle nuit au plan de Gédéon. Une bien mince consolation !

Tenant fermement sa mère par la main, Isory la guide vers l'entrée de la maison hantée. La tension est à son comble : le moment de vérité est arrivé pour Isory. L'idée qu'elle puisse être attaquée la terrifie, mais le sort de sa mère l'inquiète davantage. Discrètement, elle entrouvre son sac de popofongues et, prête à toute éventualité, franchit la porte. Isory progresse dans la maison hantée comme si elle marchait sur une corde raide.

Dehors, à cent pas de là, Esméralda a enfin trouvé

Nil et Aristophane. En quelques mots, elle leur résume la situation. Puis Aristophane propose :

— Vous deux, allez chercher Isory et Meg. Faites-les sortir le plus rapidement possible de la maison hantée. Utilisez vos pouvoirs, vos popofongues ou les deux, mais vous devez absolument les sortir de là. Moi, je cours tout droit au kamu. Allons-y !

Sa phrase à peine terminée, Aristophane se met à courir de toutes ses forces, accrochant des gens sur son chemin, lesquels ne se doutent pas le moins du monde du drame qui est sur le point de se produire.

Dans la maison hantée, Isory et Meg sentent tout d'un coup un étonnant courant d'air qui semble venir de tous les côtés à la fois. Presque aussitôt, Meg perçoit une odeur extrêmement désagréable et arrête de marcher sur-le-champ. Elle tire la main de sa fille vers elle et, en s'approchant, lui murmure à l'oreille :

— Cette odeur m'est familière, Isory, mais je n'arrive pas à me souvenir où j'ai bien pu sentir une chose pareille.

Soudain, une explosion retentit derrière Isory et Meg, les faisant sursauter. Isory croit d'abord qu'elle résulte d'un mécanisme installé par son grand-père et Paulo dans le but de surprendre les visiteurs. Mais en entendant le grondement effroyable qui suit, elle comprend que le tumulte n'a rien à voir avec un tel mécanisme. Sans se douter du risque qu'elle prend, Isory lâche la main de sa mère le temps de sortir un popofongue de sa pochette de cuir, lequel se met aussitôt à changer de couleur. En tenant le fruit illuminé dans une main, Isory, de l'autre, se met à chercher sa mère à tâtons dans la pénombre pourpre, mais en vain.

– Maman ? murmure-t-elle, la voix tremblotante.

La cherchant du regard, Isory aperçoit Zeugme, tout juste à quelques pas du maire. Sa réaction est instantanée : elle lui lance le fruit en pleine figure, puis oblique à droite pour s'enfoncer dans l'obscurité d'un couloir. L'éclairage clair-obscur, dirigé sur les personnages d'horreur, l'empêche de voir le plancher, si bien qu'elle s'enfarge et tombe à plat ventre. Presque aussitôt, une main puissante l'attrape par le cou et la soulève avec tant de force qu'elle croit un instant que son agresseur va lui arracher la tête. Prise en étau entre les mains de la créature qui la secouent comme un prunier, il ne lui reste plus qu'une seule option : elle vide le contenu de son sac de popofongues dans ses mains et l'affronte. Une violente bagarre éclate alors. Les secondes paraissent des minutes pour Isory qui voit son heure arrivée : les coups pleuvent sur son corps et sur son visage. Puis, plus rien. Un silence de mort remplace le tumulte. Étendue sur le sol, suant d'angoisse, Isory entend ensuite des bruits de pas qui se rapprochent. Quand elle s'apprête à se servir de ses popofongues, une main lui immobilise le poignet et une autre se plaque contre sa bouche.

– N'aie pas peur, Isory ! C'est moi, Nil. J'ai mis ma

main sur ta bouche pour t'empêcher de crier.

— Nil, comme je suis contente que tu sois là ! Nous devons retrouver maman. Je ne sais pas comment ça s'est produit, mais elle a disparu. C'est Zeugme qui l'a capturée, j'en suis certaine…

— Tu te trompes, Isory. Ta mère est en sécurité et elle va bien. Elle est à l'extérieur de la maison hantée.

— Ce n'est pas possible, dit-elle, la voix tremblante. J'ai vu Zeugme ! Il m'a attaquée et il s'en est sûrement pris à Meg…

— Ça, ça m'étonnerait. Viens ! Laisse-moi t'aider à te relever.

— Je t'assure, Nil ! Je me suis…

Finalement, Isory accepte l'aide de son ami et le suit. À quelques pas de la sortie de la maison hantée, elle entend la voix douce de sa mère. Lorsqu'elle l'aperçoit, un sourire exprimant son soulagement apparaît sur son visage. Nestelle et Samanta se trouvent près de Meg et l'attendent avec impatience.

— Isory… c'est toi ? demande nerveusement Meg.

— Oui, c'est moi, maman.

Isory se jette dans les bras de sa mère qui, à première vue, ne paraît pas blessée. Aux yeux de Nil cependant, l'état de Meg semble plutôt surprenant, étant donné la puissance de la déflagration, ressentie jusqu'à l'extérieur de la maison hantée. Tout autour d'eux, les policiers ratissent les lieux au peigne fin. À son grand soulagement, Isory voit Dim, Paulo, Jason et

Esméralda arriver. Presque au même moment, le maire sort de la maison hantée. En le voyant, Nil n'en revient pas : Winberger paraît aussi frais qu'une rose, comme s'il ne s'était rendu compte de rien. Rapidement, des gens s'approchent de lui et le bombardent de questions, lesquelles restent sans réponse. « Mais qu'est-ce que ça veut dire ? se demande Nil. On dirait que Winberger ne se souvient absolument de rien. »

– Est-ce que ça va, Isory ? demande Dim, l'air inquiet.

Il peut encore lire la peur sur son visage. Et sa chemise déchirée par endroits le mène à conclure qu'on l'a attaquée.

– Ça va, grand-père.

– Tu peux me dire qui t'a fait ça ?

Au moment où Isory s'apprête à lui répondre, Nil lui fait un geste discret comme pour l'empêcher de dire la vérité.

– C'est Gédéon ! répond-il à sa place.

En voyant Nil jeter un regard dans la direction des curieux autour d'eux, Dim comprend qu'il y avait beaucoup trop de témoins.

Soudain, la voix de Matt perce le murmure de la foule.

– Isory ! Nil ! Esméralda ! C'est moi.

– Nous sommes là ! lui crie Dim, en tendant un bras vers le ciel et en agitant la main.

Quand Matt réussit enfin à se frayer un chemin

parmi la foule, Isory, Nil et Esméralda se jettent dans ses bras. Leurs rires nerveux traduisent leur soulagement. Toujours tendu, Matt demande à Isory :

– Où est Aristote ?

Un vent de panique souffle sur les initiés. Voulant faire la lumière sur la situation, Isory a recours à une ruse : feignant un malaise, elle demande aux policiers d'éloigner les curieux.

– Ce serait plutôt à nous de te demander où se trouve Aristote, dit Nil à Matt d'une voix tremblotante. Peu après ton départ pour le kamu, Aristote et moi avons aperçu Zeugme qui se dirigeait vers le champ de vulpin. Nous avons alors décidé de nous séparer. Pendant qu'Aristote courait à ta rescousse, moi j'allais retrouver Isory et Meg dans la maison hantée puisque Gédéon s'y trouvait.

– Non, c'est impossible ! intervient Isory. Zeugme ne pouvait pas se diriger du côté du champ, car il se trouvait à l'intérieur de la maison hantée. Il m'a attaquée par-derrière…

– J'en doute fort, Isory, l'interrompt Matt. Alors que j'étais dans le kamu, j'ai entendu des grondements ressemblant étrangement à ceux qu'Esméralda a entendus, l'autre jour, quand elle venait nous rejoindre dans la grotte.

– Ces grondements, ce sont les mêmes que ceux que Nil et moi avons entendus dans la grange, précise Esméralda. Souviens-toi, Nil, tu disais qu'il s'agissait d'un ours.

Voulant mettre un peu d'ordre dans ce charivari d'hypothèses, Isory intervient vigoureusement.

– On se calme ! Une chose à la fois. Reconstituons les événements. Matt, tu es parti au kamu pendant que Nil et Aristote montaient la garde sur le site. Pendant ce temps, Esméralda et moi étions dans la grande roue. De là-haut, j'ai vu Zeugme voler tout droit vers le champ de vulpin. Nous sommes descendues du manège et, alors que nous cherchions Aristote et Nil pour les prévenir, j'ai aperçu Gédéon qui rôdait près de Meg. J'ai demandé à Esméralda de trouver les gars pendant que je restais auprès de maman. À partir de ce moment-là, que s'est-il passé, Esméralda ?

– Après que j'ai eu trouvé Nil et Aristote, je leur ai résumé la situation. Aristote a alors proposé qu'il aille à la rencontre de Matt, pendant que Nil et moi irions vous chercher, ta mère et toi, dans la maison hantée puisque vous couriez un danger certain. Cependant, Nil n'a pas voulu que je l'accompagne. Il m'a plutôt demandé de trouver Dim, Paulo et Piquetout pour les prévenir.

Esméralda fait une pause. Quelque chose la tracasse au sujet de Matt.

– Dis-moi, Matt, lui demande-t-elle, comment se fait-il que tu n'aies pas rencontré Aristote à ton retour ?

– Je l'ignore. Il a peut-être entendu les mêmes grondements que moi et s'est caché dans le vulpin. Il ne doit pas être très loin. Pour l'instant, celle qui m'inquiète, c'est Isory. Allez, Isory, regarde-moi ! Tout à l'heure, tu as prétendu avoir vu Zeugme voler en direction du champ. C'est bien ce que tu as dit ?

— Oui, c'est bien ça.

— Tu prétends aussi avoir été attaquée par lui ?

— Oui, c'est ça.

— Ce que tu dis n'a aucun sens, Isory. Zeugme ne pouvait pas être à deux endroits à la fois. Tu dois faire erreur sur ton agresseur. Selon moi, il s'agit de Gédéon. Je te rappelle que son costume ressemble étrangement à Zeugme. Je veux dire... il faisait noir dans la maison hantée et tu les as certainement confondus.

— Ça ne pouvait pas être Gédéon ! répond Isory. Mon agresseur était plus grand et plus fort que lui.

— Alors comment expliques-tu qu'il ne soit jamais sorti de la maison hantée ? demande Nil. Il ne s'est tout de même pas volatilisé !

Nil vient de marquer un point. En effet, les policiers, qui venaient de ratisser les lieux, n'avaient trouvé aucune trace du chef de gang. Même si elle croit connaître la réponse, Isory pose sa question à Matt :

— Alors, comment s'est-il échappé ?

— D'après toi ?

— Par l'entrée de la maison hantée ?

Matt hoche affirmativement la tête.

Soudain, les initiés entendent Dim crier : « Meg ! »

En tournant la tête, ils aperçoivent Meg étendue par terre, inconsciente. Elle vient de s'écrouler. Paniquée, Isory se précipite vers elle. Quand elle lui prend la main, un liquide visqueux se répand sur la sienne. Elle penche alors la tête et voit des cloques suintantes sur la main de Meg. En fait, ses deux mains en sont couvertes. « Ça ressemble à des plaies », se dit Isory, et ces plaies lui donnent une impression de déjà-vu. Lui remonte alors à la mémoire une histoire qu'avait racontée Édouard : sous l'emprise d'un mauvais sort, celui-ci s'était retrouvé les mains couvertes de vésicules dont le liquide était mortel. « Seul Zeugme a pu infliger de telles blessures à Meg », en conclut-elle. Heureusement pour Isory, le liquide qui venait de couler sur sa main n'était pas mortel.

Comme c'est toujours le cas dans des situations semblables, les gens se sont attroupés autour de la triste scène. Certains s'inquiètent pour la pauvre femme, d'autres se demandent si l'agresseur rôde encore dans les parages. Dim tient la tête de sa fille qui, toujours inconsciente, semble dormir paisiblement. Mais lorsqu'il lui caresse le front, il comprend qu'elle est fiévreuse. Craignant le pire, il s'exclame :

– Y a-t-il un médecin ici ?

– Je suis médecin, lui répond aussitôt un homme qui fend la foule pour apporter son aide.

Après avoir pris les signes vitaux de Meg, celui-ci annonce :

– Il faut l'emmener à ma clinique.

Sans perdre de temps, Dim prend sa fille dans ses bras et suit le médecin qui se dirige tout droit vers la rue Principale. Pendant que Nestelle ramasse le sac à main de Meg, Piquetout passe devant Dim et le médecin pour leur ouvrir la voie.

– Je m'occupe des jeunes, Dim, lui crie Paulo.

À présent, dans l'esprit d'Isory, des sentiments de rage et de vengeance dominent. Elle est persuadée que Zeugme est dans les parages. Elle a déjà entendu dire que les agresseurs aiment revenir sur la scène du crime quand les policiers s'y trouvent. Ils viendraient chercher la confirmation de leur puissance ; c'est, en quelque sorte, leur moment de gloire. Et voilà que, justement où elle pense à cela, Isory aperçoit Zeugme. Il est perché sur le toit de la maison hantée. Elle le fixe quelques instants, puis, subtilement, tire sur le chandail de Nil pour attirer son attention. Quand son ami se retourne, elle fait un geste de la tête en direction de Zeugme. Nil n'en croit pas ses yeux. « Comment le guide peut-il oser se montrer après ce qu'il vient de faire ? » se demande-t-il.

Isory s'efforce ensuite de prendre un ton rassurant pour s'adresser à Paulo :

– Mes amis et moi devons partir, Paulo.

– C'est beaucoup trop dangereux, Isory. L'agresseur court toujours.

– Paulo, tu as le privilège de connaître notre secret.

Quand grand-père t'a révélé que Matt, Aristophane, Esméralda, Nil et moi possédions des pouvoirs, il t'a certainement demandé de ne pas t'interposer, advenant une situation où nous, les initiés, devions agir seul. Jusqu'à présent, nous avons fait preuve de discrétion. Mais là, ce n'est pas possible. Nous sommes les seuls à pouvoir retrouver Aristote. Tu comprends ?

Isory fait une pause, le temps que Paulo réfléchisse. Dim l'avait effectivement informé de l'histoire des jeunes et de leurs pouvoirs. Cette révélation l'avait d'abord laissé pantois, puis sceptique. Mais puisque Dim était son meilleur ami et qu'ils ne s'étaient jamais menti, il l'avait cru sur parole.

– Nous n'avons pas le choix, Paulo, reprend Isory. C'est notre destin. Voilà pourquoi je sollicite ton aide. Nous devons quitter ces lieux sans que les policiers s'en rendent compte, et tu es le seul à pouvoir les distraire pendant que nous nous éclipsons. L'agent Adolphe et ses collègues ne doivent surtout pas découvrir l'endroit où nous allons. Lorsque nous serons partis, va rejoindre grand-père et dis-lui que nous reviendrons dès que nous aurons trouvé notre ami. Tu veux bien faire ça pour moi, Paulo ?

Malgré sa réticence à laisser partir Isory et ses compagnons alors que l'agresseur court toujours, Paulo accepte.

– Allez, partez, avant que je change d'idée.

Immédiatement après, il crie :

– Adolphe ! Je crois avoir vu quelqu'un de louche près de la maison hantée.

En voyant les agents courir tout droit vers la maison hantée, Isory donne le signal à Matt, à Esméralda et à Nil de la suivre. Prestement, ils prennent la direction du kamu.

14

Le sortilège de Cacouna frappe de nouveau

Après avoir couru à toutes jambes, les initiés arrivent enfin à la porte du kamu. Les plantes grimpantes qui la camouflent ont perdu à peu près toutes leurs feuilles. Les quatre amis hésitent un instant avant d'entrer ; la tension est à son comble. Nil regarde la grotte plongée dans le noir, se demandant ce qui les attend. Derrière lui, Esméralda chantonne pour essayer de dominer ses peurs. Matt, lui, reste attentif au moindre bruit suspect. Quant à Isory, il lui tarde d'entrer au cœur des ténèbres pour affronter Zeugme. Chacun des initiés tient un popofongue dans sa main, prêt à l'utiliser comme une arme. À pas de loup, ils pénètrent enfin dans le kamu.

Isory ouvre sa main et l'éclat lumineux du fruit magique éclaire la grotte qui, à première vue, semble vide. Mystère ! Zeugme n'est pas au rendez-vous. Le silence, brisé seulement par un bruit de gouttes, pèse comme une chape de plomb sur les épaules des initiés, qui restent sur leur garde. Soudain, une voix retentit dans la pièce. Elle dit, sur un ton chargé d'émotion :

– Ce n'est pas moi !

– Alors pourquoi te caches-tu ? demande Isory, qui a reconnu la voix de Zeugme.

Les initiés avancent vers le fond de la grotte, là où le guide semble s'être caché. Impatiente de le voir, Isory a l'impression que les secondes rampent sur elle comme des vers.

– Je ne me cache pas, répond la voix, tremblotante, qui surgit derrière les jeunes à présent.

Les initiés se retournent vivement et voient Zeugme, dont le torse et le visage sont couverts de blessures et d'ecchymoses.

– Le temps est arrivé pour moi de vous dévoiler mon identité réelle, leur annonce-t-il.

Le guide fait une pause et regarde Isory ; ses yeux hagards, ses cheveux en bataille et les sillons de sueur qui maculent son front témoignent de l'agression à laquelle elle a miraculeusement survécu. Zeugme peut lire sur son visage la haine qu'elle éprouve pour lui. Il voit bien qu'elle surveille ses moindres gestes.

– Tout comme Mo, reprend-il, je suis Sirien et j'ai été expulsé de ma planète pour avoir déshonoré mon peuple.

Cette révélation sidère les initiés. De plus, l'attitude de leur guide les étonne : courbant le dos et bougeant les yeux dans tous les sens, il s'enfonce dans la grotte. Se sentait-il menacé par quelque chose ou quelqu'un ? On entendrait une mouche voler tellement le silence est pesant. Puis, le sourire terne, Zeugme poursuit :

– Contrairement à lui, la délégation m'a accordé une deuxième chance...

Esméralda sue d'angoisse ; un mot l'a fait tiquer : Mo. Elle pense à son pauvre ami Tommy, que ce monstre a emporté dans ses griffes, quand ils séjournaient tous au château d'Édouard. Voulant chasser ses idées noires, elle interrompt sèchement Zeugme :

– Je me souviens très bien des paroles d'Édouard au sujet des Siriens. Il nous a dit qu'un jeune Sirien qui ne réussissait pas à traverser avec succès le scentia, qui correspond à la période de puberté chez nous, est expulsé de son monde. Il ne nous a jamais parlé d'une deuxième chance. Tu... tu... tu...

D'ordinaire, Isory aurait réagi en constatant les signes de panique chez son amie, mais, cette fois, elle reste de glace. Tout près d'elle, Matt étudie l'expression du visage de Zeugme, y cherchant l'indice d'une éventuelle tromperie : dans les yeux de l'initié, la vigilance d'un tigre à l'affût remplace l'habituelle douceur rassurante. Ensuite il s'approche d'Esméralda et pose sa main sur son épaule.

– Laisse-le parler, Esméralda... Ne t'inquiète pas,

il ne nous fera aucun mal. Poursuis ton histoire, Zeugme. Nous t'écoutons.

Le guide effleure du regard chacun des initiés, puis se détourne.

– Donnez-moi une chance ! supplie-il.

Doucement, Matt s'avance vers Zeugme, qui aussitôt s'affole, reculant jusqu'au fond de la grotte. Puis, aussi naturellement qu'une araignée, il se déplace sur les murs et sur le plafond.

– Il a peur, dit Matt.

En entendant les paroles de Matt, Isory, d'un geste rapide de la main, fait signe au reste du groupe de reculer. En voyant les jeunes s'éloigner, le guide redescend, mais reste au fond du kamu. La tête rentrée dans les épaules et le regard tourné vers le sol, il poursuit son histoire.

– C'est vrai, selon la tradition sirienne, le jeune apprenti qui ne réussit pas l'étape du scentia se voit expulsé pour toujours de Sirius. Et c'est ce qui devait m'arriver. Sachant le sort qui m'attendait, et comme je n'avais plus rien à perdre, j'ai convaincu le chancelier de me mettre à l'épreuve. Il décida donc de m'envoyer sur la Terre, en insistant qu'en cas d'échec je ne pourrais jamais plus revenir sur Sirius.

– Que s'est-il passé, Zeugme, pour qu'une telle expulsion soit justifiée ? demande Matt.

– Je suis à l'origine d'une tragédie qui aurait pu entraîner la destruction de notre planète.

Suspendus aux lèvres du guide, tous les initiés boivent ses moindres paroles.

– Le vénérable, le Sirien responsable de notre éducation, nous enseigne d'abord l'art de cultiver les popofongus. À la fois majestueux et magiques, ces arbres requièrent des soins particuliers ; sans eux, Sirius n'existerait pas. Un an s'écoule entre le premier jour de cet enseignement et l'épreuve qui, si nous la réussissons, nous permet de poursuivre notre éducation. Lorsque le vénérable juge qu'un jeune apprenti se dirige vers un échec, il le confie à un Sirien appartenant à une classe d'élite et qu'on appelle « compagnon ». Le Sirien compagnon veille à le préparer convenablement. J'appartenais à cette classe et j'avais la responsabilité de m'occuper d'un plus faible que moi.

Zeugme s'interrompt un instant. Mais, lisant l'incompréhension sur le visage des initiés, il poursuit ses explications :

– Après de longues discussions avec le chancelier, le vénérable considéra que j'étais prêt pour l'épreuve ultime, laquelle consiste, trois ans durant, à cueillir les fruits des arbres sacrés dans la vallée des popofongus. Cette tâche, la plus noble, est la plus convoitée par les jeunes Siriens compagnons.

Dans la lumière voilée, Esméralda, le visage aussi blanc que de la pâte de fromage, regarde Zeugme qui, en parlant, se frotte les mains. Soudain, il fixe son sac de popofongues. L'espace de quelques secondes, elle croit qu'il veut le lui prendre et s'imagine le pire : qu'il l'attaque. Esméralda sent les battements de son cœur se précipiter et ses mains devenir moites. Anxieuse, elle ne pense qu'au moment où elle pourra s'enfuir. Au même instant, le guide sort de l'ombre pourpre, les yeux baignés de larmes. Esméralda sursaute et laisse échapper un petit son d'étonnement. Zeugme, le regard fuyant, la voix étrangement grave, poursuit alors le récit de l'erreur de sa vie.

– Ces arbres fabuleux fleurissent toute l'année. Ils regorgent de fleurs orange, jaunes, vertes et bleues. Très surprenantes, certaines, aussi claires que le cristal, offrent des reflets semblables à ceux des diamants. Des myriades d'oiseaux-mouches butinent de fleur en fleur, assurant ainsi leur pollinisation. La vallée des popofongus est un paradis. Malheureusement, par ma faute, de nombreux arbres ont péri.

Captivé et ému par l'histoire du guide, Nil voit alors Zeugme, en transe, lever le bras et pointer l'index vers l'un des murs du kamu. À mi-voix, celui-ci prononce quelques mots incompréhensibles. Aussitôt, une boule blanche apparaît et se met à grossir, jusqu'à illuminer complètement le mur. Au bout de quelques secondes, une image floue se dessine sur cette surface, puis se précise. Les initiés restent cloués sur place devant l'apparition de la vallée des popofongus, d'une beauté à couper le souffle ; l'étroite vallée est enserrée de montagnes qui protègent les arbres recouverts de fleurs magnifiques. Agitées par la brise, les fleurs, étincelantes, attirent les oiseaux-mouches aux couleurs de l'arc-en-ciel.

Nil, qui a un bon sens de l'observation, remarque dans les montagnes un énorme rocher, en partie recouvert de lichen et de grandes tiges dorées, qui ressemble étrangement à une forme humaine. Bien qu'il meure d'envie de faire un commentaire, il se tait. Voulant mieux voir le rocher, il s'approche de l'écran qu'est devenu le mur. Derrière lui, Isory l'observe et, à son tour, s'avance. Soudain, Nil décèle un mouvement.

— Le rocher nous regarde, dit-il nerveusement.

— Mais de quoi parles-tu ? lui demande Isory.

Intrigués par le commentaire loufoque de Nil, les autres regardent attentivement l'écran, attendant que quelque chose se produise. Tout à coup, ils distinguent sur le fameux rocher un œil immense, féroce, qui, en un mouvement rapide, se ferme puis s'ouvre de nouveau.

— Je vous l'avais dit, s'exclame Nil. J'en étais sûr !

— Cet être que vous voyez là, c'est Golia, le gardien de la vallée, précise Zeugme.

Ne pouvant détacher leurs yeux de l'écran, les initiés voient le géant, de plus de trente mètres de haut, se lever doucement puis déambuler parmi les arbres en les inspectant un à un ; à côté de lui, le plus majestueux des popofongus n'a l'air que d'un arbuste. Le visage, le torse et les bras de la mystérieuse créature donnent l'impression d'être de la pierre rugueuse, moussue par endroits ; ses longues jambes, disproportionnées, ont l'aspect et la texture de deux énormes troncs d'arbre. Malgré sa taille, le colosse se déplace sans peine dans l'univers féerique. Maîtrisant chacun de ses gestes, il soulève les branches des arbres pour mieux les inspecter et échange quelques mots avec les Siriens compagnons. Arrivé au bout d'une allée, Golia lève la tête. Comme un périscope, il jette un coup d'œil sur la vallée entière, puis s'engage dans l'allée suivante. Le voyant maintenant de dos, les initiés découvrent la longue toison, rousse et dorée comme un premier ciel d'octobre, qui recouvre l'arrière de son corps. Son pelage ressemble à des tiges de blé. L'allure du gardien fascine littéralement les initiés.

– Golia est un mutant, reprend Zeugme. Son corps est un amalgame de cellules végétales et de cellules minérales. Il est composé de bois, de granite, de lichen et de blé ; c'est la raison pour laquelle il perçoit toutes les vibrations des popofongus, lesquelles le renseignent sur leur état. S'il les sent en danger, Golia sonne l'alarme. En un clin d'œil, des ptérodactyles et des aigles royaux envahissent le ciel, en si grand nombre qu'ils voilent la lumière du soleil. Cadençant leurs mouvements comme ceux d'un ballet, les oiseaux de proie encerclent la vallée et attendent l'ordre d'attaquer. Le moment venu, les aigles replient leurs ailes et plongent en fendant l'air. Puis, volant en rase-mottes, ils parcourent les allées à la recherche des indésirables qui, assourdis par les glapissements surgissant de tous côtés, sortent de la vallée. Aussitôt, les ptérodactyles les prennent en chasse ; les malheureux qui se trouvent dans leur champ de vision ont très peu de chance de survivre. À l'aide de leurs longues griffes acérées, capables de tailler un madrier en copeaux, les reptiles volants les tuent sans hésiter.

Le film projeté sur le mur du kamu s'arrête alors, comme pour permettre aux initiés de reprendre leur souffle. Isory observe les cicatrices du guide, sur son visage et sur son dos, et devine leur origine. Brisant le silence oppressant, elle hasarde une hypothèse.

– Tu as été attaqué par les ptérodactyles, n'est-ce pas ?

Zeugme, les yeux hagards, ne répond pas immédiatement : les paroles d'Isory ont ravivé des souvenirs extrêmement douloureux pour lui. Mais, finalement, il confirme la supposition d'Isory.

– Oui…

– Comment cela a-t-il pu se produire, Zeugme, lui demande Matt, puisque tu avais été nommé Sirien compagnon par le vénérable ?

– C'est vrai. Malheureusement, Mo m'a empoisonné l'esprit. Il m'a convaincu que nous pouvions cueillir les popofongues avant leur maturité, ce qui est contraire à l'enseignement du vénérable. Au cours de sa maturation, le fruit doit traverser le spectre de couleurs avant d'être cueilli. À l'abri dans le calice de la fleur, étincelante et claire comme du cristal, le popo-fongue projette des reflets éclatants d'écume de mer. Quand le Sirien compagnon tend le bras, la fleur s'incline, permettant ainsi au fruit de glisser jusque dans la paume de sa main. S'il est mûr, le fruit devient bleu, puis vert, et passe ensuite du jaune à l'orangé. Finalement, il devient brun. Dans le cas contraire, le compagnon doit le replacer immédiatement dans le calice de la fleur.

Matt sort une pièce de monnaie de sa poche et la fait glisser entre ses doigts. La tête légèrement penchée en avant, il se questionne. Puis, d'un mouvement brusque, il lance la pièce en l'air. Instinctivement, Zeugme l'attrape. Son regard croise celui de Matt qui lui demande alors :

– Pourquoi le chancelier attribue-t-il cette tâche à un Sirien compagnon ?

– Tu poses des questions pertinentes, jeune initié, lance Zeugme en ébauchant un sourire pour la première fois. Certaines lois régissent nos pouvoirs, comme celles qui régissent les saisons et les marées. Tout au long du scentia, le jeune Sirien livre une bataille qu'il doit absolument gagner, son côté obscur courtisant sans cesse son côté lumineux.

– Tu veux dire le mal et le bien ? l'interrompt Nil.

– Oui, c'est ça. En offrant son fruit, le popofongus devient un catalyseur qui provoque, chez le compagnon, un duel entre le bien et le mal. Chaque cueillette le place devant un choix : prendre le fruit ou le remettre dans la fleur. Pour le compagnon, cette tâche représente une occasion de reconnaître toutes les facettes du mal en lui, et d'apprendre à apprivoiser ce côté obscur pour mieux s'en garder et en garder ses compères. Maintenant, je dois vous montrer quelque chose qui ne sera pas facile à regarder.

Ces mots ont l'effet d'un courant d'air glacé sur les initiés. Le guide pointe le doigt vers l'écran, où les images du film se remettent à défiler. En entendant le hurlement du vent qui les accompagne, Zeugme se souvient de la pensée qui l'habitait à ce moment précis : « Je suis pris en chasse. » Puis, sachant très bien ce qui allait suivre, il regarde, le cœur serré, l'assaut qu'on lui avait livré. Il se voit, affolé, courant à perdre haleine, puis tournant la tête et apercevant l'oiseau de proie qui s'apprête à l'attaquer. À l'écran, les initiés peuvent lire la terreur sur son visage ; ils entendent, aussi, ses appels à l'aide qui retentissent dans la vallée. Soudain, l'aigle se précipite sur Zeugme et lui assène un coup de griffe d'une telle puissance qu'il le propulse dans les airs. En retombant, Zeugme déboule une pente abrupte et termine sa course dans un faussé profond. Il est sans connaissance. Camouflé dans l'herbe haute, il est cependant sauvé ; les ptérodactyles rasent le sol sans pour autant l'apercevoir. À quelques mètres de là, Mo, qui court aussi vite que le vent, se faufile entre les pattes d'un ptérodactyle et s'agrippe au flanc de l'oiseau qui prend aussitôt son envol.

À ce moment-là, l'écran devient blanc comme neige. Personne ne bouge dans le kamu. Il y règne un tel silence que les initiés se seraient crus dans un monastère. Après quelques secondes, le film reprend. Les initiés peuvent voir Zeugme, étendu sur un lit, qui revient à lui. Il semble souffrir terriblement : l'oiseau de proie lui a cruellement balafré le visage et taillade un bras et le dos. Encore un peu sonné, il tente d'ouvrir les yeux ; un seul lui obéit, l'autre étant bandé. Il essaie de se lever, mais en est incapable à cause des bandelettes dont on lui a entouré le torse, comme une momie. Il aperçoit alors le vénérable, tout près de lui.

– Heureux que tu sois de retour parmi nous, jeune Sirien. Trois jours se sont écoulés depuis ton arrivé au palais.

Zeugme a perdu toutes ses couleurs et sa voix est aussi faible que celle d'un oisillon quand il dit :

– Trois jours ? Que s'est-il passé ?

À ce moment-là, des images défilent à une vitesse accélérée sur l'écran : ce sont les pensées de Zeugme qui se bousculent dans sa tête ; il revoit le visage de Mo, les popofongues dans les arbres, l'aigle à ses trousses, dont les yeux semblent aussi durs que des grêlons. Puis, plus rien. Livide et agité de tremblements violents, Zeugme s'affaisse. D'une voix qui est à peine un murmure, il implore la clémence du vénérable.

– Ce que m'a raconté Mo au sujet des popofongues n'est qu'un tissu de mensonges ! Vous devez me croire, maître. Jamais je n'aurais délibérément mis la vallée en danger. Je vous en prie, il faut me croire.

Puis, il s'évanouit.

Même si les propos du compagnon l'ont convaincu, le vénérable ne pouvait rien pour lui.

– Repose-toi, jeune compagnon. Car demain tu devras répondre de tes actes devant le sénat.

Dans la scène suivante, on voit Zeugme qui ouvre les yeux et aperçoit le ciel teinté d'une étrange lumière ; il est environ cinq heures du matin. En se rappelant les événements de la veille, il sent une boule se former dans sa gorge. Il est très inquiet, car son avenir dépend de l'issue de son jugement, qui doit avoir lieu ce jour-là. La veille, le vénérable avait déposé, au pied de son lit, des vêtements pour l'occasion. Les apercevant, Zeugme se lève et les enfile. Au moment même où il achève de s'habiller, la silhouette du vénérable s'encadre dans la porte. Celui-ci tente de rassurer son protégé :

– J'ai confiance en ton honnêteté, jeune Sirien compagnon.

Zeugme se retourne et supplie :

– Mon maître, aidez-moi ! Je suis désolé pour ce que j'ai fait.

Claudiquant, il s'approche du vénérable, qui peut voir le repentir sincère sur son visage. Désemparé,

Zeugme prend la main de son maître et s'agenouille, puis dit :

– Mon estomac se noue à la pensée que j'ai déshonoré mon peuple.

– Tu dois faire face à ton destin, Zeugme. Si telle est la volonté du chancelier, tu seras sauvé. Le chancelier et les membres du sénat t'accorderont une seule nuit pour préparer ta défense, ajoute-t-il doucement.

Jusqu'à présent, les initiés s'étaient toujours méfiés de Zeugme. Pas un seul n'avait réussi à lui faire confiance. Pourtant, maintenant, en voyant son air abattu, ils éprouvent de la compassion pour lui.

Le film poursuit son cours. D'un geste gracieux du bras, le vénérable fait signe à Zeugme de le suivre. De l'autre côté de la porte, une escorte monte la garde. Dans l'immense couloir résonne le martèlement des bottes des gardes qui, cernant l'accusé, se dirigent vers la grande salle d'audience, où Zeugme n'avait jamais mis les pieds. Lorsque les grandes portes s'ouvrent, il a un moment d'hésitation, puis reprend sa marche. Dans l'immense salle, une véritable cathédrale de style gothique, les rayons du soleil, en traversant de superbes vitraux, jettent mille éclats de lumière colorée sur le sol. Les membres du sénat, un escadron de combattants ainsi que tous les Siriens compagnons attendent Zeugme. Même Golia se trouve dans la salle d'audience ; lorsque son regard croise celui du jeune accusé, il le fixe droit dans les yeux, avec une sévérité qui donne froid dans le dos.

Soudain, une voix retentit pour annoncer que l'audience est ouverte. Le chancelier observe d'abord un moment de silence, puis s'adresse à l'assemblée :

– Ce qui s'est produit il y a trois jours représente un nuage noir au-dessus de notre planète, chers amis siriens. Depuis, de nombreux popofongus ont péri. Un des coupables court toujours et nous avons toutes les raisons de croire qu'il rôde autour de la vallée. C'est pourquoi j'ai demandé à Golia de maintenir l'état d'alerte jusqu'à ce que nous arrivions à le capturer ; les oiseaux de proie survoleront la vallée jour et nuit. Pour cette raison, je conseille à tous les Siriens de respecter le couvre-feu.

Ensuite le chancelier se tourne vers Zeugme et le regarde comme s'il plongeait ses yeux jusqu'au fond de son âme. De ses lèvres sortent quelques mots judicieusement choisis :

– Le triangle de l'intégrité, jeune Sirien compagnon, l'as-tu respecté ?

Zeugme sait parfaitement à quoi il fait allusion. Le triangle de l'intégrité représente les trois valeurs fondamentales enseignées par le vénérable tout au long du scentia : il doit exister une parfaite harmonie entre ce qu'un jeune Sirien dit, ce qu'il fait et ce qu'il est.

Dans l'immense pièce, l'atmosphère est pesante. Pour Zeugme, l'heure de vérité a sonné. La voix tremblotante, il se confie :

– Il y a quelques semaines déjà, Mo m'a entraîné de l'autre côté de la vallée, tout près du territoire des ptérodactyles. Il m'a conduit jusqu'à une grotte ct, avant d'y pénétrer, m'a fait jurer de lui obéir. En entrant dans la grotte, j'ai entendu une respiration à la fois râlante et rapide. Mo et moi avons avancé jusqu'au fond de la grotte et là, dans un lit de paille, j'ai aperçu un ptérodactyle naissant qui s'agitait. À ma grande surprise, Mo a sorti de son sac de popofongues un fruit clair comme le cristal. De toute ma jeune vie, je n'avais jamais vu un popofongue semblable. Mo l'a offert à l'oiseau, qui l'a avalé aussitôt. Ahuri, je n'arrivais pas à croire ce qui s'est produit ensuite : le ptérodactyle grossissait à vue d'œil. Devant l'inquiétude qu'il pouvait lire sur mon visage, Mo m'a expliqué ce mystère. « Ce fruit, a-t-il dit, est beaucoup plus puissant que ceux que l'on nous autorise à cueillir dans la vallée. » D'après Mo, le pouvoir de ce popofongue expliquait la formidable croissance instantanée du bébé ptérodactyle.

Un étrange malaise règne dans la salle d'audience. Tout le monde semble inquiet, surtout les membres du sénat. Le chancelier pose alors une question à Zeugme :

– Mo t'a-t-il révélé l'origine de ce fameux popofongue ?

– Il a prétendu avoir reçu la Médaille du mérite, ce qui lui donnait le droit, selon lui, de cueillir les fruits avant leur maturation complétée. Je me suis douté qu'il mentait et j'ai voulu quitter les lieux, mais il m'a attrapé par le poignet, avec tant de force que j'ai cru un instant qu'il me l'avait brisé. Les quelques secondes qui ont suivi m'ont paru une éternité, tellement j'appréhendais la suite. Mo a ensuite pris ma main droite et y a déposé la médaille. Je suis resté bouche bée. Je n'arrivais pas à comprendre comment il avait pu compléter toutes les étapes du scentia aussi rapidement.

La colère éclate sur le visage du chancelier.

– Honneur et bonté sont des mots qui se coincent dans la gorge de Mo et, un jour, il finira bien par s'étrangler. Sa cupidité s'accroît à la vue des popofongues.

Jusqu'à cet instant, jamais le chancelier n'avait laissé voir sa colère. Mais la colère qu'il venait d'exprimer, c'était surtout contre lui-même qu'elle était dirigée. Le chancelier penche légèrement la tête, courbe les épaules et pousse un soupir profond. Bien sûr, l'insouciance du jeune Sirien devant lui le décevait, l'irritait même, mais le peuple l'avait élu porteparole des Siriens et il avait pour mission de protéger la planète contre toute menace.

Le vénérable s'approche alors et pose doucement la main sur son épaule. Il avance une hypothèse.

– Mo semble mentir comme il respire, chancelier. Pour lui, nous ne pouvons rien faire. Du moins, pour le moment. Cependant, il reste un fait à élucider. La vallée étant bien gardée par Golia, les fruits peuvent difficilement être cueillis avant la fin de la période de maturation. L'état pitoyable de Zeugme constitue une preuve que notre système de protection fonctionne assez bien puisqu'il nous a permis d'éviter une catastrophe et de limiter les pertes de popofongus. À mon avis, les popofongues cristallisés que Mo avaient en sa possession ne venaient pas de la vallée. Mais où les a-t-il pris ? Il n'y a que deux possibilités : ou bien il a découvert l'arbre de vie, ou bien il les a volés dans les quartiers d'un des membres du sénat.

Le chancelier en était venu à la même conclusion. Sans attendre, le regard soucieux, il suggère au vénérable de procéder à une inspection minutieuse du palais.

– Auriez-vous l'obligeance de fouiller tous les quartiers ? Une escorte vous aidera. Entre-temps, je vais poursuivre l'interrogatoire de Zeugme.

Pendant que le vénérable quitte la salle avec quelques gardes, Golia fixe Zeugme. Le géant fulmine. Les deux rameaux de vigne qui lui tiennent lieu de bouche se réduisent à une fente et ses yeux se sont durcis. Intimidé par son regard, Zeugme sent les muscles de ses jambes se tétaniser.

– Étant donné ton statut de compagnon, je ne peux passer sous silence ton manque de vigilance et de jugement, Zeugme, lui annonce tranquillement le chancelier. Plus grandes sont nos capacités, plus lourdes sont nos responsabilités. Tu connais cette devise. Elle t'a été enseignée par le vénérable. Tu te doutes bien de ce qui t'attend ?

– Oui, chancelier, répond Zeugme d'une voix sourde, pâteuse même. Je dois préparer ma défense aussi honorablement que possible.

– En effet, jeune compagnon.

Le chancelier lui jette un regard insistant et lui fait ses recommandations.

– Tu as jusqu'à l'aube pour te préparer. La nuit sera ton seul ami. Utilise-la à bon escient. Maintenant, va.

Zeugme, que ses blessures font beaucoup souffrir, se dirige d'un pas irrégulier vers la sortie de la salle d'audience, accompagné bien sûr de quelques membres de l'escorte. Dès qu'il se retrouve dans sa chambre, il s'étend sur le lit et se met à prier. À la fin de la journée, il se rend à l'évidence : renoncer à se défendre reste la meilleure des solutions. Servir au chancelier une série d'arguments boiteux anéantirait tout espoir de clémence. La nuit s'annonce longue pour Zeugme.

De son côté, le vénérable ne perd pas une seconde et passe au peigne fin tous les quartiers des membres du sénat. Soudain il sursaute en apercevant un des hommes de l'escorte dans l'encadrement de la porte de la pièce où il se trouve. Cet homme a un air préoccupé.

– Quelqu'un a pénétré par effraction dans vos quartiers, vénérable. Je crois que vous devriez venir voir.

– Où te caches-tu, Mo ? explose le vénérable en se

précipitant vers la section du palais qui lui est réservée.

Aussitôt arrivé, il s'empresse d'ouvrir son coffret sacré, dont la serrure a été forcée : il est vide. « Le mystère vient d'être élucidé, se dit-il. Il ne me reste plus qu'à retourner à la salle d'audience. Le chancelier doit être prévenu immédiatement. »

Lorsque s'ouvrent les grandes portes, le chancelier remarque aussitôt son air renfrogné qui ne présageait rien de bon. Sans attendre, le vénérable lui annonce la mauvaise nouvelle :

– Mo s'est introduit dans mes quartiers. Il a forcé la serrure de mon coffret sacré et volé tous les popo-fongues cristallisés qui s'y trouvaient. Je suis désolé, mon ami.

Alarmé, le chancelier ordonne aux Siriens com-pagnons de se retirer sur-le-champ. Puis, avec l'aide de Golia, du vénérable et des membres du sénat, il s'af-faire à préparer la résistance. D'après Golia, Mo s'atta-quera à l'arbre de vie. Toute la journée, ils cogitent, chacun suggérant différentes idées, en espérant trouver la meilleure pour tendre un piège à Mo. Après s'être finalement entendus sur un plan, qu'ils ont réglé au quart de tour, tous quittent les lieux. Il ne restait plus qu'à attendre l'heure de vérité…

Vers deux heures du matin, dans ses quartiers, le vénérable fait le guet, comme tous les membres du sénat, d'ailleurs. Cependant, la nuit fait son œuvre et ses paupières lui semblent de plus en plus lourdes. De peur de glisser dans le sommeil, il fredonne alors des airs siriens.

Dans la chambre voisine, Zeugme est sur le point de s'endormir, lorsqu'un bruit à faire dresser les cheveux sur la tête se répercute dans toute la vallée. Il se lève et va à la fenêtre. Alors qu'il regarde le ciel zébré d'éclairs aveuglants, il sent une présence derrière lui. Sans même se retourner, il s'adresse à son maître, ne doutant pas que ce soit lui.

– On dirait des éclats d'étoiles dans le ciel noir. Entendez-vous ce bruit ahurissant, vénérable ? Qu'est-ce qui se passe là-bas ?

– Je suis presque certain qu'il s'agit de Mo. On l'a sûrement capturé.

Soulagé, le vénérable s'apprête à réintégrer ses quartiers, mais avant de sortir de la chambre de Zeugme, il ajoute, sur un ton doux comme le duvet d'un poussin :

– Maintenant, nous pouvons dormir en paix. Bonne nuit, jeune compagnon.

Zeugme, à la fois soulagé lui aussi et anxieux, ne ferme pas l'œil du reste de la nuit. Très impatient d'entendre ce que dira Mo pour sa défense, il se lève aux premières lueurs du jour. Sentant des douleurs diffuses dans tout son corps, il grimace comme s'il venait de mettre le pied sur des charbons ardents, mais il parvient à faire un brin de toilette, puis s'habille.

Soudain, des cloches se mettent à sonner, résonnant dans tout le palais. L'espace de quelques respirations, Zeugme éprouve une étrange sensation, comme s'il se trouvait dans une église. Au même instant, on cogne à sa porte.

— Entrez ! crie-t-il.

C'est le vénérable, accompagné d'une escorte.

— C'est l'heure, Zeugme. Le sénat nous attend.

— Les cloches, vénérable, pourquoi sonnent-elles ?

— Je ne sais pas. J'espère me tromper, mais j'ai bien peur qu'il y ait des morts. Allons-y. Ne perdons plus un instant.

Quelques minutes plus tard, le prisonnier et le vénérable arrivent devant les portes de la salle d'audience. Quand elles s'ouvrent, Zeugme ressent un curieux malaise. Devant lui, tout le monde semble abattu. Au milieu de l'immense salle, deux combattants de l'escadron, blessés, vont bientôt donner leur témoignage sur l'attaque qu'ils ont subie, dans laquelle l'assaillant ne leur a laissé aucune chance. Les membres du sénat les regardent, et, même s'ils sont à l'abri dans le palais, l'angoisse se lit sur leurs visages, comme si ce qui venait de se produire n'était qu'un prélude à un désastre.

L'audience ayant été déclarée ouverte, le chancelier s'adresse aux gens rassemblés dans la salle :

— Chers amis siriens, cette nuit, le ciel a illuminé la vallée entière. Ce ne sont pas des feux de joie que nous avons vus, non, mais les ripostes de nos valeureux combattants qui ont bravé les attaques d'un formidable adversaire. Je suis certain que tous les combattants chargés de nous défendre ont tout mis en œuvre pour lutter contre lui. Je cède donc la parole à l'un de ces hommes qui ont si courageusement combattu l'ennemi. Commandant, la parole est à vous.

En vacillant, l'un des deux hommes s'avance. Dans ses yeux, le chancelier pouvait voir des éclairs.

– Golia avait vu juste, chancelier. L'attaque s'est produite dans le périmètre de sécurité de l'arbre de vie. Malheureusement, une force invisible nous a pris de court. Elle attaquait dans tous les sens et nous tombions comme des mouches. Nous sommes pratiquement certains que c'était Mo et le ptérodactyle qu'il a apprivoisé. Sachez cependant, chancelier, que le reptile volant ne restera pas en vie encore bien longtemps. Pour rendre invisible un être de cette taille, Mo a dû lui faire manger plusieurs popofongues cristallisés. Il ignore sans doute que seuls les ptérodactyles adultes peuvent en ingérer autant. Celui qu'il a apprivoisé est trop jeune, il mourra dans les heures à venir. Golia est resté sur les lieux du tumulte et a installé des filets invisibles. Il ne reste plus qu'à attendre le moment où la bête perdra tous ses sens et piquera du nez. Le titan…

Ne le laissant pas terminer sa phrase, le chancelier, affolé, lui demande :

– Les racines de l'arbre de vie, commandant, dans quel état sont-elles ?

Le commandant appréhendait cette question. Avant de répondre, il parcourt la salle des yeux et perçoit aussitôt l'anxiété dans le regard des personnes rassemblées.

– Le tapis de racines a été atteint à plusieurs endroits, chancelier. Toutefois, je doute que l'arbre soit en danger.

Dans le kamu, les initiés ont les yeux rivés sur l'écran, captivés par les scènes qui s'y déroulent. Depuis un bon moment déjà, leur méfiance à l'égard de Zeugme s'est dissipée. Tendrement, Isory pose la main sur l'épaule du guide, agenouillé à côté d'elle. Dans les yeux de Zeugme apparaît une douloureuse tristesse. À ce moment-là, les images du film arrêtent de défiler, comme pour lui permettre de se ressaisir. D'une voix étranglée par l'envie de pleurer, il s'adresse aux initiés.

– En écoutant le témoignage du commandant, ce jour-là, j'ai eu l'impression d'avoir traversé comme un train la vie de tous ceux qui se trouvaient dans la salle d'audience, en les laissant tous K.O. derrière moi, déclare-t-il.

Zeugme s'interrompt un instant pour essuyer sur ses joues les quelques larmes qu'il n'a pu retenir, puis reprend.

– L'ambiance était aussi lourde qu'une tonne de plomb. Tout le monde s'était tourné vers moi, comme pour me faire comprendre que j'allais payer le prix de ce malheur. Voyez-vous, l'arbre de vie est celui qui alimente tous les arbres de la vallée : les oiseaux-mouches viennent y puiser le pollen qu'ils transportent ensuite jusqu'aux popofongus de la vallée. Sans lui, tout ce qui vit sur Sirius mourrait. À cause de moi, donc, mon peuple se trouvait dans une situation de faiblesse.

Le guide pointe l'index vers l'écran géant et le film repart. On voit le chancelier se lever de son trône et avancer en direction de Zeugme, puis lui poser la question tant redoutée par le jeune Sirien.

– Qu'as-tu à dire pour ta défense, Sirien compagnon ?

– Je suis responsable de ce malheur, chancelier, et j'en suis honteux. Notre valeur est déterminée par nos choix et non par nos capacités. En faisant le mauvais choix, j'ai démontré ma piètre valeur. J'aurais dû consulter le vénérable avant de cueillir les popofongucs. Je sais, chancelier, que je mérite une sentence exemplaire, et je ne veux pas m'y soustraire. Toutefois, sachez que la nuit m'a porté conseil. À travers cette douloureuse expérience, j'ai compris l'ampleur de ma faute et…

Les yeux gorgés de larmes, il se laisse tomber sur les genoux et supplie son juge :

– J'implore le chancelier de m'accorder l'épreuve du pardon.

En le voyant ainsi, complètement abattu, le vénérable s'apprête à intervenir comme pour le protéger, mais le chancelier le lui interdit d'un geste impérieux.

– Zeugme, voici ta sentence : tu es expulsé de Sirius séance tenante.

Pour Zeugme, ces paroles tombent comme une guillotine exécutant un condamné. Étouffant ses sanglots, il pleure en silence.

– Cependant, reprend le grand maître, tu auras la possibilité de revenir parmi nous. Je t'accorde l'épreuve du pardon. À présent, écoute bien en quoi elle consiste : tu serviras de guide à de jeunes initiés terriens. Si tu échoues dans cette mission, tu devras rester sur la Terre et seras condamné à conserver ta nouvelle apparence.

Regardant le chancelier qui l'hypnotise, Zeugme est aussitôt pris d'un tremblement. Il sent son corps se resserrer et rétrécir. Des pores de sa peau émergent des poils noirs qui recouvrent son corps dans le temps de le dire. À présent, sa peau est une belle fourrure noir corbeau. Des moustaches sortent de chaque côté de son nez et la pupille de ses yeux s'allonge. Zeugme vient d'être transformé en un magnifique chat noir. Mais le phénomène ne s'arrête pas là : alors qu'il est subitement secoué par une vague de convulsions, sa fourrure se détache de sa peau et se disperse dans la salle d'audience, comme le duvet cotonneux des fleurs de pissenlit. Sous le regard sidéré des gens présents, le jeune Sirien se tord dans tous les sens dans un effroyable bruit d'os brisés.

Les initiés savent quelle sera la prochaine scène puisqu'ils ont assisté à une transformation semblable dans la salle de consultation Connaissance, où ils avaient eu l'impression de faire partie d'un film d'horreur. En effet, comme ça c'était produit alors, sur chacune des omoplates du chat une tache bleutée apparaît au travers de sa peau opaline qui s'amincit au point de se fendre et de laisser voir un os massif, recouvert d'un duvet noir, qui grossit à vue d'œil.

Zeugme n'en peut plus. Les images de ce film, dont il est l'acteur principal, l'accablent tant qu'il arrête la projection, puis fait disparaître l'écran géant.

— Voilà, dit-il aux initiés, maintenant vous savez tout sur moi et sur l'épreuve que je dois accomplir si je veux un jour rentrer chez moi. Il ne me reste plus qu'à vous préciser ma mission. Ce ne sera pas facile à entendre, mais je n'ai pas le choix. Ma mission consiste à vous protéger des griffes de Mo.

Les initiés se regardent, l'air désemparé, sans dire un mot. Brisant le silence oppressant, Matt demande :

— Mais le vénérable n'a-t-il pas dit que Mo avait été capturé ?

— Malheureusement, quelques heures après sa capture, il s'est échappé, en tuant tous les hommes chargés de surveiller les donjons.

– Alors... tu veux dire... que... qu'il se trouve ici, à Cacouna ?

Les initiés attendent avec impatience la réponse du guide. En voyant leur air effrayé, celui-ci ne sait trop comment répondre, car non seulement Mo se trouve-t-il dans les parages, mais sa présence a un lien avec le drame survenu dans la maison hantée. Pour l'instant, cependant, il se sent incapable d'aborder ce second sujet, alors il se contente de répondre à la question de Matt.

– J'ai bien peur que oui. Il y a quelques jours, j'ai découvert la carcasse d'un gastorinus en survolant les champs de vulpin. Seul Mo a pu éloigner cet animal préhistorique de la vallée des Émeraudes pour ensuite s'en prendre à lui.

– C'était donc ça, murmure Isory en retroussant les lèvres avec dégoût (elle pense à la carcasse d'oiseau qu'elle avait découverte dans le champ des Marion).

– Les mugissements, Zeugme, lance Nil. Je veux dire... les grondements épouvantables que nous avons entendus dans la grange, Esméralda et moi, étaient-ce ceux de...

– Mo, le coupe Zeugme en hochant la tête de haut en bas.

Le voile venait finalement d'être levé pour les initiés. Tous les phénomènes mystérieux et préoccupants des derniers jours étaient liés à Mo : les effroyables bruits entendus ; Esméralda pourchassée par une créature dans le champ de vulpin ; les ossements d'animaux préhistoriques…

Nil, cependant, veut des éclaircissements au sujet des animaux préhistoriques.

– Mo est-il responsable de la mort de tous les gastorinus et propulotériums trouvés par les paléontologues ?

– Non, il ne les a pas tous tués. Seulement ceux que le grand-père d'Isory a trouvés cette semaine et ceux découverts par les paléontologues au cours de leurs dernières fouilles, il y a quelques années. Tous les autres ont été tués par de jeunes Siriens qui, comme Mo, n'ont pas réussi à traverser l'étape du scentia : à la recherche d'énergie ou mis à l'épreuve, ils parcourent les planètes où pousse un popofongus. Sur la Terre, tout a commencé quand une délégation sirienne est venue y planter un popofongus, il y a de cela près d'un siècle. Aussi invraisemblable que cela puisse vous paraître, c'est la présence de cet arbre qui explique le changement climatique à Cacouna. Quelques années après la visite des Siriens, Atylas tomba sur l'arbre en question au cours d'une randonnée. Le pauvre ! Il ignorait le sort qui l'attendait. Presque aussitôt, un Sirien soumis à l'épreuve du pardon par le chancelier s'est présenté à lui comme son guide. Ce qui était le cas. Malheureusement, il ne réussit pas l'épreuve. N'acceptant pas la punition à laquelle il avait été condamné, il déchargea sa colère sur Atylas, qui lui servit de bouc émissaire. Sa vengeance lui procura un certain plaisir, mais, très vite, il ressentit le besoin de trouver une autre victime. Les animaux préhistoriques étaient un défi de taille...

Zeugme fait une pause, le temps de trouver le courage pour continuer son récit. Après quelques secondes, il reprend :

– Le divertissement est l'unique raison pour laquelle les gastorinus et les propulotériums ont été attirés à l'extérieur de la vallée. Les Siriens frustrés d'avoir raté l'épreuve du pardon les chassaient pour se défouler.

En imaginant les sévices qu'avait dû subir le pauvre Atylas, Nil se rappelle sa note, dans le livre des anciens, sur la façon dont le guide s'y prenait pour piéger un initié : il lui cachait la vérité sur ses intentions pour gagner la confiance de l'initié et l'empêcher de se méfier de lui.

– Comment les Siriens savent-ils sur quelles planètes un popofongus a été planté ? demande Matt.

– Comparable au flux puissant dans vos artères, une très grande énergie circule dans les racines du popofongus. À l'aube de la première floraison, cette énergie se concentre dans les boutons floraux, dits fleurs dormantes. Particulières, ces fleurs produisent un gaz qui, réagissant à l'énergie, se dilate. Les boutons se gonflent alors jusqu'à ce qu'ils éclatent en libérant des gerbes de gaz incandescents. Il se forme ensuite une longue queue bleutée, appelée queue de gaz, qui traverse l'atmosphère de la planète où se trouve l'arbre. Cette queue, on peut la voir passer dans le ciel de Sirius. Bien que le phénomène ne dure pas longtemps, il est si splendide à observer qu'un grand nombre de Siriens se rendent au centre d'observation astronomique pour y assister. Pour ce qui est des Siriens qui auraient manqué l'événement, d'autres s'empressent de leur révéler le nom de la nouvelle planète où le popofongus a été implanté.

Depuis un moment, Isory n'écoute plus Zeugme. Perdue dans ses pensées, elle se revoit dans la maison hantée, luttant férocement contre son assaillant. Remarquant de l'angoisse dans ses yeux, Matt s'approche et pose la main sur son épaule, la faisant sursauter. Se tournant du côté du guide, Isory le fusille du regard et l'affronte.

– Je t'ai vu dans la maison hantée! affirme-t-elle.

– C'était Gédéon, lui répond-il d'une voix douce.

– C'est impossible! Celui qui m'a attaquée en me prenant à la gorge était plus grand et plus fort que cet idiot de Gédéon. Sans mes popofongues, je serais morte.

– En effet, ce n'est pas Gédéon qui t'a attaquée, mais il était près de toi dans la maison hantée. Cependant, ce qu'il a vu l'a fait fuir...

– Qu'a-t-il vu, Zeugme? demande Esméralda.

À l'idée de ce qu'il s'apprête à révéler au sujet de la mère d'Isory, Zeugme en a le cœur brisé.

– La main puissante qui t'a attrapée par le cou, Isory, c'était celle de ta mère… Mo a attendu le moment opportun pour prendre possession de son corps, auquel il a donné pendant quelques instants la forme d'une créature monstrueuse. Quelques secondes lui ont suffi pour agir… Je suis désolé de n'avoir pu intervenir à temps.

– Noooon ! hurle Isory, qui s'en veut d'avoir lâché la main de sa mère pour ouvrir son sac de popofongues.

C'est la consternation parmi les initiés. Paralysés par ce dénouement, ils se demandent comme ils ont pu être aussi aveugles. À plusieurs reprises, pourtant, Isory avait exprimé ses craintes par rapport à Mo. Toujours sceptique, Nil trouve cette histoire tirée par les cheveux. Regardant le guide droit dans les yeux, il lui soumet la faille qu'il croit avoir décelée :

– Hier, alors que Meg étendait tranquillement son linge, tu as voulu t'en prendre à elle. Tu ne peux pas prétendre le contraire puisque je t'ai vu.

– C'était Mo, Nil ! … Il me ressemble, je sais. Bien que cela puisse te paraître inconcevable, tu dois me croire. Je ne pouvais me trouver près de Meg. J'étais dans les airs. J'amorçais une descente quand tu as surgi de nulle part à dos d'aigle. Heureusement, l'instinct de l'oiseau nous a évité une violente collision. Puisqu'il a bifurqué, tu n'as pas pu me voir descendre en flèche. J'ai combattu Mo et l'ai empêché de s'en prendre à la mère d'Isory.

Zeugme se tait, mais les initiés, sentant qu'il a encore quelque chose à dire, retiennent leur souffle tandis que les secondes s'égrènent péniblement.

– Malheureusement, reprend-il enfin, la gorge serrée, ce n'est pas tout... Mo... Mo a capturé Aristophane.

Cette fois, les initiés ont l'impression que la foudre s'est abattue sur eux. Atterrés, ils tombent à genoux et éclatent en sanglots. Le guide ressent leur souffrance jusqu'au plus profond de son âme. Voulant les rassurer, il ajoute :

– Je connais Mo. Il ne lui fera aucun mal pour le moment.

Les initiés le dévisagent avec des yeux méchants : Édouard avait formulé les mêmes paroles quand il leur avait appris, la veille de leur départ du château, que leur ami Tommy avait été capturé par Mo. Pourtant, lorsque Édouard leur était apparu dans le spectre lumineux, quelques jours auparavant, il avait précisé qu'un escadron sirien avait retrouvé ses vêtements et son sac de popofongues vide dans une grotte, et cela ne présageait rien de bon.

Zeugme s'approche ensuite de Matt.

– Je crois que ceci t'appartient, dit-il en lui tendant son sac de popofongues pratiquement vide. Je n'ai pu faire mieux, ajoute-t-il avec un air désolé.

Matt comprend alors l'origine des traces de sang qu'il avait remarquées dans le kamu quand il cherchait son sac de popofongues : il y avait eu un affrontement, dont il n'ose même pas imaginer la violence, entre le guide et Mo.

– Ce n'était pas la première fois que Mo rôdait près du kamu, précise Zeugme.

En entendant le guide, Isory revoit la scène où il avait affirmé s'être bagarré avec un ours. « Il est blessé », avait-elle pensé. Le sang coulant le long de ses doigts tombait sur ses pieds avec un son ressemblant au tic-tac d'une montre, se souvient-elle. Un ours mangeur d'homme avait effectivement menacé les habitants de Cacouna, mais cette fois-là, il s'agissait de Mo.

***

Le lendemain, à la première heure, le camelot dépose deux liasses de journaux devant la porte du magasin général. Nestelle va aussitôt les chercher. En apercevant l'article à la une, elle est envahie par un sentiment d'horreur, car il ne correspond pas à l'épreuve que, la veille, Cameron lui avait montrée. Sous le titre habituel : « Le sortilège de Cacouna frappe de nouveau », elle lit :

Meg Poutch, sauvagement attaquée par un agresseur qui court toujours, se trouve entre la vie et la mort.

Table des matières